澡雪 中国文学
研究书系

文化场域
与话语权力：
上海20世纪
二三十年代
小说创作研究

李 昊 著

知识产权出版社
全国百佳图书出版单位
——北京——

图书在版编目（CIP）数据

文化场域与话语权力：上海 20 世纪二三十年代小说
创作研究 / 李昊著 . —北京：知识产权出版社，2024.9.
ISBN 978 - 7 - 5130 - 9507 - 5

Ⅰ . I207. 42

中国国家版本馆 CIP 数据核字第 2024BY9444 号

责任编辑：李学军　　　　　　　　　责任校对：谷　洋
封面设计：乾达文化　　　　　　　　责任印制：孙婷婷

文化场域与话语权力：上海 20 世纪二三十年代小说创作研究
李　昊　著

出版发行	知识产权出版社 有限责任公司	网　　址：http：//www. ipph. cn	
社　　址	北京市海淀区气象路 50 号院	邮　　编：100081	
责编电话	010 - 82000860 转 8559	责编邮箱：752606025@ qq. com	
发行电话	010 - 82000860 转 8101/8102	发行传真：010 - 82000893/82005070/82000270	
印　　刷	北京建宏印刷有限公司	经　　销：新华书店、各大网上书店及相关专业书店	
开　　本	720mm×1000mm　1/16	印　　张：12.25	
版　　次	2024 年 9 月第 1 版	印　　次：2024 年 9 月第 1 次印刷	
字　　数	192 千字	定　　价：88.00 元	
ISBN 978 - 7 - 5130 - 9507 - 5			

目录

CONTENTS

第1章 绪 论 ‖ 001

1.1 选题综述 / 001

    1.1.1 选题目的 / 001

    1.1.2 理论依据 / 003

    1.1.3 价值和意义 / 005

1.2 文献综述 / 007

第2章 殖民性与现代性并存的空间表征——租界 ‖ 011

2.1 租界权力空间的形成 / 011

    2.1.1 上海租界的肇启 / 012

    2.1.2 殖民权力空间的双重影响 / 018

    2.1.3 租界作为建构要素对上海本土文化的影响 / 025

2.2 殖民权力空间的意识形态表征——租界文化 / 028

    2.2.1 租界文化的特质 / 028

    2.2.2 租界空间及文化对文学的外部影响 / 034

2.3 租界文化场域与文人的话语实践 / 038

    2.3.1 租界文学场域的生成 / 039

    2.3.2 混杂与协商：租界空间与文人身份认同 / 047

    2.3.3 一种租界文学场域的典型表征——沙龙 / 052

2.4 民族主义与殖民意识的纠缠：文人在租界文化场域中的话语差异 / 057

    2.4.1 罪恶渊薮与重生希望并存——左翼文人租界的话语实践 / 058

    2.4.2 商业活力与市井习气并存——自由主义文人眼中的租界 / 060

    2.4.3 沉溺于租界生活的艺术实践者——海派文人眼中的租界 / 063

第3章 租界文化与上海通俗小说——鸳鸯蝴蝶派小说的现代性生发 ‖ 067

3.1 租界与旧派文学的转型——鸳鸯蝴蝶派小说的滥觞 / 068

    3.1.1 鸳鸯蝴蝶派作家的来源——旧派文人的现代性转型 / 069

    3.1.2 报刊媒介、市民社会与鸳蝴派文学的互动 / 072

3.2 租界空间与鸳鸯蝴蝶派小说的都市书写 / 075

    3.2.1 空间转化与都市新移民的都市启蒙 / 075

    3.2.2 空间转变与鸳鸯蝴蝶派小说的叙事美学 / 079

3.3 租界文化与鸳鸯蝴蝶派小说类型化风貌的嬗变 / 083

    3.3.1 从纯情到世俗的爱——言情小说的世俗化之路 / 084

    3.3.2 从侠义、公案到十里洋场——侦探小说的中西兼顾之路 / 088

    3.3.3 都市中的暴力美学——武侠小说的民间正义之路 / 092

第4章 租界文化与现代性美学转移——海派小说唯美主义追求 ‖ 096

4.1 海派唯美主义小说的生发论 / 097

    4.1.1 租界的物化空间——海派文学唯美倾向的外在生发机制 / 098

    4.1.2 租界里的自我认同危机——海派文学唯美倾向的内在
    生发机制 / 100

4.2 租界空间与海派小说唯美主义表征 / 106

    4.2.1 借来的时空与世纪末情调——刹那主义的极致追求 / 107

    4.2.2 比尔兹利症候群——颓废、色情、无机的女性塑像 / 109

    4.2.3 消费空间的构建与海派文学的唯美追求——感官美学与
    欲望叙事 / 114

4.3 租界空间与现代性美学的另类实践——海派文人日常生活的
唯美化 / 119
4.3.1 "老克勒"们的租界唯美生活实践 / 120
4.3.2 海派唯美生活实践对小说创作的迁移影响 / 123

第5章 租界空间的异质裂变与两种现代性重构：两种形态的都市小说 ‖ 126
5.1 租界空间的分裂与书写：从共生到疏离 / 127
5.1.1 左翼都市小说与新感觉派小说的共生与融合 / 129
5.1.2 自我的建构与彼此的疏离 / 134
5.2 租界空间的挪用与转换：文学与革命 / 139
5.2.1 左翼都市小说的租界叙事症候群 / 139
5.2.2 无处安放的欲望——"革命＋恋爱"叙事模式的形成 / 147
5.3 租界空间的赋值与置换：被现代遮蔽的殖民 / 150
5.3.1 真正的洋场小说——全球资本体系下世界主义的新感觉派
小说 / 151
5.3.2 隐形的殖民意识——自我东方主义姿态 / 155

第6章 自省与忧思：租界文化对文学的负面辐射 ‖ 159
6.1 租界文化对上海20世纪二三十年代小说的潜在规约 / 160
6.1.1 上海20世纪二三十年代小说的隐形特征——租界性 / 160
6.1.2 上海租界与女性关系在文本中的历史演进 / 164
6.2 毁灭与再生：全球化名义下的殖民经验再生产 / 170
6.2.1 20世纪90年代上海怀旧小说的真实面孔 / 171
6.2.2 殖民话语的惯性——租界性的衍生 / 175

结 语 ‖ 180

参考文献 ‖ 183

第 1 章

绪 论

1.1 选题综述

"天堂"和"地狱"本是极端对立的,穆时英在《上海的狐步舞》中却同时修饰在上海身上,可见这座城市的复杂性、矛盾性、暧昧性。上海自 1843 年开埠以来,一方面,作为被迫踏入现代化进程的城市,确实借开埠之契机吸收了西方先进文化;但另一方面,在西方文化日渐强势的上海,作为母体的中国文化对殖民文化的抵御与抗拒,使上海这座城市充满了文化的张力。上海这座城市就像马赛克一样,虽然由不同的色块拼贴而成,但是整体上又毫无违和感。

1.1.1 选题目的

历史的指针指向了 20 世纪二三十年代,彼时的上海再也不是刚刚开埠时的渔村了,已然成为可以和伦敦、巴黎相媲美的"远东第一城市"。自 1843 年开埠起,在中国社会由传统农业型向现代化转变的过程中,上海起到了不可替代的榜样作用。租界管理者把各自国家的一套成熟完备的现代社会管理模式、组织制度和政治经济体系等移植到租界,同时把具有理性精神、现代观念意识的一批移民也带到租界,上海租界由此成了一个与西方现代国家"同时区"的现代小社会。上海租界的空间组织结构及思想观念进而延伸辐射到租界以外的上海与中国其他地区。美国学者把上海称为"现代中国的钥匙"。与中国的其他城市相比，上海这座城市实现了中西两种文明的交融，"理性的、重视法规的、科学的、工业发达的、效率高的"与"因袭传统的、全凭直觉的、人文主义的、以农业为主的、效率低的"两种文明走到一起来。两者接触的结果和中国的反应首先在上海开始出现，现代中国就在这里诞生❶。总之，从政治、经济、文化等各方面，上海都无法回避租界和依托租界而衍生出来的文化所带来的影响。上海租界文化依靠租界的特殊空间性质生发出来，是具有鲜明的先导性、殖民性、混合性、自治性的移民色彩的文化范式。上海租界文化是上海地方文化的重要建构组成部分。上海租界文化在中国城市现代化进程中具有既吸收西方现代文化同时又向其他地区辐射现代先进文化的双重功能，而且以一种稳定的文化输送范式确保这两种功能的有效行使。上海租界文化是上海地方文化和上海都市发展的助推器。租界文化虽然因其殖民性有着不能克服的种种缺陷，但是并不妨碍成为上海文化的核心内涵之一，并在上海城市现代化过程中扮演了重要的不可替代的角色。租界文化作为与中国传统文化性质不同的异质文化，在上海文化的形成与上海都市的建构过程中颇有积淀。

上海是在中国现代文学史上具有风向标意义的城市，与上海有关的文学现象必然也受到租界文化的浸润，这种影响不是直线的、可见的，而是"润物细无声"的，其与文学思想孕育、左翼的萌发、早期上海都市文学的兴发都有着不可回避的联系。本书之所以选择 20 世纪 20 年代到 30 年代与上海地域性相关的文学现象作为研究对象，是因为二三十年代与上海地域性相关的文化文学现象、文学思潮、文学作家的流动都与上海租界有着密切的关系。上海租界空间及其文化潜移默化地影响了文人们的日常生活方式、个体空间体验、叙事风格和审美倾向。租界文化不仅对上海政治、经济、文化有着实体性和实质性的影响，而且也对中国文人的文化价值心态、独特的审美方式与倾向起到了重大的影响作用。早期的通俗小说鸳鸯蝴蝶派和后期以张资平

❶ 罗兹·墨菲. 上海——现代中国的钥匙［M］. 章可生，译. 上海：上海人民出版社，1986：4-6.

为代表的三角恋爱小说与租界内性观念开放和色情话语泛滥有着关系；租界内宽松的出版条件和租界文化盛行的冒险精神给早期的左翼普罗小说和后期的"革命＋恋爱"小说提供了从城市空间到精神心理的必要条件；上海租界内现代化的城市建设和发达繁华的公共娱乐场所为海派小说提供了都市小说生发必备的精神状态和空间体验。20 世纪 20 年代中后期，中国文化中心的南迁也与上海租界有着密切的关系。上海租界为来自不同文化背景的文人提供了宽松的话语环境，租界文化的商业性和成熟的出版业给职业作家的生活提供了最基本的物质保障，更为关键的是，上海租界为众多文人作家提供了一个中西文化观念相互交流与碰撞的文化语境，为中国现代文人作家借鉴外来文学理论资源、媒介传播提供了不可多得的兼容并包的文化语境，同时也为中国文学和文人整体由传统向现代转型发展提供了异质而又新鲜的理论资源。租界宽松和商业化的文化培育出现代市民阶层，为现代文学提供了合格的读者群。因此，在考量这个时期有关上海的文学文本、文学现象、文学思潮、作家的文化身份时，租界和租界文化成为一个不可忽视的维度。

1.1.2　理论依据

本书的研究方法为福柯的空间与权力理论和异托邦空间理论、萨义德的东方主义、德里克·阿里夫的自我东方主义。城市实体景观表现出来的文化内涵是凭借建筑风格表达出来的，建筑风格承载着城市文化的内涵。按照福柯的观点，建筑设计和城市空间布局以及随后实现的空间功能隐喻着权力的操作。上海租界作为一种特别空间的存在，其重要表征即是其空间表达出来的异质性，而城市景观成为这种异质性有效的表达方式。外滩万国风格的建筑、霞飞路具有浓郁法兰西风格的街道、虹口犹太人经营的商店、日式标志的居酒屋、金发碧眼的外国人，这些与租界之外的空间存在很大的不同。依据亨利·列斐伏尔提出的"空间生产"的概念，空间与权力是密切相关的。上海租界显然是租界管理者生产出来的权力空间，并且这个空间的意义具有"流通性"。现代化的上海租界和其他空间形式的对比表达出建构者在文化和政治上的态度，即亨利·列斐伏尔所说的，"存在着一种空间的意识形态。空间从来不是空洞的：它往往蕴含着某种意义"❶。

上海的租界和其他空间实现了一个城市的两种模式，即异托邦空间所需的两种空间的并置，上海的都市空间具有"异托邦"色彩及文化内涵。福柯首先提出了"异托邦"，与人们熟知的"乌托邦"概念不同，福柯并没有给出"异托邦"概念的确切定义，只是在将其与"乌托邦"的比较中完成了对"异托邦"六个特征的叙述。"异托邦"跟"乌托邦"相比最重要的区别是，"异托邦"是真实存在的地方，但却要借助文化想象来寻找，这是判断某地是否构成"异托邦"的重要标准。福柯强调"异"字，旨在表达"异质空间并存"的特点，即"异托邦有权力将几个互相不能并存的空间和场地并置为一个真实的地方"，而上海租界很好地实现了这种貌似不可能的并存，上海租界具有将时间与空间高度压缩的空间性质。"异托邦"还有一个重要的特征，它可以发挥极端之间的"异位"功能，"幻想性空间"显露出全部真实空间的虚幻的特质，"补偿性空间"则是"创造一个完美的、拘谨的、仔细安排的真实空间，以显示我们空间是污秽的、病杂的、混乱的"❷。按照福柯的观点，后者的典型范例就是殖民地空间。上海是游移在"自我"和"他者"两种文化之间的异质性城市，具有幻想性和补偿性，成为想象和真实共存的"异托邦"。"异托邦"还可以和后殖民理论结合，以霍迷·巴巴为代表的后殖民主义批评家的"文化杂交"与"间性空间"等核心概念也能用来观照福柯的"异托邦"世界的本质内涵，从而为解读具有殖民色彩的都市空间提供了新颖的视角。

东西方二元对立的思维模式是萨义德东方主义的理论起点。在萨义德的理论体系里，西方以自身为中心对东方进行想象与建构，东方作为被看的"他者"成为西方想象的产物。这一点在域外作家身上体现得最充分，其笔下的上海都市并不是真实上海的写照，而是被类型化的东方城市，一种"冒险家乐园""落后之城""罪恶之城"的"东方镜像"。霍迷·巴巴发展了萨义德的观点，在他看来，殖民文化与被殖民文化是互相渗透的，并不是二元

❶ 转引自包亚明. 现代性与空间生产 [M]. 上海：上海教育出版社，2003：154.

❷ 福柯. 不同空间的正文与上下文 [M] //包亚明. 后现代性与地理学的政治. 上海：上海教育出版社，2001：23.

对立的，即"文化杂糅"和"混杂性"理论，被殖民民族对殖民文化有一种被迫的接受和有条件的选择，殖民文化同时也会融入一些被殖民民族的文化元素。这也是在上海开埠之后，尤其是在租界，现代化的进程速度明显快于上海周边城市的原因之一。

城市空间的性质与文学创作有着深刻的内在理路上的联系。上海租界依托租界空间特有的性质，形成了与该空间相搭配的与中国传统文化迥然不同的异质文化——租界文化，租界文化是一种"既兼有参与杂糅过程的不同文化所具有的某些因素，但又不同于任何一种文化在进入间质空间之前的状态，它是一种带有'超越'性质的新的文化形态"❶。观照到与上海地域性相关的文学现象身上，租界文化中所特有的"异质性"特点丰富了上海城市的文化内涵，从此以后，"异质性"成为上海这座城市的应有之义。一个城市的传统文脉因外来文化的介入而变异，进而异质性成为该城市文化的新内涵。上海的城市文化就是异质性与传统性从并置到杂糅的过程。20 世纪二三十年代，与上海地域性相关文学现象背后的动因与这个城市"异质"的部分不断刺激作家的创作有着密切的关系，同时，作家在文本中也不断对"异质"文化部分进行着想象书写，这种异质空间在作家的文学作品中也体现出来。"租界"与"华界"、"工厂"和"咖啡厅"这些不同空间体现了作家们的话语特点。

1.1.3　价值和意义

本书在前辈学人广泛的研究成果基础上，以细读、文化比较为方法阅读文本和文献，在廓清和厘定已有的研究状况下，从以下新维度做了尝试。

第一，在以往研究与上海地域性相关的小说时，学界注重强调都市空间和都市文化对小说和作家的影响，而没有追根溯源地剖析出在当时具体的历史语境下都市空间和文化到底是如何生成与运作的。笼统套用西方都市文化与文学生成关系的理论并不能精确地阐释中国文学具体而微的问题。中国都市小说生发的原因之一是可以明确地追溯到上海租界的诞生的。具体到上海

---

❶　包亚明．现代性与都市文化理论［M］．上海：上海社会科学院出版社，2008：164.

的历史文化语境，都市与都市文化是附着在租界及租界文化身上的问题子域。上海的都市文化生发于租界特有的空间，当然，本书所提及的文化文学现象的生成及演变并不是租界及租界文化一个直线维度造成的，而是多个问题场域叠加的影响。本书仅力图从租界空间和文化这一维度中寻找出其对中国现代文学特别是小说的影响。

第二，在布迪厄文学场域的理论观照下，重新挖掘出长期被文学史冷落的文学现象和文人作家。在中国，沙龙这种舶来品文学现象与上海租界联系紧密。中国最早的文学沙龙开创于曾朴在法租界马思南路私宅的客厅。上海法租界典雅精致的"异国情调"为曾朴仿造法式文学沙龙的实践提供了想象的基础。而另一位身世堪称传奇的剑桥归国雅士邵洵美也深受西方文化影响，在法租界的私宅中仿照法国贵族的沙龙，建构了一个霍米·巴巴所说的小型的"模拟"空间。以沙龙为中心，上海租界内以曾朴、邵洵美为代表形成了不同的以政治思想、审美倾向、生活方式为标识的文人共同体，并在文学场域内形成足以影响文学思潮产生和文学现象肇启的某种文化权力。按照许纪霖的观点，知识分子在都市空间的活动是有天然秩序的，而在上海租界这个特殊的城市空间内建构的"模拟"空间是带有文人身份识别作用的。本书试图以曾朴的马思南路客厅和邵洵美的沙龙"花厅"为例来考察文人在上海租界的活动规律和空间秩序。

第三，运用了后殖民主义理论视野来关注上海租界文化对中国当代文学中与上海地域性相关的文学现象带来的"不在场"的影响。本书不仅强调上海租界及租界文化对现代文学创作和作家的影响，同时也关注租界文化对中国当代文学"隔代"的影响。20 世纪 90 年代，出现了以程乃珊、陈丹燕为代表的"上海怀旧热"。这个怀旧的"旧"不是指旧上海的一切旧东西，这个"旧"显然是经过"过滤的""选择的"，是特指上海 20 世纪二三十年代到全部沦陷之前的那段时期。作为那段时期最典型的空间代表租界，不仅给上海留下了法国式的街道和梧桐，一些看不见的被称为"租界性"的东西也悄无声息地融入与上海有关的文学之中。本书试图从租界文化的辐射性这个特征，以新的维度分析当代文学中的一些文本和文学现象。

1.2 文献综述

都市文化的勃发与文学相互衍生的关系的研究，近年来一直都是国内外研究的热点，是具有发展潜力的综合学科领域。着眼于都市文化与文学类型生成关系的研究要求有跨学科的视野，是文学、社会学、历史学、地理学交叉的领域。从本质上讲，这是以文学研究为突破口勾连起其他学科的新型文化研究。早在《发达资本主义时代的抒情诗人》中的《巴黎，十九世纪的都城》里，本雅明就成功地揭示出 19 世纪的巴黎都市景观和波德莱尔的经典作品之间的"互文性"复杂关系。理查德·利罕也述及"城市的兴起与五花八门的文学运动有割不断的联系"❶，认为城市是一个不可切割的整体，应在城市文本与文学文本相互对照中解读、理解城市和文学的新关系。美国学者刘易斯·芒福德的《城市文化》"以一种略带厌恶的笔调批评巴洛克时代到大机器时代的西方城市"❷，认为密集的功能主义建筑成就了专制主义，也成就了资本主义。都市文学是从文学角度研究文学与都市文化之间的联系，文学文本与城市之间一直以来就有着复杂的共生逻辑关系。一方面，都市进程无疑和现实主义以降的各种文学思潮密切相关；另一方面，文学的表现能力可以穿透作品叙事时代的都市背景，成为后世还原、阐释历史的有效方式，后者也许就是当代学人试图通过文学文本窥见历史景象的原因。

海外华人学者是按照这一理路为依据，来探究上海租界空间与文学的关系的，走的是文化研究的路数。其中最具有代表性的作品是李欧梵的《上海摩登——一种新都市文化在中国 1930—1945》，这是目前国内研究上海都市文学、都市空间、都市文化者必读的论著。作者采用文化研究的方法，把文学作品、上海电影、社交活动甚至是日常生活作为研究对象，全方位探讨上海特殊的文化空间对社会生活的影响。张英进的《中国现当代文学与电影中的城市：空间、时间与性别构形》从空间、时间、性别等不同的维

---

❶ 理查德·利罕. 文学中的城市——知识与文化的历史 [M]. 吴子枫，译. 上海：上海人民出版社，2009：4.
❷ 刘易斯·芒福德. 城市文化 [M]. 宋俊岭，等译. 北京：中国建筑工业出版社，2013：48.

度，解读了中国现代文学中与上海地域相关的文学现象意义。史书美的《现代的诱惑——书写半殖民地中国的现代主义》着重考察了在西方文化的影响下，在现代性线性历史进程的维度上，上海的都市文化和中国土生的现代主义文学的渊源和关系。在此书中，作者提出一个重要观点，在上海的现代派作家对租界这个都市空间有着独特的认知方式，即把以租界为代表的上海都市人为地分为两个层次，一个是西方现代文化的租界，另一个是西方殖民的租界，这种对上海租界认知的"分岔策略"为分析文人作家的文化身份、文化心理以及叙事症候的分析提供了一个全新的角度。孙绍谊的《想象的城市：文学、电影和视觉上海（1927—1937）》着眼于1927—1937年，上海的城市文化所表现出来的"异质性"特点，不仅解构了现代中国划一的革命民族主义话语，也质疑了那种将其等同于西方输入品的观点，试图通过对流通性、空间性、动态性等概念的引入来丰富我们对上海文化的理解，摒弃抹杀差异性的整体阐述模式，以小说、电影甚至是当时的广告建构出的上海都市空间为考察对象，重新建构了上海都市空间的文化意蕴。这些作品强调了以上海租界为代表的现代性的西方文化对中国文人作家及作品的单向影响，但是，同时也忽略了上海作为中国城市之根本的母体文化对异质文化的抵抗和有机融合的过程，特别是少有学者在作品中辟专章来阐述租界及租界空间的文化文学意义，而大多是把租界空间和文化的问题混杂在都市空间和文化问题中。

论述上海都市和租界历史方面的著作颇丰。由美国人卜舫济撰写、岑德彰编译，成书于20世纪的《上海租界略史》，以外国人的视角详细记录了1843—1930年，上海租界经历的小刀会起义、太平天国、武昌起义等重大历史事件在上海租界建构过程中起到的作用。美国人罗兹·墨菲的《上海——现代中国的钥匙》以现代性这一线索，强调了上海城市的演变发展过程，在强调租界殖民地性质的同时，也指出了公共租界和法租界在现代上海城市发展中所起的作用。除此以外，美国人霍塞的《出卖上海滩》主要记述了由开埠到1937年的上海发展史。不同于其他外国人记录上海租界的著作，这本书主要讲述了外国"大班"在中国的奋斗史、日常生活方式和社会交际，可以当作上海租界的日常生活史。傅立德和梅朋合著的《上海法租界史》是专门讲述上海法租界的专著，重点记录了上海法租界的政治、经济和文化发展状况。研究租界史的国内学者包括民国时期的姚公鹤、徐公肃、邱瑾璋和蒯世勋，他们注重历史的记录，详细记录了上海租界的几次扩址、租界商业的繁荣和金融业的扩张以及上海的现代化进程问题。唐振常、熊月之、费成康等学者是新时期以来最早一批研究上海史和租界史的。史学家李天纲的研究致力于文化方向，主要从海派文化、制度文化和城市文化三个维度进行上海城市文化研究。

自从 20 世纪 80 年代以来，随着中国大型城市的不断涌现，中国现代文学里都市文学的研究逐渐成为显学。而上海这座城市之于中国现代文学有着非凡的意义，中国现代都市文学肇启于上海，而与上海地域性相关的都市文学也是中国都市文学最高成就的体现。最早的城市文学研究是以新感觉派研究为切入点的，随着夏志清的《中国现代小说史》中对张爱玲的再发现，城市文化研究波及与上海相关的 20 世纪二三十年代的海派。其中，吴福辉的《都市漩流中的海派小说》把整个上海当作文学文本来分析，并非仅把海派文学当作一种样态流派，而是对整个海派作为一个自给自足的文学形态来探讨，同时特别强调上海与租界文化相关的商业性对文人思维和文本的重要影响。程光炜主编的《都市文化与中国现当代文学》整理收集了众多关于国内都市文化的评论文章，探讨了"文学上海"与城市文化身份的建构与文学史的关联。此外，陈平原的《北京记忆与记忆北京》、赵园的《北京：城与人》借助文化文学材料探讨了北京人的文化性以及在北京市井生活中的具体表现，为与地域相关的都市文学研究提供了新的角度。李今的《海派小说与现代都市文化》分析了上海在向现代化、工业化、国际化大都市转变过程中产生的新的行为方式、新的思维方式、新的社会阶级、新的文化现象对海派文学的影响。

值得一提的是，近年来，以杨剑龙为代表的上海师范大学都市文化研究中心出版了一批专著，分别从上海文化、文学流派、出版业发展与都市文化的关系上，全面揭示了上海都市文化与中国现代文学具体而又深刻的关联，如《都市上海的发展和上海文化的嬗变》《上海文学与二十世纪中国文学》《世界潮流中的海派文化与海派小说》《海上唯美风：上海唯美主义思潮研究》等。其中，《都市上海的发展和上海文化的嬗变》一书的第三章，为上海租界和租界文化开辟了专章，较为详细地论证了租界文化对上海社会的影响以及租界文化自身的特质。此外，还有相关的博士论文，包括赵欣的《上海都市文化与上海女作家写作》、张娟的《三四十年代上海现代市民小说价值重构》、高兴的《中国现代文人与上海文化场域》、陈晓兰的《文学中的巴黎与上海》、李洪华的《上海文化与现代派文学》、张鸿声的《文学中的上海想象》、郑积梅的《20 世纪三四十年代女作家的上海叙事》、冉彬的《30 年代上海文学与上海出版业》、赵元蔚的《海派文学与消费文化》等。这些论文分别从性别、文化身份、文学场域、文学流派、租界文化、出版文化、商业消费的角度论述了文学与城市空间的复杂关联。特别值得一提的是李永东的论文专著《租界文化与三十年代文学》《租界文化语境下的中国近现代文学》，是目前国内少有的专门论述租界文化与中国现代文学的著作，详细论述了租界文化如何参与了中国现代文学的建构，系统地阐述了租界空间及文化与中国本土文学之间复杂的演进关系。

中国学界早期对于都市空间的文学研究，是以传统文学理论中已经形成的"京派"与"海派"文学为划分依据，在此基础上深入文学作品探讨都市空间与文本的关系。以地域和地区文化为探讨依据固然有其道理，但是显然忽视了上海作为一个中国现代化前沿城市，一方面受到欧风美雨的浸染，另一方面又被民族文化牵绊的复杂局面。租界作为城市中的线形时间发展线索中的特殊空间具有非典型性，原有的都市空间和文化理论并不适用于描述这一异质城市空间。

综观相关的学术专著和期刊论文，就目前而言，专门研究上海租界及租界文化与文学关系的文献数量并不多。很少有专著或文章在谈及与上海地域性相关的文学现象时，单独厘清对与上海地域性紧密相关的文学现象起到建构作用的租界空间及租界文化的内涵和意义，也少有论文专门论述上海租界空间和文化的独有价值。而在众多有关海派文学的研究文章中，已有的"京派"和"海派"的划分有时是不能合适地、恰当地去理解、阐释已有的文学现象的，海派文化与海派文学这两个概念也不能穷尽地阐述与上海租界相关的文学现象。而相当数量的论文仍然是围绕着海派文化与文学的关系而论述的，租界空间及租界文化和海派文学的关系仅因有所涉及而泛泛而谈。

第 2 章

殖民性与现代性并存的
空间表征——租界

长久以来，"租界"作为"国中之国"，一直被视为民族发展史上抹不掉的污点，是积弱的中国成为半殖民地半封建社会的特征之一。历史学家陈旭麓在《中国近代社会新陈代谢》中有这样的观点："研究近代上海是研究中国的一把钥匙；研究租界又是解剖近代上海的一把钥匙。"❶ 重新审视历史会发现，租界之于上海，上海之于现代化的中国，有着至关重要的作用。

2.1 租界权力空间的形成

租界如果按字面意思直接解释，是被"租借的土地"，但是其背后却隐藏着与政治和经济相关的更为复杂的问题。租界是指"19 世纪中期至 20 世纪中期，帝国主义列强在中国等国的通商口岸开辟、经营的居留、贸易区，其特点是外人侵夺了当地的行政管理权及其他一些国家主权，并主要由外国领事或侨民组织的工部局之类的市政机构来行使这些权力，从而使这些地区成为不受本国政府行政管理的国中之国"❷。租界现象在

---

❶ 陈旭麓. 陈旭麓学术文存 [M]. 上海：上海人民出版社，1990：713.
❷ 费成康. 中国租界史 [M]. 上海：上海社会科学院出版社，1991：384.

中国不是个案，但就其影响的广度和深度上看，上海租界因借助租界空间形成的上海租界文化对上海影响之深，是在中国众多租界中影响最为深广的一个。

2.1.1　上海租界的肇启

从 1845 年 11 月到 1943 年 8 月，上海租界持续近百年的时间，是 10 个开埠口岸中持续时间最长、最早形成的，也是面积最大、侨民最多、管理机构最严密的租界。更重要的是，租界对上海历史发展有着不可回避的重要影响，上海租界在古老中国艰难的现代化过程中，在经济、文化、教育等方面也扮演着重要角色。上海租界是在中国境内所有租界中最富争议的、具有典型殖民范式的空间，其中英租界在上海开埠最早，影响最大。

1842 年（道光二十二年），清政府与英国政府签订了《南京条约》，这是中国近代历史上的第一个不平等条约。根据《南京条约》第 2 条的规定，广州、厦门、福州、宁波、上海被迫开辟为通商口岸。英国人获得携带家眷在中国以上五个通商口岸居住的权利。早期通商口岸就是后来繁荣一时的租界的雏形。1843 年 11 月中旬，宫慕久作为当时的苏松太兵备道与英国领事巴富尔就上海通商口岸选址和面积的问题进行磋商，中英双方于 1843 年 12 月下旬就英国人在通商口岸居住、经商的区域即最初租界的界址达成协议。"这一英人租地东以黄浦江为界，北以吴淞江为界（吴淞江在上海段被称为苏州河），南以杨泾浜（后称洋泾浜）为界，西面与一片荒地相连。"❶上海道台宫慕久又在 1845 年将 23 条有关租界界址在内的土地租赁法律汇总成一份章程《上海租地章程》，该条约在法理上承认了英国在华租界的地位。

这一章程的显著特点是：规定在租界内实行华洋分居。租给洋商的土地实施特殊的永租制度，即租界内土地专供英国人租赁，华人不得随便租售租界内土地，租界内土地实际上是永久租赁制，这就是租界之"租"字的来历。但实际上，"租地"等同于买地，租界内的市政建设权与征税权归外国人，中国官府不可过问。这为上海日后"租界"与"华界"的城市空间并

---

❶ 费成康. 中国租界史 [M]. 上海：上海社会科学院出版社，1991：13.

置、对照埋下了伏笔。英国领事也取得属地的一些行政管理权。依据这一条款，一年后，英国人正式建立"道路码头委员会"，这个委员会是市政机构工部局的雏形。《上海租地章程》为租界在日后脱离中国政府的管理，成为所谓的"国中之国"奠定了基础。

英国殖民者在上海租界完成土地勘定之后，1848 年，敏体尼以法国驻上海领事的身份效仿英国人也向当时的上海道台吴健彰提出租地建屋的要求。1849 年，法国殖民者得到"南至上海北门外的城河，北至洋泾浜，西至关帝庙、褚家桥，东至广东潮州会馆沿河至洋泾浜东南"❶ 的土地，并要求在该片土地上拥有同英国人在英国租界地上同样的特权。法国在上海开辟出的租界，"打破了清政府限定外商居留范围的计划，而且开了列强在同一个通商口岸分别建立居留地的恶例。不久，一个通商口岸并存多个外国租界的状况便由此发端"❷。与此同时，美国人也提出与英、法同样的要求。抵达上海的美国人，最开始是居住在英国人的租地上，1848 年开始，美国圣公会传教士文威廉利用苏州河北岸的土地，以建设教堂传教为名，在虹口地区擅自建造房屋，后又多次与当时的上海道台吴健彰交涉，取得在这一地区的居留权。到 1857 年，英、法租界地区域加上美国人的居留地区域的面积达数千亩，成为西方人在中国建立成熟完善租界地的物质基础，上海官府逐渐丧失了控制这些区域的权力。

上海租界从最初到最后的成熟历经了几个关键的转折点，这几个转折点直接影响到后来上海租界内人口的构成、市政管理制度、经济发展等诸多方面。

第一个转折点：太平天国运动和小刀会的活动打破了上海租界内一直保持的"华洋分居"的局面，形成"华洋杂居"的状况。1853 年，太平军攻克南京，英、法、美一致决定在租界地内组织自卫性质的义勇队，修建永久性的防御工事，禁止清军与太平军进入，并宣布租界地在战争中保持中立态度。在"泥城之战"中，清军被义勇队击溃，清政府这时已完全失去对上海

---

❶ 费成康. 中国租界史 [M]. 上海：上海社会科学院出版社，1991：17.
❷ 费成康. 中国租界史 [M]. 上海：上海社会科学院出版社，1991：18.

外国人租地的控制。同年 7 月，上海县城被小刀会起义攻陷，时任上海道台吴健彰在英国人的保护下一度到租界避难。这两次战乱是上海租界发展的窗口期。

"太平天国"和"小刀会"革命使租界聚集了近代大都会形成所必须具备的人口要素。小刀会攻占上海时，有 2 万华人涌入租界，太平天国运动时，约 50 万华人难民进入租界，其中不乏中国晚清时的富商豪绅，这无疑为租界经济的发展带来了资本和工业发展所需的大量劳动力。就如张仲礼在《近代上海城市研究》中表明的，"租界为上海人口、资本的集中提供了安全的保障，从而加速了这种集中"❶。而人口和经济总量是判断一个地区"都市化"程度的最重要的两个因素。据不完全估计，从 1860 年到 1862 年期间，华人带入上海租界的资本至少有 650 万两银元。人口和资本两个要素的集中出现为租界的经济和社会发展进程提供了最为必要的先决条件。截至 1870年，上海租界在经济、人口规模、城市化进程、市政建设、教育文化等方面都取得了长足的进步。在经济方面，仅租界地区对外贸易量就高居全国首位，占全国贸易总值的 50%。上海租界内出现了数量众多的洋货店、钟表店、西药店等，也有数以万计的经营中国传统商品的布店、丝栈和茶栈等。更为重要的一点是，为躲避战乱，包括原居住在上海县城的官员、商贾在内的许多华人大量涌入租界，打破了华洋居住、生活相互隔离的局面，"华洋杂居"的居住状况为以后上海租界内的经济、文化、商业的发展奠定了基础。

因战乱人口聚集，原本的租界空间已显得十分逼仄，上海租界的边界和面积屡次得到拓展。1863 年，在太平军攻打上海的时局下，英美决定实现英美在上海租界的合并，并以此机会寻求公共租界扩址。1899 年，公共租界扩址，"东自杨树浦桥起，至周家嘴角止。而西自泥城桥起，至静安寺镇止。又由静安寺画一直线，至新闸苏州河南岸。南自法租界八仙桥起，至静安寺镇止，北自虹口租界第五界石起，止于上海县北边界限上，面积达到 33503 亩"❷。法

---

❶ 张仲礼. 近代上海城市研究［M］. 上海：上海人民出版社，2000：162.
❷ 杨剑龙. 都市上海的发展和上海文化的嬗变［M］. 上海：上海文化出版社，2012：65.

国领事也借着第二次四明公所事件，提出法租界扩界的要求，法租界"北至北长淀，西至顾家宅、关帝庙。南至打铁滨、晏公庙、下公桥。东至城河滨，法租界面积 2135 亩"❶，"1899 年，上海公共租界的拓展与 1914 年法租界的拓展分别达 2 万亩及 1 万余亩"❷。除此之外，租界当局以抵御太平军为由，越界开辟筑路区。越界筑路是列强为扩充租界面积惯用的伎俩。随着列强越界筑路面积和数量的扩大，中国政府和租界当局就筑路的归属权发生了分歧，虽然这些地区没有得到中国政府法律上的确权，但实际上最终越界筑路以及所涉有关区域全部被租界侵吞。

第二个转折点：在 1912 年到 1937 年期间，上海租界迎来高速繁荣的黄金期。对于中国国内而言，1912 年中华民国成立以后，国民党与北洋军阀连年战乱，大量商贾涌向政治环境相对安静的租界。而国际上恰逢第一次世界大战之际，西方列强无暇顾及租界经济控制，在上海租界内，民族资产阶级得到了蓬勃的发展。民族资产阶级的发展激发了上海租界的经济活力，租界经济实现了在战争期间近乎畸形的逆市增长。上海因此成为世界上少有的几个同时集工业制造中心、金融中心、航运中心为一身的城市。

在经济方面，上海租界地区及周边对外贸易交易量占据全中国的首位。在交通运输方面，租界可被称为中国第一个现代航运枢纽和出口量最大的港口。上海租界内出现了大批具有都市商业气息的商店、洋行。在城市建设方面，经过多次扩址和越出边界的筑路，20 世纪 20 年代初，上海的英国租界和法国租界及两国越界筑路的总面积达到 60 多平方公里，上海租界面积的急速扩张吸引了大量的中外居民。截至 20 世纪 20 年代初，租界内的中外居民人口高达 110 万之多，到 1925 年，外国侨民的总量达到了 3.7 万多人。到 1930 年，在租界定居的人口已达 1455088 人，几乎占到上海总人口的一半。居民数量的增长也加速了租界内房地产业的发展。随着人口规模的扩大，租界内的市政建设也迅速发展。新式马路、自来水、煤气、电灯、公共交通，同时代西方大都会所具有的市政设施上海租界全部仿照。公共租界的标志南

---

❶ 费成康. 中国租界史 [M]. 上海：上海社会科学院出版社，1991：63.
❷ 费成康. 中国租界史 [M]. 上海：上海社会科学院出版社，1991：271.

京路成为商店林立的最繁盛的商业街道，全上海最有文化氛围的街道则为法租界的霞飞路。上海现代工厂最早集中的区域也在租界内，因上海租界拥有资本和工业技术上的优势，这些现代化的工厂当时大多采用世界范围内比较领先的设备和管理技术。因此，到 20 世纪 20 年代初期，以租界为中心的上海地区已成为名副其实的中国的工业制造中心和经济中心，上海开始比肩世界其他大都市，成为远东地区的第一大都会。

经济繁荣的同时，上海租界的文化事业也空前繁荣。在租界内出现了众多报馆、书局及其他文化机构。1850 年，英国人创办了租界内最早的一份报纸《北华捷报》。在上海租界内，《万国公报》《格致汇编》是最早经过转译传播西方政治、科学、知识的报纸。中文报刊在 19 世纪 60 年代后逐渐繁盛，1861 年租界内首份中文报纸《上海新报》印行，报界的传奇《申报》创刊于 1872 年。这个时期杂志发展速度也非常快，1925 年发刊的《生活周刊》印数最多时可达 15 万份。印刷精良、排版现代化的《良友》画报，读者对象准确定位为租界里的中产阶级人群，因其浓郁的都市气息受到读者欢迎，传播了现代化日常生活的理念。上海租界不但是中国新型的文化传播媒介的发源地，也是中国电影的摇篮。上海最早的一批电影院是由外侨在租界内兴建的，电影的自主拍摄也是由外侨首先投资的。1922 年，上海明星电影公司的成立标志着国产电影的制作正式拉开帷幕。20 世纪 30 年代，"左翼电影运动"在上海如火如荼地展开，涌现了《渔光曲》《桃李劫》《十字街头》等一批国产影片。新型的文化传播方式，以日常生活的形式悄然改变着人们的认知方式和知识结构。

租界因其地理和外侨人员众多的优势成为中国翻译西方文化艺术著作的基地。在上海开埠早期，诸如墨海书馆、美华书馆、益智书会等规模较大的书馆皆由外国传教士创办。在译介西方书籍和介绍西方学术文化方面，上海租界起到了重要的辐射作用。在西人的影响下，国人也依托租界的便利优势，大量翻译西方文化书籍，特别是在"五四"新文化运动后，以译介西方文化为己任的报刊和书籍十分繁多。1915 年，由陈独秀主编的创办于上海的《青年杂志》揭开了新文化运动的序幕。民国初期，留日和留欧美学生纷纷回国，寄居在上海租界，借助租界内出版业的发达开辟文化事业。继西方传教士之后，租界成为开埠之后新的中西文化传播、交流之地。

对于培育西方现代文化精神而言，在上海租界内首创的新式教育系统也扮演着重要的角色。在租界内由教会所创办的最早的一批学校，包括创立于1849 年的徐汇公学、清心书院以及后来的圣约翰大学等，对国人尝试自办新式学校起到了示范作用。新式教育为新型市民的出现提供了强有力的支撑。上海租界内具有的新式文化的氛围，使出版企业、图书馆、学校等新式文化机构应运而生。20 世纪 20 年代中后期，以租界为中心的上海成为全国的文化中心，在商业发达、华洋杂处、东西方文化相互浸透的文化语境下，上海租界不但营造出适合各类文人栖息的艺术市场环境，又为新型知识分子的出现提供了相对应的物质场域。上海租界宽松独特的政治、经济环境使最早的现代市民阶层群体日益壮大。在商业文化消费的刺激下，为了满足市民口味，反映市民生活的大众通俗文化日渐发达，像画报、通俗小说、竹枝词这类通俗文学形式得到了繁荣发展。

第三个转折点：孤岛时期。1937 年，卢沟桥事变后，日军长驱直入。当时太平洋战争尚未爆发，英、美还未对日宣战，上海租界被日军包围，成为孤立无援之地，史称"租界孤岛时期"。孤岛时期历时四年，直到 1941 年日军发动太平洋战争，租界孤岛的状态才被结束。孤岛状态首先改变了原来的租界空间布局，曾经是上海租界发展最快的公共租界在内的北区和东区，在淞沪会战中遭到了严重的破坏，大量资本和人口只能搬迁到上海法租界和苏州河以南的地区。

姚公鹤在《上海闲话》中写道："上海兵事凡经三次：第一次道光时英人之役，为上海开埠之造因；第二次咸丰初刘丽川之役，为华界人民聚集上海；第三次咸丰末太平军之役，为江浙及长江一带人民聚集上海租界造因。经一次兵事，则租界繁荣一次。……租界一隅，平时为大商埠，乱时为极乐园。"❶ 孤岛时期，租界内的经济并未受到影响，反而呈现了畸形繁荣的态势。跟沦陷区正在进行的战争相比，租界内的形势相对比较稳定。孤岛时期的租界在经历了短暂的低迷之后，很快得到恢复，到 1938 年，开工的工厂已

❶ 姚公鹤. 上海闲话 [M]. 上海：上海古籍出版社，1989：60.

达 4709 家，1917—1941 年，进口商行的数量由 213 户快速增加到 613 户。尤其是租界内的房地产、交通运输业、金融业得到空前的发展。上海的百货公司永安公司在 1939 年前后，日营业额平均可以达到百万元以上。

上海租界在抗战期间不但形成了政治空间上的孤岛，还形成了逆周期的经济上的孤岛，像上海租界这种"一个城市与天下治乱之间如此奇妙的关系，在世界城市史上也是不多见的"❶。

2.1.2 殖民权力空间的双重影响

从 20 世纪六七十年代开始，"空间"成为一个极具活力的概念。对空间的偏重表现在注重把事物置于某种场域里考察，注重在场性、共时性和构成性。空间并不是以往所认为的死寂、固定、静止的东西。"空间是一种生产"意味着空间不是静止的，具有流动性，而且在这个过程中充满了矛盾性，就像亨利·列斐伏尔所说："空间里弥漫着社会关系；它不仅被社会关系支持，也生产社会关系和被社会关系所生产。"❷ 在人类社会行为实践进程中空间的意义得以形成，又反过来影响、改变甚至规约人们在社会空间中的实践行为。在某种类型空间的生产过程中，相关的社会关系和社会秩序也在其中重组和建构。

"空间永远是政治性和策略性的"❸，租界无疑是殖民资本在近代上海所生产出的最大空间。上海租界具有典型的空间殖民主义特点，是半殖民地的空间表征。空间殖民主义在文化维度上的特征表现为："在他人之乡，按自己的生活习性、文化偏爱去构造一个为自己所喜闻乐见的空间环境，以殖民空间移植来满足并宣扬自己的生活方式，表现自己的文化优越感，无视他人、他乡的社会及生态环境，从视觉到物质感受上嘲弄地方文化，奴化他国民众的身心。"❹ 开埠之后的上海，空间的构造发生了全方位的变化，租界作为西

---

❶ 张仲礼. 中国近代城市企业·社会·空间［M］. 上海：上海社会科学院出版社，1998：34.

❷ 包亚明. 现代性与空间的生产［M］. 上海：上海教育出版社，2003：48.

❸ 亨利·列斐伏尔. 空间政治学的反思［M］//包亚明. 现代性与空间的生产. 上海：上海教育出版社，2003：62.

❹ 陈蕴茜. 日常生活中殖民主义与民族主义的冲突：以中国近代公园为中心的考查［M］//王迪. 时间·空间·书写. 杭州：浙江人民出版社，2006：278.

方殖民地在中国在地化的空间表征，表现出与传统中国社会迥然不同的空间特征。中国传统社会的空间是同质的，而租界空间显然是异质的，租界空间打破了中国社会历史时间的连续性，就此租界空间独特的意义被凸显出来。这种租界空间意义的彰显是典型的空间殖民主义。这些变化理所当然会在空间的生产中明确反映出来，"特定的空间和地理位置始终与文化维持着紧密相关，这些文化内容不仅涉及表面的象征意义，而且包括人们的生活方式"❶。由此，有必要先厘清租界空间的性质，进而才能深入肌理探究出空间性质与文学创作的关联，空间性质的转变又是如何作为影响因子潜在地影响着文学的创作。

上海租界是西方殖民者以西方大城市为模板而生产出的空间，具有殖民性和现代性并存的性质。"空间是任何公共生活形式的基础；空间是任何权力运作的基础。"❷ 西方列强通过对租界空间的等级规划，强化居住在租界内部中国居民的"自我东方主义"意识。建筑是一种政治，也是表达城市权力空间风格的有效表达方式之一。在英国主导上海租界时，建造在外滩的英国大厦都是仿照 19 世纪后期开始在英国流行的"新古典主义"建筑风格，尤其是汇丰银行和海关大楼更是展示了处在强盛时期的英国殖民势力。到了 20世纪 30 年代，随着美国国力的增强，代表着美国新工业力量的大厦开始出现，像租界内的地标性建筑国际饭店、慕尔礼拜堂、花旗总会等建筑都是美国现代材料和技术的产物，这些建筑物象征着新殖民力量的崛起。通过对租界道路的命名来显示租界空间作为接触区里的"不平等和无法控制的冲突的特质"❸。列强在公共租界的中心区域外滩为巴夏礼、赫德建立纪念铜像，以纪念这片租界的创始者，法租界最繁华的街道霞飞路是用法国民族英雄霞飞将军命名的，这是殖民权力的一种恶意彰显。除此之外，法租界还有一大批使用法国名人名字命名的街道，以显示法国对空间的绝对控制。比如，马思南路是法国作曲家的名字，贝当路是法国元帅的名字，另有福开森路、辣斐

❶　迈克·克朗. 文化地理学 [M]. 杨淑华，宋慧敏，译. 南京：南京大学出版社，2003：8.

❷　米歇尔·福柯，保罗·雷比诺. 空间、知识、权力——福柯访谈录 [M] //包亚明. 后现代性与地理学的政治. 上海：上海教育出版社，2001：13－14.

❸　阿里夫·德里克. 后革命氛围 [M]. 王宁，等译. 北京：中国社会科学出版社，1999：291.

德路、敏体尼萌路等。列强通过创造象征性的空间来表明对原有空间的重塑，强化空间的权力，显示出对空间的掌控权。

租界当局还利用划分空间等级性显示华洋在租界内的权力等级差异，使中国人与租界的外侨等级与空间等级产生意义上的刻板联系。上海租界的电车在早期是华洋分离的，洋人可以乘坐头等车厢，而上海华人只能坐三等车厢。这种权力对细微空间的宰制明确区分出殖民和被殖民的关系。华人没有资格进到外侨开办的俱乐部娱乐，华人职员在汇丰银行工作时是不允许走正门的。《中国指南》这样说："这些地方和我们中国人无甚关系，而且这些西洋饭店里，上层阶级的气氛是非常庄重的。每个步伐和手势都是有规定的。因此如果你不懂西方，即使你有足够的钱，不值得去那种地方丢人现眼。"❶中国人在租界内享受空间权利是受到束缚的，租界空间显示出极强的带有殖民色彩的差别性与等级性，因其空间呈现出殖民性的差别性与等级性，使更多在租界的中国人客观地看待租界。上海租界空间与左翼文学观念的产生有着内在的逻辑关联。上海在租界空间的区域性与等级性的布局刺激了有左翼倾向的作家在民族主义上的急切表达。华界的肮脏不堪与租界的繁荣并置、对照又使左翼作家在阶级革命维度上做出了强烈的表达。阶级革命与民族革命在上海租界这里达成了一致。

即使是对租界生活推崇备至的穆时英也感叹租界是地狱上的天堂。更多的作家一方面沉溺于租界的物质生活，另一方面又因为租界空间是呈现出等级性的，产生租界是罪恶之渊薮的感叹。通过中西文化相交的接触区，殖民者完成了对租界空间布局的宰制。这种空间等级意识在中国作家中渐渐形成了集体无意识，当周遭空间的生产和历史语境再次出现周期性重叠时，这种集体无意识就会被激活，成为某个群体作家的共同话语系统。因此，20 世纪 90 年代中期以后，部分上海作家的集体怀旧作品中，仍然依稀可见这种残留的租界"殖民性"。

"异托邦"这个概念最早由福柯 1967 年发表在日本建筑研究会《建筑、运动、连续性》杂志上。"异托邦"这个概念是一直执着于"空间复魅"的

---

❶ 王定九. 上海门径 [M]. 上海：中央书店，1932：11 – 12.

福柯的空间理论成果，该理论可归属在福柯著名的"空间、知识、权力"的思想框架中。按照福柯的观点，租界是典型的带有殖民色彩的"异托邦"性质的空间，殖民者对上海租界空间的规划与构造是完全按照其母国的空间模板，在上海租界制造了实景与幻象并存的"异托邦"，把上海租界当作"其国土的延伸"❶。因此，上海租界空间具有当时中国其他地区不具有的西方"现代性"。遗憾的是，福柯当时并未对"异托邦"做出准确的定义，只是在与"乌托邦"的比较中提出了"异托邦"的六大特征。

福柯在谈及"异托邦"的第四个特征时论述过："异质空间通常与异质时间相交，使之得以脱离传统的时间与时间性。"❷ 显然，上海租界是符合这一特征的。按照线性历史发展观看，以全球西方发达国家为坐标，中国属于后发现代性国家，租界空间不是中国按照自身发展可以生产出的空间类型，而是在西方外力干扰下催熟的产物。租界空间对于中国历史而言是"早产物"，在某种程度上，租界就像怪诞的花，虽美但是总显得不合时宜。这也能解释上海租界为何能孕育出只有在都市文化发展成熟阶段才能产生的现代派文学，"异"为其提供了中国现代派文学生发的土壤。

福柯对"异托邦"六个特征的描述成为判断某地是否为"异托邦"的重点标准，前五个标准以"异"为中心，旨在表达"异质空间"并存。"异托邦"所强调的"异"是两个性质不同空间的并存，即"异托邦有权力将几个互相不能并存的空间和场地并置为一个真实的地方"❸。就像在纽约的大都会博物馆里，可将不同国家、互不相干、不同时期的历史人物和历史遗迹放在一个展厅里一样。从上海整体空间来看，近代上海是由两种空间群落并置组合而成，华界空间群落具有高度单一性的特征，它由中国传统发展而来，另一空间群落混合了多重外来的特异性，这种特异性包括同构的本地属性和外来民族的异质性。华界和租界截然不同的城市景观和超越国界与时代的异质建筑群，把时间和空间无限压缩，让生活在其中的人在城市空间中有着跨越

---

❶　沈宗洲，傅勤．上海旧事［M］．北京：学苑出版社，2000：66.

❷　王标．空间的想象和经验——民初上海租界中的晚清移民［J］．杭州师范学院学报，2006（1）：35.

❸　福柯．另类空间［J］．王喆，译．世界哲学，2006（6）：54.

时空的奇异感觉，这种租界空间就是福柯所说的处在真实和想象之间的地带。并置性是体现其"异托邦"性质的显著特点。上海租界与上海老城两个城市空间实现了有效的并置，对比鲜明。上海竹枝词有过以下表述："租界：'道路清净宽广，团练兵操步伐整齐，舍宇栉比鳞次"❶；而与之形成并置对照的华界"城内街道极为狭隘，垃圾粪土堆满道路，臭气刺鼻，污秽非言可宣"❷。以线性时间发展为衡量标准，租界和华界不是一个历史阶段的空间产物，中国社会尚不能生产出像租界这样的现代化的繁华都市空间，在某种程度上，租界是"借来的时空"，租界对于中国社会而言是异质的，而华界与中国社会是同质的。二者形成了鲜明的"异托邦"的重要特征之一——异质与同质的并存。

"异托邦"还具有两个发挥于极端之间的"异位"功能，即创造一个"幻想性空间"和一个"补偿性空间"。"幻想性空间"可以显露出全部真实空间的虚幻特质，而"补偿性空间"会"创造一个完美的、拘谨的、仔细安排的真实空间，以显示我们的空间是污秽的、病杂的、被混乱的"❸。福柯在其文章中明确指出，"补偿性空间"的典型范例就是殖民地空间。上海租界具有"空间殖民主义"的特点，对于中国人来说，租界是殖民文化的空间表征，是自身文化"他者"的空间，但租界空间现代有序的繁华提供给被殖民国家所有关于民族、国家最好的共同想象模板，是"幻想性空间"。对于殖民者而言，租界是西方文化想象在东方在地化的产物，是西方推崇的现代时间化对中国原始空间的改造，租界是西方的"补偿性空间"，是殖民权力的空间化呈现。上海租界成了想象和真实并存的"异托邦"，也是殖民性与现代性并存的空间。

上海租界是受"东方主义"宰制的"接触区"。在《东方主义》一书中，萨义德将葛兰西的"文化霸权"和福柯的"话语权力系统"结合起来，提出东方主义的观点。东方主义是以一种"欧洲中心主义"的思维方式来刻板地认知东方，东方在欧洲人那里呈现出的并不是真正的东方，是依据欧洲

---

❶ 唐振常. 上海史研究 [M]. 上海：学林出版社，1988：42.
❷ 熊月之. 论上海租界的双重影响 [J]. 史林，1987（3）：103 - 104.
❸ 福柯. 另类空间 [J]. 王喆，译. 世界哲学，2006（6）：57.

古老的经验来判定、协调东方的方式。"东方主义"的目的很明显，是为了确定西方文明的优越感而塑造的文化"他者"形象，是西方掌控东方的一种权力话语体系。萨义德认为，西方的殖民者利用其超前的现代化优势，精心培育、扶植出一部分东方的知识分子，这些东方知识分子接受并认可世界是以西方为本体中心的观念，"东方的学生和教授到美国投奔到美国的东方学家的麾下，学会了操作东方学话语，然后回来向本地的听众重复东方学教条"❶。而马克思主义后殖民批评家阿里夫·德里克进一步发展了"东方参与自身的东方化"的理论，在"东方主义"基本义上衍生出来了"自我东方主义"的理论。"自我东方主义"是东方人把"东方主义"进行自我内化，具有东方身份的学者，甘愿利用东方主义视角来进行自我审视，形成与西方共谋的关系，表现出对西方的文化、器物刻意的赞美态度。德里克进而又进一步利用玛丽·路易斯·善拉特的"接触区"概念，解释了"自我东方主义"产生机制之一的"接触区"，"接触区"被形容为"殖民遭遇的空间，在这空间里地理与历史上彼此分离的各民族相遇，建立起持续的关系，但经常又有威胁、极端的不平等和无法控制的冲突等情况出现"❷。"接触区"在本质上是一种被殖民权力统摄的地区，是一个被殖民者支配的区域。但无论对于殖民者还是被殖民者来说，"接触区"都意味着一种双重的疏离，即殖民者和被殖民者各自与母国社会的疏离。德里克认为："我们不把东方主义看作是欧洲近代社会的本土产物，将之当作欧洲人与非欧洲人相遇的'接触区'的产物倒更有些道理。"❸ 也就是说，没有东西方文化不对等交流的"接触区"，作为东方是没有机会被东方主义内置的。上海租界就是典型的殖民者与被殖民者遭遇的空间，是典型的"接触区"。

作为"接触区"的上海租界开启了"东方主义"内置的序幕，上海租界为"东方主义"的内置和"自我东方主义"的衍生提供了可能性。自清末起，上海租界里的知识分子对现代话语体系的引进就不可避免地遵循着"自我东方主义"的逻辑。特别是"五四"以来，"自我东方主义"在中国知识

---

❶　爱德华·W.萨义德.东方学［M］.王宇根，译.上海：上海三联书店，1999：461.
❷　阿里夫·德里克.后革命氛围［M］.王宁，等译.北京：中国社会科学出版社，1999：291.
❸　阿里夫·德里克.后革命氛围［M］.王宁，等译.北京：中国社会科学出版社，1999：291.

界内蔓延得尤为宽广，可以说，"五四"和新文化运动在某种程度上就是中国知识分子参与的自我东方化过程。当然，这个"自我东方主义"的过程被中国现代知识分子叫作现代化。叶维廉说："我们所说的现代化——第三世界国家毫不迟疑地去追求实践的——其实是被某种意识形态所宰制的变化过程……'现代化'只是掩饰殖民化的一种美词。"❶ 中国知识分子身居租界内时，逐渐与本土社会相远离就意味着在知识与情感上进入西方生活的同时自己就被"西方化"了，正是这种无论是与主体社会还是与客体社会的日常生活相远离的态度使自我东方化的"东方人"得以作换喻式的文化描述。德里克认为："中国的民族主义，如同东方主义一样，亦是文化具体化的源头之一，而它是由作为接触区产物的知识分子创造出来的，不管是在中国的中国人，在海外求学的中国学者，还是海外华人。"❷ 西方建构中国形象是为了确认区别于自身的"他者"，而吊诡的是，"自我东方主义"按照虚构的"他者"重新建构自己。近代中国人是借助于从西方这面"他者"之镜获得"自我映象"来进行自我认同与想象的。也就是说，中国的自我认同与想象正是不断从"虚构的他者镜中完成自我的身份认同"，由于镜像认同与生俱来的虚构性本质，中国的"这种自我认同与其说是确定，不如说是误认。自我建构的过程，也就成为自我异化的过程"❸。

在许多当时寄居在租界内的中国作家文本中都找寻得到"自我东方主义"这个因子，甚至隔代影响了当代作家。"五四"以后，以胡适、陈独秀为代表的一大批中国知识分子，为了启蒙民智，发表了多篇关于中西文化之别、比较和批判国民性的文章。在全盘西化的理念下，中国作家强化了笔下的西方人的强势形象，为"自我东方主义"的心理产生提供了合法机制。"通过文化启蒙话语，来遮蔽殖民现实的做法，正是半殖民文化政治的地区性特征。"❹

---

❶ 叶维廉. 叶维廉文集（第五卷）[M]. 合肥：安徽教育出版社，2004：194.
❷ 阿里夫·德里克. 后革命氛围 [M]. 王宁，等译. 北京：中国社会科学出版社，1999：292.
❸ 周宁. 世界之中国：域外中国形象研究 [M]. 南京：南京大学出版社，2007：28.
❹ 史书美. 现代的诱惑——书写半殖民地中国的现代主义（1917—1937）[M]. 何恬，译. 南京：江苏人民出版社，2007：43.

20 世纪二三十年代是上海租界最繁华的时期，租界为作家们所持有"自我东方主义"的理论提供了可行的、可见的、物质上的验证和强化。无论是在海派作家还是在自由派作家甚至是在左翼作家的文本中，都能找出"自我东方主义"的因子。海派作家在作品中尤为追求异国情调的审美风格，过分地显示出对西方异域文化的赞美。张若谷、叶灵凤、邵洵美、曾朴等以租界为想象原型，文本中充满了咖啡馆、新大楼、舞场、电影院、公园、跑马场、教堂等西方城市景观，体现出海派作家拥抱西方文明的过分热情。

2.1.3　租界作为建构要素对上海本土文化的影响

一方面，上海租界固然是列强侵略中国的空间表征；另一方面，从客观角度而言，上海租界也是西方文明在中国传播的窗口。在某种程度上，上海租界的建立使上海承担了新的历史角色，上海文化由此不得不进入一个华洋错综的历史阶段。上海租界加速了中国传统社会的新陈代谢，推进了中国社会的现代化进程。租界的设立使上海的文化迥然不同，使整个上海进入一个崭新的历史时期。上海近代文化的发展是凭借租界的空间和由此产生的文化为先导的。按照熊月之的观点，"人们再说上海文化，便多指发生在租界的上海文化"❶。上海租界文化是上海文化体系里的关键核心内容之一，上海租界文化完全有理由纳入上海历史文化构架，成为建构历史的活跃而必要的因素。把握、研判租界文化对上海本土文化的影响有利于从宏观层面上把握租界对文学的深远影响。

上海租界的建立加快了上海新型城市的成长，使上海拥有了相对成熟的市场管理制度。历史上，无论是在政治与经济上，还是在文化上，上海在中国的历史地位并不突出。但是自开埠设立租界以来，上海租界引进了西方的市政建设和管理制度，对中国城市的发展进程具有高度的启蒙性。在租界内部出现了许多当时资本主义城市里才有的设施：1865 年，开始供应煤气；1882 年，开始供应电；1883 年，开始供应自来水；1908 年，开通第一条有轨电车。租界的市政建设和管理制度是与市场经济和消费主义相适应的。物

---

❶　熊月之. 上海通史 [M]. 上海：上海人民出版社，1999：591.

质生活和社会基础设施的变化，必然导致思想方式、生活方式与社会价值观的变化。租界的现代化对传统中国确实有一种在文化上自明和思想上诱发的作用。上海租界的市政建设和管理制度成为中国近代市政建设的模板。中国作为现代化的后发国家，从租界传来的西方文明完全不同于前现代化社会的结构，租界丰沛的都市物质生活在很大程度上掩盖了西方文明传播过程中的侵略性。在上海租界，西方文明的传播过程是与民族侵略史相互缠绕纠结着的。

上海租界是中西文化交流的平台，有利于现代市民阶层的诞生。中国长久以来一直维持着农耕民族的生活习性和思维方式。租界空间的设立逸出了农本经济生活生产经验的范畴，为中国提供了另一种社会体制和生活经验，使两种社会话语体系相互融合成为一种可能。西方文明以租界为媒介向国人提供了一个可感知的具有现代性特点的国家参考文本，为中国提供了一条现代性国家想象途径，同时，更重要的是造就了一个在中国历史上绝无仅有的打破"家国一体"共同思想范式的与国家政治拉开一定距离的现代市民社会。人的社会性总是通过其所占有的那部分社会空间来确定的。上海租界为身居其内的上海市民的近代转型提供了从物质、制度、知识到观念的支持。市民社会的诞生高度依赖市场经济模式运行，利用租界的特殊社会生态，租界内的居民充分享有现代城市设施带来的便利的同时，公共事业的发展也激发了他们的现代意识。租界诞生了中国最早的现代文化团体、机构以及公共文化活动，为租界后期的报业、出版业和学校教育奠定了基础，也为租界文化日后成为一股独立的文化价值体系提供了精神基础。

租界为现代文化的启蒙和发展提供了充分的空间。租界通过市政建设和先进管理，对城市的物质化景观和居民的生活观念产生了巨大而深远的影响。对传统的中国而言，租界是去传统之魅的空间。租界的先进性通过与华界的空间并置对比而产生，其所代表的启蒙性是无须言说的。租界的存在为晚清的中国知识分子对国家现代化的想象提供了具象化的、可实践化的道路。两种空间对照产生的变革内驱力远比在政治制度上的改革运动来得更为强大。因此，租界文化对上海文化具有强大的启蒙性和辐辏性。

租界作为具有"幻想性空间"的异托邦，对于中国文学乃至中国文化起到非常重要的作用。租界为中国文人和有识之士提供了一个实体的、有政治实践可能的民族想象共同体。而想象的共同体"不是'虚构的共同体',它仅仅表明了共同体的形成与人们的认同、意愿意志和想象关系以及支撑这些认同和想象的物质条件有密切的关系"❶。虚妄性从来不是民族的共同想象的特点,就中国的具体历史语境而言,上海租界给中国人提供了可在地化、可操作的"民族共同想象"。而民族共同想象通常依靠"小说与报刊两种传播模式"实现其公开化、社群化的过程,"小说与报刊为'重现'民族这种想象的共同体提供了技术'手段'。我更是借此书强调小说之类的虚构模式,往往是我们想象叙述中国的开端……我因此要说小说中国是我们未来思考文学及国家神话时互动的起点之一"❷。1840 年以后,病困的中华民族处于历史的低谷。上海出现了一大批以租界空间为模板或背景,旨在以上海为中心,以现实社会空间再造去叙述对未来中国的希望的乌托邦小说,如包笑天的《新上海》、毕倚红的《未来之上海》、庄乘黄的《新上海未来记》、吴闻天的《三十年后之上海》等。晚清的作者之所以沉湎于对上海进行乌托邦式叙事之中,与上海租界可以提供给作家一整套用来构建未来国家的设想有巨大的关联。

上海租界文化使上海文化形成吸收西方文化同时又辐射西方文化的双重功能。上海租界文化是上海文化的重要建构部分,在上海城市的现代化中起到了先导和示范作用。上海租界文化把理性精神、求新精神、契约精神、实用趋利精神等方面注入上海文化的体系当中,使旧的上海文化具有了现代性,但也使上海文化里充满了诸如拜金主义、投机取巧、讲究外表、市侩气息、崇洋媚外等种种欠缺。上海文化因租界文化的注入而凸显出在中国文化体系中的"异质性"。对于上海文化这个内涵宽泛的概念而言,租界文化范式只是构成上海文化的一种亚文化,上海文化为租界文化范式提供了精确的坐标定位体系。

---

❶ 张鸿声. "文学中的城市"与"城市想象"研究 [J]. 文学评论, 2007 (1): 118.
❷ 王德威. 想象中国的方法 [M]. 北京: 生活·读书·新知三联书店, 1998: 1 - 2.

2.2 殖民权力空间的意识形态表征——租界文化

自上海开埠以来，多国移民在上海租界安家落户。西方人的思维方式、生活方式、法律制度逐渐被国人理解、吸纳、模仿、采用。在租界里，实现了中西文化的混合和杂糅。定居在这个区域的人们开始对物质形式、文化制度实现高度的认同一致时，新文化形式就产生了。租界文化是指依托上海租界空间的物质基础，以混合中西文化为主要特征，具有先锋性、稳定性的现代文化范式。该文化范式是被各国居民所高度认同的具有鲜明的殖民性、自治性、商业性和消费性特征的文化。

2.2.1 租界文化的特质

上海租界文化的建构过程打破了中国传统文化的统一性。上海的租界文化为中国社会由以农耕为主的社会向现代工业社会的转型提供了强有力的刺激，扮演了不言而喻的自明性的角色，它的发展勾连着近代上海城市化、工业化、商业化的过程。

上海的租界空间是西方列强利用坚船利炮而取得的通商口岸居留地，因此，依托租界空间产生的租界文化必然具有殖民性。上海的租界空间是西方殖民的表征，虽然列强并没有像在印度那样建立直接管理的殖民地，但是，租界在法律上"国中之国"的地位也直接决定了租界文化的殖民性。在租界内，工部局掌握租界的统治权，租界内的经济命脉由外国的领事、大班、金融寡头掌握。在文化和意识形态领域，作为率先实现现代化国家的侨民，到19 世纪为止，他们依靠母国在政治、经济、文化上的霸权地位，在租界社会中也占据了支配地位，在上海租界内部，西方国家的外侨天然享受着比一般华人要高的社会地位。

在现代化进程中，西方文化成了其他后发现代化国家文化的典范，西方文化被视为可以代表人类文明，而世界范围内所有一切非西方的不被纳入全球线性发展历史中的文化，天然地被认为是野蛮的、不文明的。在上海租界内，与中国文化传统相关的事物处在被轻视的境遇。而在"华洋杂居"后，更多的华人在租界谋生与生活，在日常生活中必然受到租界文化的熏陶和浸染。上海租界所代表的西方文明对华人的渗透往往是以复杂和隐蔽的日常生活方式进行的，这种悄然进行的意识形态的殖民性渗透成为一种不自觉的"租界文化积淀"。

租界文化具有殖民性与现代性杂糅和混合的特征。租界文化虽然有其殖民性的一面，但是不能把它作为在租界内压倒一切的统摄特质。"我们不能假设一个上海无殖民化而近代化的过程"❶，因此，现代性与殖民性的伴生混杂是租界文化鲜明的特征之一，租界文化也是中国最早获得现代性精神的来源。租界文化是依托上海特别的租界空间发展而来，空间的异质性和杂糅性决定了租界文化具有混合中西文化的特质，东西方文化在这个异质空间中碰撞、交流、混合。随着越来越多的华人涌入租界，在租界内中西文化越来越具有杂糅性。这种杂糅性并不是以某种文化统摄另一种文化为基本形态，而是两种文化经过有效搅拌后的汇合、彼此渗透进而产生一种新的文化范式的过程。东方文化和西方文化本来就是两种不同性质的文化体系，这两种文化只有在租界这个杂糅空间内才有实现混合的可能。

在租界里，文化的交汇并不是中西两元，而是可以实现多元、多种维度的文化交流。不仅有中西文化交流，更有中国各地域文化之间的交流，也有雅俗文化的相互借鉴。最典型的文化杂糅例子就是洋泾浜英语，洋泾浜英语是把上海话和英语混合使用。利用英语单词，但却是上海话的发音。各国侨民也在租界内部生产着具有本民族风格的空间。公共租界是以外滩为标志性代表的商业化空间，这里聚集了全上海最多的金融机构、豪华饭店、各国领事馆，外滩西头的大马路、四大百货公司、歌舞厅、电影院等坐落于此。而霞飞路是艺术化的租界空间，充满了法兰西浪漫情调和俄式氛围。这里按照法国的要求，修建了大批洋房别墅、梧桐街道、俄式咖啡馆。苏州河以北以北四川路为中心，在 20 世纪 30 年代聚集了大量日本侨民，因此虽然是公共租界，"在酒店的陈列窗中是一瓶瓶的菊正宗、鹤舞、千福还有应季节而陈

---

❶ 梁伟峰. 论上海租界与租界文化 [J]. 江西社会科学，2005 (3)：39.

列着的立雏"❶，营造出日本风情。上海租界的中国移民大多来自上海周边的江苏、浙江、广东、安徽和山东。公共租界内江苏人口非常多，苏北来的人大多从事繁重的苦力工作，来自广东、浙江宁波的人都在虹口一带，他们带来各自的方言习俗、饮食习惯和各地地方戏。这种混合性为文化的交流提供了宽松的环境，同时也体现了其自身的畸形，造就了租界文化不中不西、不土不洋、不古不今的特殊风貌，上海租界文化有了其他范式文化所不具有的空前的包容性和开放性。

租界文化也是一种移民文化。上海租界始终是一个鱼龙混杂的移民社会，这是讨论租界文化的重要理论基点。租界人口异质化程度非常高，不同文化背景的移民聚集租界，为新型文化的兴发提供了土壤。租界文化实际上就是租界历史上逐渐发展出的移民之间彼此认同的共同文化。上海租界原本是一片寂静荒凉之地，租界里的"原住"居民很少，因此，移民可以毫无心理负担地来到租界。"没有多少人，不管中国人还是外国人，抱着长期在此居住的希望来到上海。他们多半在几年内发财致富，然后离开。"❷ 以这种移民心态在租界活动使移民们在一定程度上摆脱了原先的文化体系，受原先环境中的文化、道德的束缚较少，这使他们很容易采取宽容、开放、求新、进取的态度对待异质文化和新事物。事实上，租界文化以至于上海文化中的优劣之处与移民文化心理密切相关。

租界素来有"国中之国""飞地"的称号，在内部管理上基本沿袭了西方政治体制和管理模式，形成了自治和法制两大制度基础。租界文化是具有高度自治性的文化。租界初建时，为了实现少数殖民者对大量华人的殖民统治，租界的管理者努力实现着对租界的"自治"管理，租界的自治孕育了租界文化的自治性。脱胎于租界文化的自治性为上海租界经济、文化的发展提供了稳定而且宽松的社会环境。这种相对宽松的社会文化环境逐渐孕育起责任共担和中外一体的权利共享的现代市民自治意识。现代市民意识摒弃了封建社会的传统的依附性。自立独立、权利责任崛起的意识和对公

---

❶ 林微音．上海百景 [M] //杨斌华．上海味道．长春：时代文艺出版社，2002：135．
❷ 罗兹·墨菲．上海——现代中国的钥匙 [M]．章可生，译．上海：上海人民出版社，1986：10．

共事务的参与意识的提升，为上海租界内旧式文化人格向现代化文化人格的转型奠定了基础，也培育出了旧中国社会没有过的具有现代意识的中产阶级公民。

从历史上看，都市化是西方工业革命的成果。而上海租界工商业的快速发展为上海的都市化提供了物质基础，使上海租界具备了大都市必备的物质和精神基础。城市是"专门用来贮存并流传人类文明的成果"的"一种特殊的构造"❶。而同一座城市的精神面貌"在不同历史时期会有所不同"❷，因此，城市空间和都市文化有着天然的联系。上海租界是西方殖民者无视中国主权利用军事优势侵占而来的，其殖民性自不必说，但是从中国城市现代化进程的维度来说，"上海从一个封建的商业城镇一跃而为我国最大的近代城市，并成为一个具有多种功能的经济中心，这是和租界的商业发展和繁荣分不开的"❸。

上海租界对整个上海的都市化发展起到了示范和推动作用。上海租界相对安静的政治环境加速了人口和资本向本地区集中，印证了"都市化表明租住在都市人口所占百分比的增长过程，也就是人口向城镇或其他稠密定居区域移动的过程"❹。上海租界形成之后，先后经历了太平天国运动、小刀会起义、两次世界大战等重大战争动乱，每逢战乱都会有大量难民涌入租界避难，短时间内租界的人口总量暴增。到 1936 年时，公共租界与法租界的人口合计已有近 170 万人。人口规模迅速增长为租界城市功能的开发和市政建设提供了前提条件——资本、劳动力和市场。

上海租界内的市政建设对上海城市的现代化也有着至关重要的意义。现代市政建设不但为城市经济和社会发展提供优越的物质基础条件，还加深了市民日常生活的现代化体验，进而促进市民阶层的形成。上海的现代化市政建设可以追溯到晚清，租界内的道路、汽车、电车、电灯、电话、煤气、消

---

❶ 刘易斯·芒福德. 城市发展史——起源、演变和前景 [M]. 宋俊岭，等译. 北京：中国建筑工业出版社，2005：33.

❷ 熊月之，周武. 海纳百川：上海城市精神研究 [M]. 上海：上海人民出版社，2003：95.

❸ 施宣圆. 上海 700 年 [M]. 上海：上海人民出版社，2000：162.

❹ 杨剑龙. 都市上海的发展和上海文化的嬗变 [M]. 上海：上海文化出版社，2012：5.

防、邮政等现代生活基础市政建设飞速发展。至 20 世纪 20 年代，"凡是西方大都会兴建的近代化市政建设，上海租界已全部仿行。这样，以租界为中心的上海已跻身于世界最大城市的行列"❶。而到了 20 世纪 30 年代，以租界为辐射中心的周边区域成为近代中国对外贸易和对内贸易的中心、金融中心。处在"黄金时期"的租界呈现出异常繁华的都会景观：公共租界的外滩出现了 30 幢摩天大厦，由捷克建筑师邬达克设计的 24 层的国际饭店是公共租界地标性建筑，此外还有 22 层高的四行储蓄会、慕尔礼拜堂、花旗总会等，公共租界内的大型百货公司林立，先施、永安、新新和大新是其中的翘楚。都市化的进程与社会财富的增长又影响了市民的日常生活方式，租界市民在饮食和娱乐方面有较多的选择空间。

刘易斯·芒福德在《城市文化》中指出："人类的精神思想是在城市环境中注解成型的，反过来，城市的形式又艰难限定着人类的精神思想。"❷ 因此，租界的都市化进程必然引起租界文化的嬗变，都市化进程不仅使租界成为光彩夺目的经济中心，也使租界成为都市文化的中心。上海现代主义文学产生的最重要的条件之一就是大都市的背景。随着租界内都市化进程的发展，上海租界所独有的浓厚的大都市文化语境也逐渐形成。

上海租界文化拥有浓厚的商品消费性色彩。上海开埠以后，商业发展迅速。无论是商品零售业还是对外贸易量，都取得长足的进步。作为一个自明清以来商贸就发达的城市，西方商业性和消费文化与上海人自古以来崇尚奢华的民风相契合，"从元代到近代，上海一直崇尚奢侈，食必求精，衣必求贵，朝廷的服饰典制在这里几成一纸虚文"❸。因此，上海租界商业零售业发达，不仅和租界文化的商业性影响有关，其本身也确实有着更深的历史渊源。上海租界商业消费发达，除了著名的四大百货公司以外，还有很多外侨经营的特色店铺，商品品类齐全，实现了与世界市场的同步。南京路、静安寺路、霞飞路等发展成为像巴黎香榭丽舍大街那样的名品百货街，全球最新的商品在上海的百货公司里几乎都可以买到。既然是消费至上，那么顾客

❶ 费成康. 中国租界史［M］. 上海：上海社会科学院出版社，2001：271.
❷ 刘易斯·芒福德. 城市文化［M］. 宋俊岭，等译. 北京：中国建筑工业出版社，2009：4.
❸ 熊月之. 上海租界与文化融合［J］. 学术月刊，2002（5）：59.

自然看中商家的服务质量，各家百货店也努力扩大经营范围，像先施、永安之类的大百货公司，都在商场顶层开设餐厅和游乐场，使百货商场的功能更加完善而且相互促进。消费服务业的发展又带动工业和金融业的发展。租界内产业工人的数量也逐渐增多，工人有相对稳定的收入，部分工人也成为租界内现代都市的市民群体，而市民群体的消费转化成新的生产力，形成良性的循环。商业消费的发展还带动了广告业的发展，使租界的广告形式越来越以艺术的方式出现，像月份牌、海报、电影广告、户外大型广告以及商铺的橱窗。这些广告形式的共同特点就是以商品的直接形象刺激消费者的欲望，使消费者欲罢不能。

商业给了租界闻名四海的机会，20 世纪 30 年代，上海拥有全中国都市中最成熟的商业运营环境。这种商业发展规模的扩大给租界带来了浓厚的商业消费文化氛围。对于上海居民来说，浓厚的消费文化从整体上提升了居民们的物质生活环境和消费质量。上海史专家熊月之在《上海通史》中对租界的都市化生活有如下的描述："民国时期，上海都市居民生活方式呈现出快速更新、都市性日趋鲜明的特色。面向都市居民日常消费的商业网络拓展、居民职业结构性变动，使消费市场有了整体性开拓与提高……消费文化的商业化、多元化、大众化及社区差异。"❶ 就像鲍德里亚所说，"玻璃橱窗和广告一样，都是消费城市实践的对流辐射源，整个社会每天不断通过文化适应，与悄无声息的、令人眼花缭乱的时尚逻辑步调一致"❷。当时的租界通过大量精美的广告，使商品的形象实现了充分的艺术化，商品消费为当时住在租界的居民追求生活审美化提供了一种途径。

租界是一个中西文化可以碰撞交互的空间，而依托空间衍生出的租界文化不是一朝一夕形成的，其也必须经历最初中西文化的冲突，而后和缓，最后趋同，成为大多数人的共同认知的发展过程。租界文化不但从外部影响了居民的衣食住行、行为方式，也深深影响了租界内居民乃至上海市民的内在性格，可以说租界文化已经内化为上海市民个体的潜意识。

❶　熊月之. 上海通史（第九卷）［M］. 上海：上海人民出版社，1999：143.
❷　让·鲍德里亚. 消费社会［M］. 刘成富，全志钢，译. 南京：南京大学出版社，2014：164.

2.2.2　租界空间及文化对文学的外部影响

　　根据 M. H. 艾布拉姆斯"文学四要素"的观点，文学除了文本之外，还包括世界、作家和读者三方面的要素。在文学艺术活动中，四要素是交互作用的。租界文化对文学的影响也绝不可能是单一要素的，必然是全方位的、渗透式的影响。租界空间及文化相较于中国传统社会和文化具有极强的异质性，高度依托上海租界而生发的海派文学对于中国文学史而言也是"异质"的存在。就像李今所说，"海派文学不仅植根于体现出了中国历史特征的半殖民地半封建社会的上海，更植根于作为英、法、美的租界地全面移植资本主义的商品生产、经营管理、城市建设和生活方式，实行了'时间短暂的资产阶级实验'的上海"❶，可见文化与文学的密切联系。

　　纵观中国 20 世纪文学发展的历史，上海租界作为语境起着不言而喻的作用。上海租界及租界文化为中国现代文学的现代化发展提供了动力。20 世纪 20 年代中后期，伴随着五四运动的退潮，因各种政治、经济原因，上海逐渐取代北京全国文化中心的位置，成为中国文化建设与发展的新中心。这和上海的都市化、文人的聚集和现代市民阶层的形成等诸多方面积极而活跃的影响有关。租界完善的出版制度为文人现代化转型和成为职业作家提供了可能。20 世纪二三十年代，上海租界相对宽松的出版管理环境吸引了大批作家定居上海，快速崛起的新兴中产阶层为文化市场的繁荣提供了合格的读者，租界文化的商业化促使上海出版业注重市场营销，刺激作家的创作速度，使作家有了经济和出版版权制度上的保障。租界文化从不同的方位影响构成文学的要素。

　　对于中国作家而言，中国文人的现代化转型与租界空间和文化有着很深的勾连。租界的近代商业化出版市场的建立和稿费制度的完善使文人摆脱了"仕途经济"，为实现文人职业化提供了物质与制度上的保障。从晚清开始，租界内就建立起了文化传播媒介。1850 年英国人创办的《北华捷报》，不但是租界，而且是上海地区最早的报纸。《万国公报》《格致汇编》为中国传统

---

❶　李今. 海派小说与现代都市文化［M］. 合肥：安徽教育出版社，2000：6.

文人开阔眼界，学习西方知识提供了重要的途径。特别是《万国公报》，这份报纸对中国传统知识分子和处在转型中的中国社会有着其他任何一种中文期刊都不可比拟的影响力。1911 年之前，上海租界出版业已经非常发达，拥有中文报刊 460 种，外文报刊 54 种，涵盖了科技、妇女、外文、儿童、白话、画报等各种类型。到了 20 世纪 30 年代，上海租界出版的主要杂志有 178 种，占全国出版杂志的 72.6%。逐渐壮大的出版市场成为吸引全国文人聚集之场所。依赖租界内的商品经济和科技手段迅猛发展起来的书报行业，为传统文人的转型提供了一条路径。身居租界的传统文人手中掌握了可供变现的文化资本，可以依靠租界成熟的出版市场来谋生。这不仅实现了文人职业化、社会化，最关键的是为传统文人向职业作家转型提供了必要的市场基础。根据叶中强的研究，形式较为完备的近代稿费制度出自梁启超在上海发行的《新小说》。从此之后，稿费制度就被逐渐确立起来，文人和上海租界有了更密切的联系。以上海租界为中心的、精确的职业分工和文人文化网络形成了规模，产业化的出版业和稿酬制度同时也建构出职业文人生存的文学场域，中国社会真正现代意义上的知识分子由此定型。应该说，租界商业化的语境为中国文人的现代化转型提供了催化剂。

上海租界在文化地理学意义上具有"机能区域"功能，租界是一个"机能地域"。所谓"机能地域"，是指"以某个场所为中心，由各个场所所具有的机能相互结合的某个同一的地域"❶。租界即为一种常见的"机能地域"，或称"机能的租界"。"机能的租界"的意义在于"租界的影响范围往往超出其行政上的管辖界限或相邻的郊区"。"机能的租界"对于文学的巨大作用在于，租界对文学家具有"磁体功能，而后才具有容器功能"❷。20 世纪 20 年代初期，上海现代化的都市文明对作家和文学实践形成了巨大的感召力。20 世纪 20 年代末，由于动荡的政治局势和租界相对宽松和安全的环境，租界吸引了一批来自中国各地的文人，他们在上海成熟的商业出版制度下，迅速投身到文学市场中。1927 年大革命失败后，为了逃离白色恐怖，原来投身于革

---

❶　王鹏飞. 文化地理学 [M]. 北京：首都师范大学出版社，2012：59.
❷　刘易斯·芒福德. 城市发展史——起源、演变和前景 [M]. 宋俊岭，等译. 上海：上海文艺出版社，1989：23.

命的作家和文化工作者选择躲避到上海租界。前期创造社成员郭沫若、郁达夫、成仿吾等，分别从广州和日本来到租界。政治上具有左翼倾向的作家群，包括 1928 年 2 月成立的太阳社成员钱杏邨、蒋光慈、洪灵菲、沈端先等，后来的"左翼作家联盟"成员瞿秋白、茅盾、冯雪峰、周扬、潘汉年，和当时在中国各地的进步文学青年柔石、丁玲、胡也频、叶紫等，也纷纷来到上海。

由于奉军入关，张作霖捕杀进步人士，又加上北洋政府在经济上一直拖欠大学教授的薪水，导致一大批北京文人纷纷南下。1927 年，鲁迅由厦门、广州到达上海。原来"现代评论派"的人物也重聚上海，包括胡适、徐志摩、梁实秋、沈从文、叶公超、余上沅。大量文人在上海的聚集为文化与文学在租界的繁荣提供了坚实的基础。大量文人空前地聚集在上海预示着中国文学史打破了"五四"新文化运动以后文学"态度同一性"的惯性，迎来一个与杂糅的租界空间相适应的最多元化的文学时代，为中国文学的多元化发展提供了可能。而租界作为典型的城市空间代表具有文化地理学意义上的磁体功能，可以"把一些非租住者吸引到此来进行情感交流和寻求精神刺激"❶。与中国其他地区的乡村和华界相比，上海租界显然具有"特殊的政治空间、庞杂的消费市场、开放的社会风气以及发达的出版印刷业等诸多的优势条件"❷。租界为文学生产和传播提供了土壤，对作家构成了巨大的辐辏力，成为容纳和培养作家群体的"机能地域"，在中国现代文学的发展史上，1930 年前后，上海开始成为中国文化中心。租界对文学的影响不只是线性直线的影响，更是场域式的、多方位的、渗透式的作用。

对于文学作品而言，租界文化的商业性和杂糅性影响了作品的风格题材。20 世纪 30 年代的上海早已成为全国文化中心。租界文化必然或多或少地影响文学的思想主题和审美风格。租界文化的商业性与文学风貌有着直接联系："洋场的风情大多以商情为转移……变化多，花样多，远不似京派文化的矜持与凝练，大大地发挥了商业的灵活与多样。"❸ 这深刻地指出租界文化的商

---

❶ 刘易斯·芒福德. 城市发展史——起源、演变和前景 [M]. 宋俊岭，等译. 上海：上海文艺出版社，1989：6.

❷ 高兴. 中国现代文人与上海文化场域（1927—1933）[M]. 上海：上海文艺出版社，2012：20.

❸ 陈旭麓. 说"海派"[M] //马逢洋. 上海：记忆与想象. 上海：文汇出版社，1996：169–170.

业性对文学的影响。

　　商业性深刻地影响着各种文体的发展，租界文化的商业性使作家以领取稿费作为谋生的手段，也导致作家更倾向于创作字数较多的小说。其实从清末民初开始，商业化就直接影响着小说的创作，出现了大量为了吸引眼球的所谓官场黑幕小说、狭邪小说。而像字数较少的散文和新诗只有在新文学初期活跃过一段时间。随着新文学受上海租界文化商业性的侵染，小说的创作量和小说的创作派别也大量增加。这一时期出现的大量的小说知名作家也与经济动机有着巨大的关系，像海派的新感觉派，左翼作家里的茅盾、蒋光慈、丁玲等。进入 20 世纪 40 年代初，在租界孤岛时期的末期，更是诞生了像张爱玲、苏青等商业价值颇高的作家。

　　商业性影响小说的叙事风格和题材，通俗小说尤其受到影响。小说中常常出现为了经济利益而一味降低文学品位的现象。作家在经济利益的驱使下将文学创作演变成为商业生产的过程，市场上出现了一些一味迎合读者低级趣味的作品。因此，租界化的上海在文学上总是追求"异质"的东西，说到底还是为了满足文学市场化的需求，就像吴福辉所说："海派作家能够汇总编辑、出版商，利用现代的媒介工具、印刷技术来'制造'文学的效应。市场使文学普及，也使文学堕落，让色情、凶杀等粗制滥造的作品走俏。"❶ 左翼作家的小说当时在租界风靡一时，不仅是因为革命题材对于读者来说颇为新鲜，也是由于这股左翼风潮背后的商业推手。

　　对于读者而言，租界文化的自治性为市场培育出合格的多层次的读者。现代市民社会的形成无论对于新文学还是通俗文学的发展而言，都有着至关重要的影响。在市场经济机制的主导下，读者的水平和口味直接影响文学的风貌和文学作品的质量。租界空间所带来的现代性使上海的社会结构呈现出与传统农耕宗法社会完全不同的社会结构。传统的家/国、官/民二元对立的社会结构渐渐消亡，租界内开始出现中产阶级、产业工人、平民等新兴的不以血统关系而聚集的人群。随着租界内商业、经济、工业的快速发展，经济生产活动逐渐成为各阶层民众的主要生活。经济生产的活力使市民的心态发

---

❶ 吴福辉. 都市漩流中的海派小说 [M]. 长沙：湖南教育出版社，1995：10.

生了深刻的变化，"商业化渗透到市民生活的处世态度和行为方式之中，金钱和财富受到了全社会的礼赞，并成为唯一的社会评价尺度"❶。因此，在物质生活得到保障之后，市民们更愿意注重世俗的享乐与日常的消费，催生出以消遣、戏谑、诙谐、休闲为主的文学样式，促进了海派通俗文学的生产和发展。而市民阶层的内部差异性也促成了通俗文学中的不同类别的生成。中上层的职员与工人阶级相比较，收入较为充裕，所受教育程度高，生活方式更为西化，海派通俗小说家像张资平、叶灵凤等自觉地把读者群定位在中上层的职员。因此，海派部分作家的小说中呈现出都市世俗化的特点，比如张恨水的小说故事性强，穆时英的小说女主人公大多数是歌厅舞女，故事的背景也大多发生在像舞厅、电影院、咖啡馆、旅馆、酒吧等西化的空间。而对于市民阶层的中下层读者，张恨水在《武侠小说在下层社会》中说："中国下层社会，对于章回小说，能感到兴趣的第一是武侠小说，第二是神怪小说，第三是历史小说。"❷ 作家们也自觉迎合下层市民的口味：在语言上，采用半文半白的白话句子，不出现复杂的欧化句式；结构上，大多沿袭章回体体例；内容上，一般以新奇的社会事件为主，出现了以周瘦鹃、胡寄尘的言情小说，程小青、陆澹安的侦探小说，向恺然、还珠楼主的武侠小说为代表的类别繁多的言情历史、谴责黑幕、武侠侦探等小说类型。由此看来，文学特别是通俗文学的发展是离不开市民社会的，而上海租界及租界文化为培育现代市民社会提供了不可或缺的物质基础和精神文化的滋养。

2.3　租界文化场域与文人的话语实践

法国社会学家皮埃尔·布迪厄是场域理论的开拓者。场域是一种性质特别的空间，在这个空间里存在着可以调控和建构的一种力量。场域是"在各种位置之间存在的客观关系的一个网络，或一个构型。这是在这些位置的存在和它们强加于占据特定位置的行动者或机构之上的决定性因素之中，这些

---

❶ 周武. 近代口岸社会再认识——晚清上海城市社会变迁的几个问题 [J]. 学术月刊，2013 (2)：163.
❷ 张资平. 武侠小说在下层社会 [N]. 新华日报，1945 – 07 – 11.

位置得到了客观的界定，其根据是这些位置在不同类型的权力（或资本）——占有这些权力就意味着把持了在这一场域中利害攸关的专门利润的得益权——分配结构中实际的和潜在的处境，以及它们与其他位置之间的客观关系"❶。场域是在运动的系统中探究事物的相互联系的。从场域的类型和数量来看，一个完整的场域可以存在于多个子场域，且每个场域中都有一个冲突和竞争的空间。如果把场域的概念引入文学，某个文学派别的合法性即是文学场域中争夺的焦点。

在租界空间和租界文化背景中引入布迪厄的场域概念，可以从文人与空间关系、外在理路入手，探究租界作为一种特殊的文化场域与文人之间具体而微的全新关系。从布迪厄的描述上看，场域与资本结构相关、与权力结构相关，是资本和权力结构化空间布局的表现形式，是在社会某一特定领域形成的结构化空间。本节要探讨的是租界作为特殊的文学空间场域与文人的关系。上海租界不但提供了传统文人向现代文人转型的典型空间，让传统文人从乡村走向都市空间，而且形成了以上海租界为中心，以上海都市的公共文化空间和文化权力网络为依托，作家可以根据自身优势展开文化生产与社会交往的文学场域。

2.3.1　租界文学场域的生成

场域概念强调的是"各种位置之间存在的客观关系的一个网络"❷。这个"网络"可以理解为各种抽象的社会关系体系，也就是说形成场域的前提是人与人要形成公共的交往网络联系。那么中国文人是如何借助租界的空间来构建文学场域的呢？按照布迪厄的观点：首先，一个典型的文学场域需要确立文学和文人自身的主体性和法则；其次，需要拥有场域中按照法则活动的文人；最后，文学场域内部需要经历话语权力以及文学场域与外部场域的斗争。

---

❶　皮埃尔·布迪厄，华康德. 实践与反思——反思社会学导引［M］. 李猛，李康，译. 北京：中央编译出版社，1998：133－134.

❷　皮埃尔·布迪厄，华康德. 实践与反思——反思社会学导引［M］. 李猛，李康，译. 北京：中央编译出版社，1998：134.

租界为文学的主体性和文人的主体性提供了物质和精神的必要条件。前现代的中国社会结构是依靠地缘、血缘关系为根基的熟人社会关系网。古代文人的活动空间被束缚在家庭与宗族之中，与地缘息息相关的私塾、书院是古代文人的主要活动空间。古代文人活动的空间特点是"以自我为中心，以熟人社会为半径，以血缘、地缘和学习关系为经纬"❶。中国古代文人空间活动呈现出固定的、半封闭的、有限的特点，文人的交往显然是割裂的，不能够形成像布迪厄所说的抽象的网络式的社会交往关系。从场域的角度上看，在上海租界空间中，传统中国的文人向职业作家的转型过程就是"知识分子不断摆脱自然血缘、地缘关系进入都市公共关系的过程"❷。

上海租界的空间对于初来上海的文人来说，是完全不同于以往传统生活的都市生活，是完全意义上的陌生人社会，需要借助个人与公共空间的交往建立新的社会交往关系。因此，公共空间的形成对于陌生人社会变得十分重要，也是场域形成的关键。在租界空间里的咖啡馆、沙龙、社团、出版社、同人杂志甚至是大学，都为文人提供了具体交往的公共空间领域。在这些公共空间里，文人实现了个人与整个场域的联系，实现了文人相互的交往，共同织成了文人公共交往的空间网络，为文学场域的建构提供了必要的基础。这些租界内的文人公共空间最典型的为出版社或书局，这些出版机构为文人摆脱"仕途经济"的依赖身份，转型成为相对独立的创作主体提供了物质基础。中国最早在租界里活动的文人，可以追溯到上海刚刚开埠时像王韬、郑观应这种洋务型的知识分子，这时的文人对自主身份的认识还很模糊。等到了民国以后，现代教育体系与出版业逐步发展完善，在租界化的上海都市内，传统文人物质化职业分工的完成和精神化的文化网络形成规模之时，真正现代意义上的知识分子终于定型了，文人的自主意识才真正形成。

租界为文学场域提供了按照法则活动的人。文学场域必须遵守一个特殊的游戏规则——"输者为赢"。在文学场域内奉行"颠倒的经济逻辑"的内部逻辑，也就是将经济场域的逻辑颠倒过来。通常进入文学场域的新人都拥

---

❶ 许纪霖. 都市空间视野中的知识分子研究 [J]. 天津社会科学, 2004 (3): 125.
❷ 许纪霖. 都市空间视野中的知识分子研究 [J]. 天津社会科学, 2004 (3): 123.

有文化资本，而极度匮乏经济资本，他们急于把手中的文化资本兑现为经济资本和象征资本。在这里要引入场域理论中的一个至关重要的概念——资本。文学场域中的资本类型可以分为经济资本、文化资本、社会资本、象征资本。经济、文化、社会三种资本构成了文人在文学场域中赖以生存的资本，而最终的目的是争取象征资本，即社会公认的知名度、成就感、领袖地位，具体在文学场域中就是文学话语权。左翼作家在 20 世纪二三十年代的租界文学场域内，从边缘到中心的文学迁移活动即能说明这一文学场域内部逻辑。左翼作家初登文坛时，通常都是从外乡刚到上海的文学青年，他们大多选择环境较为宽松的租界居住，这些年轻的左翼作家经济状况通常十分窘迫，都是选择逼仄的亭子间居住。丁玲和好友王剑虹刚到上海时，就居住在虹口的亭子间里，杨骚、艾芜、徐懋庸、草明等左翼青年作家也是如此。萧红、萧军怀揣 40 元在法租界拉都路租下一间亭子间，付完租金，囊中只剩下不到 10 元，不得不向鲁迅求助。上述这些年轻的左翼作家刚到上海时，大多默默无闻，除了自身的文化资本别无他物，但是依靠租界内庞大的出版市场（经济资本）和前辈作家的提携（社会资本），不断积累着总有一天会兑现的文化资本。因此，租界内逼仄的亭子间成为记录文学场域变迁的一个空间表征，记录着左翼文人从文学场域边缘到中心位置位移的过程。

　　一个大的文学场域内部会形成不同的小型场域，这些小型文学场域形成文学场域的斗争。文学场域由文人共同体与文人公共交往网络构成，但文人共同体内部受"惯习"的影响，存在着内部差异，每一个知识分子共同体是一个具有自主性的小型场域。"惯习"是指"某个共同体成员在长期共同的社会实践中所形成的高度一致、相对稳定的品位、信仰和习惯的总和，是特定共同体的集体认同和身份徽记，也是其内部整合和区别于其他共同体的重要标志"❶。租界空间是具有"机能区域"的空间。在 1927 年之后的一段不长的时间内，作为具有"机能区域"作用的上海租界吸引着不同留学背景的文人汇聚于此。从知识分子共同体内部的差异来考察文学，因其内部意识形

❶　皮埃尔·布迪厄，华康德. 实践与反思——反思社会学导引 [M]. 李猛，李康，译. 北京：中央编译出版社，2004：171.

态、学历等级、家庭背景、文化趣味、生活品位等不同形成不同的小型场域，特别是进入租界文化场域后，新的空间体验必然会影响和改变旧的"惯习"，使文人们在文学场域中的资本角逐中所处位置发生改变。同样来自湖南的沈从文和丁玲来到大都市中，进入新的文学场域之后，"后来分道扬镳，很大程度上，乃是因为两人所羡慕和追求的文化惯习不同，沈从文希冀的是布尔乔亚的理性斯文和唯美主义，而丁玲向往的是波西米亚人的自由、热烈和反抗激情"❶。

上海租界文学场域中小型场域的形成机制到底具体受到哪些"惯习"的影响呢？

在现代教育体制中，虽然知识是以中立的方式被不断教授、传播下去的，但占据等级顶尖阶层、掌握场域内"象征资本"的知识分子却是以名校毕业生为主的。这些毕业于名校的毕业生形成了一个半封闭的文人共同体，被称为新宰治阶级大都市上层贵族。例如，自由主义文人的代表新月派南迁后，就在上海租界内构成了以欧美留学文凭为标识的文人小型场域。大部分有左翼倾向的作家有过留学日本的经历。不同国家的留学背景影响了不同政治意识形态的形成。截至 20 世纪 30 年代初，在上海租界文学场域内形成了三个有影响力的文人共同体，分别是左翼文人、内部复杂的海派文人和南迁的新月派自由主义文人。这些小型文学场域中占领各自场域重要位置的文人大多数都有着留学经历，在国外接受的教育内容直接影响他们进入租界文学场域面对空间新体验时的思维方式。

1919 年以后，在中国现代文学史上，有海外留学背景的作家开始占据显著地位。中国现代文坛文人，在"五四"以后大致可以划分为三大群体——留学生作家群体、校园作家群体和城市青年作家群体，其中执文坛牛耳的是留学生作家群体。而在上海租界文学场域中，具有留学生身份的文人大致可以划分为两派——以激进与功利为特点的留日派和以自由与独立为特点的留欧美派。这两个群体有着不同的学习经历和文化气质。而且不同的留学背景背后隐藏着一个规律，留学背景直接影响了人们的政治倾向和信仰，有留日背

---

❶ 许纪霖. 都市空间视野中的知识分子研究 [J]. 天津社会科学, 2004 (3)：130.

景的文人大多成为在政治上追求激进的左翼。左翼革命与文人留日有着天然的联系，也有其内在和外在的原因。

经济因素和留学经历的叠加也影响"惯习"的形成。留日学生大多数家庭不富裕，留学日本期间的官费也不充裕，归国后无法在上海租界像欧美派留学文人那样找到待遇优越的工作。即使像郭沫若、郁达夫一类的创造社才子刚到上海时，也不得不委身于泰东这样的小书局卖文为生。程光炜做过关于 20 世纪 30 年代左翼文人家庭出身和经济状况的调查，调查对象包括大多数的左翼作家，包括郭沫若、茅盾、成仿吾、田汉、蒋光慈、钱杏邨、李初梨、瞿秋白、胡风、冯雪峰、周扬、邵荃麟在内。从户籍上讲，他们大多并不是上海本地人。从家庭背景上分析，在上海的左翼作家大多来自中国社会的中下阶层且大多数没有固定的职业和收入来源，对于社会结构认知的感受有点像鲁迅先生说的由小康坠入困顿所带来的那种压力与耻辱。这些文人不选择留学欧美的原因，大多数是因为经济上的无力，更重要的是由于经济上的压力大多数都不能选择有钱有闲人才能选择的文科作为主业学习。大多数留日文人在文学创作上都是半路出家。留日文人在日本承受着经济与弱国子民的双重压力，郭沫若常说的"读着西洋的书，受着东洋的气"这种症候群般的双重压力深深地影响了留日文人日后看待、观察租界的方式和心态。

郭沫若在具有自传性质的《行路难》《未央》《漂泊》三部曲中，通过主人公爱牟在日本艰难生活的遭遇突出反映了自己在留日期间生活的落魄潦倒。有段徐志摩的日记可以窥探出当时留日文人归国后在上海租界生活的困顿。1923 年，归国后的郭沫若居住在公共租界内的哈同路民厚南里，徐志摩与胡适先生专门登门拜访郭沫若，看到的情况却是"沫若自应门，手抱褓褓儿，跛足敝服，状殊憔悴……"居住的情况十分狭窄，"居室隘，陈设亦杂，小孩屡杂其间，倾跌须爹付抚慰，涕泗亦须父揩拭……"❶ 这次不太愉快的会面充分说明了即使像郭沫若这样新文学首屈一指的人物在上海尤其是在租界，生活也是相当艰辛。留日背景的文人与具有欧美背景经历的文人在精神气质上和生活境遇上的差别与经济上的窘迫逐渐成为影响左翼文人"惯

---

❶　叶中强 . 上海社会与文人生活（1843—1945）［M］. 上海：上海辞书出版社，2010：331.

习”的重要因素。

　　与留日文人相比，有留学欧美背景的文人大多数从小生活在中国社会中上层，经济上优渥，来自名门望族和官商家的小姐和少爷也不在少数。徐志摩生于浙江富商之家，其父徐申如是在沪杭一带非常有名的金融实业家。梁实秋出生在北京官宦之家，其祖父、父亲均是京城官员。徐志摩这样描述自己的留学经历，在美国他“忙着上课、吃橡皮糖、看电影、赌咒”，而在英国忙的是“在康桥散步、划船、抽烟、吃五点钟茶牛油烤饼、看闲书”❶。出身望族的邵洵美 1924 年去英国剑桥留学时学习经济学，却对绘画特别感兴趣，1925 年暑假又专程去巴黎画院学习了一段时间的绘画。留学欧美的文人在留学时的闲适生活和以郭沫若为代表的留日文人在日本窘迫的生活形成了鲜明的对比。而在欧美的中国留学生直接就读的都是诸如哈佛大学、剑桥大学、哥伦比亚大学、芝加哥大学等世界一流大学，其文化内涵可以说是地地道道的西洋货，而不是经过日本转手的“二手货”。留学欧美的文人有机会直接聆听某些学派创始人的课程，而留日的学生们漫长的青葱岁月都在日本度过，有的留学生甚至有着在日本长达十几年的生活经历，他们必然会受到日本思想文化浸染。日本社会的历史变革和文学派别的更迭对他们的影响也是深远而独特的。但是，作为后发资本主义国家，日本虽然经过明治维新成为唯一一个独立自主的资产阶级现代化的亚洲国家，但这种资产阶级革命并不彻底。因此，留日学生所吸收的所谓西方文化大多数是经过日本本土文化过滤和人为选择的，也就是说，中国留学生在日本学习的西方文化是经过过滤的，日本明治维新中后期还一度选择了德国式的现代发展方式，不少留日中国文人就又在日本接受了德国文学熏陶。

　　留日学生和留欧美学生归国后特别是在上海租界的遭遇也影响了文学场域中作家“惯习”的形成。除像鲁迅、茅盾少数左翼文人大家之外，大多数留日文人归国后都过着寄人篱下的创业生活。而与之相比，南迁后的新月派这些具有留欧美背景的文人以上海租界内的极司菲尔路 49 号胡适公寓为中心，常在悠闲的气氛中聚餐。相比之下，创造社的成员只能在泰东书局做事，

---

❶ 徐志摩 . 徐志摩全集：吸烟与文化 ［M］. 天津：天津人民出版社，2005：331.

时常找老板赵南公要点可怜的生活费。郭沫若当时就这样形容自己的生活是"为奴隶家讨口子",是连坐电车的车费"都打饥荒"❶。而作为新文化运动的先驱、留美归国的胡适博士,刚到上海租界时就寓居在郭沫若一直艳羡的租界内的"love lane"街道上的任鸿隽家,每次出门都是"乘着高头大马车由公馆跑向闸北去办公"❷。薪资方面更是相差悬殊,《时报》主编狄楚青以每月 200 元的薪酬邀胡适给杂志供稿。胡适只在商务印书馆考察一个月,便推辞所长一职,仅提供了一份改革意见,商务印书馆仍给予 1000 元作为报酬。

　　由此可见,场域内作家不同的家庭环境、生活境遇和留学遭遇都是影响"惯习"形成的因素。虽然影响文人共同体"惯习"的因素颇多,左翼作家经济生活的落魄与在日期间遭受的心灵创伤和心理失落及在上海租界里的窘迫生活连成了一个空间,影响了他们对未来场域中所处位置的期待。在郭沫若自传体散文《百合与番茄》中,记载了因其身穿一套旧的日本学生装在租界内被中国籍书店店员怀疑为盗书贼,为了掩饰自己的窘态,他刻意选择说出书店里恰巧没有出售的两本外文书,问店员有没有,店员回答没有,于是郭沫若表现出来阿 Q 般的精神胜利:"哈哈,当然没有! 连这两种我自己书橱里也有的书你们都不知道时,你忠于职守的西崽哟! 对不住你的洋主人,你们的书店在我看来仍然是破纸篓呢!"❸"西崽"说的是在上海租界内伊文思书店的中国籍店员,其实郭沫若对"西崽"的愤恨,恰恰反映出作为留日学生在面对租界内欧美文化当道时,对其掌握的日本"二手西方文化"上的不自信,在面对租界社会里明显的贫富差距时,尤其是在上海租界文学场域中的权力话语被英美派留学生掌握时,东洋留学生们有着双重的自卑。用李永东的话说:"其实对西崽的愤恨,是对西方的愤恨,留日学生比欧美留学生低人一等,故关于欧美的一切郭沫若都不怀好意。"❹ 其实对西崽的仇恨背后隐藏一个更深的意味,表面上是对西方的愤恨,实际上是对租界文学场域内掌握象征资本的权力话语者的不满。郭沫若评价胡适:"你北京大学的胡

❶ 郭沫若. 郭沫若全集文学卷(第 12 卷):创造十年 [M]. 北京:人民文学出版社, 1992:183 – 184.
❷ 叶中强. 上海社会与文人生活(1843—1945)[M]. 上海:上海辞书出版社, 2010:330.
❸ 郭沫若. 郭沫若全集文学编(第 12 卷):百合与番茄 [M]. 北京:人民文学出版社, 1992:397.
❹ 李永东. 租界文化语境下的中国近现代文学 [M]. 北京:人民出版社, 2013:131.

大教授哟！……我劝你不要把你的名气来压人，不要把你北大教授的牌子来压人，不要把你留美学生的资格来压人……"❶ 左翼作家在政治上主张暴力革命，在学术上推崇激进的先锋姿态，把文学创作当成谋求社会变革的工具。左翼作家这种对政治和写作的态度的"惯习"的形成，和他们在租界经济生活中的底层经验有着密切的关系。

以教育经历、文化背景、经济状况为参考来考察和比较上海租界文学场域中的文人归国以后的思想轨迹与文学场域"惯习"的关系是一种有效的路径，这些曾留学海外的文人归国之后，思维定势和精神认知不同程度地受到异域环境的心灵洗礼，对他们在上海租界文学场域中的实践产生了无形的规约和引导。

20 世纪 20 年代末，在上海租界汇集了具有不同文化背景的人，租界文化又是多元而杂糅的，各路文人对租界生存空间的体验大相径庭，文人的政治意识形态呈现出分化和多元化的趋势，形成了由政治意识不同而构成的文人小型场域。而这些不同的政治意识是由文人笔下的抽象符号所表述的。文人小型场域内因为不同的政治抽象书写符号而造成意识形态的分歧，一旦受到文学场域外的政治场域的权力干预时，所谓"论战"就常常爆发。"场域是一个冲突和竞争的空间，这里可以将其类比为一个战场。在这里，参与者彼此竞争，以确立对在场域内能发挥有效作用的种种资本的垄断……权力的垄断。"❷ 最典型的租界文学场域之内的小型场域斗争就是 20 世纪 30 年代左翼作家与自由主义作家的代表新月派的论战。上海本就是左翼文学的大本营，新月社南迁到上海之后，双方的论战愈演愈烈，论战的目的很明确，在文学场域中一向自认为占领了领导权的自由主义派文人在上海遭到左翼文人强烈的挑战。梁实秋曾说："他们的聚集是因为不能不正视这种紧迫的事实，无产阶级的运动已由'政治的更进而为文化的运动'，要'打倒资产的文学来争夺文学的领域。'"❸ 任何文学场域内的各派文学力量都会尝试通过权力垄

---

❶ 郭沫若. 论注释及其他 [J]. 创造季刊，1923（5）：第 2 卷第 1 期.

❷ 皮埃尔·布迪厄，华康德. 实践与反思——反思社会学导引 [M]. 李猛，李康，译. 北京：中央编译出版社，2004：17.

❸ 钱理群，温儒敏，吴福辉. 中国现代文学三十年 [M]. 北京：北京大学出版社，1998：156.

断来捍卫在各自的场域内的超越地位。可见，除了学历等级，政治意识是影响建构小型文学场域的形成因素。

文人共同体对都市文化空间的不同体验也是影响场域形成的原因。把文学场域理论引入对上海都市文化与文人心理的分析中就会发现，上海租界的都市空间布局深刻地影响了上海特别是租界内的文化场域的生成。比如，以鲁迅为首的左翼作家，就经常出现在租界虹口北四川路一带及鲁迅所居公寓附近。虹口一带基本上处于租界与华界的交界，是上海租界的边缘地带，也是左翼作家经常活动的地带。左翼选择在"边缘地带"活动和 20 世纪 20 年代初左翼还没有夺得在文学场域中的领导权有着密切关联。自由主义作家的代表南迁新月派，以胡适、徐志摩为首，常居租界内的福州路、环龙路、极司菲尔路、新月书店所在之处以及胡适与徐志摩的寓所。海派作家大多数选择公共租界的南京路和法租界霞飞路这样的租界中心区处，他们的活动区域和居住地点也折射出当时各文人共同体所处的文学场域的客观位置和不同的文化诉求。不同的租界空间体验以及文人在空间内的布局是不同小型文学场域在整个上海大型文化文学场域中的抽象地位在客体空间上的表征。

在租界内部空间的差异性背后，所代表的是不同生存空间的内涵和不同的文化气质。文人们努力寻求与个体审美追求相适应的空间，这种联系不仅是空间对人的单向的、被动的影响，同时也是文人参与建构租界文化精神空间的过程，二者是双向的。当然，除了以上三点之外，传统的血缘关系、同乡关系虽然不起主导作用，但是也影响文学场域的形成。这几个影响文学场域形成的关系并不是线性的、单一方向的影响，而是相互缠绕的、互相叠加的，在上海租界空间形成了一个复杂的知识分子的交往共同体。

2.3.2 混杂与协商：租界空间与文人身份认同

上海租界文学场域的建构过程是文人共同体交往关系网形成的抽象过程，那么作为为抽象的文学场域建构提供物质实体的租界空间与分属不同文学场域的文人身份到底有什么具体而微的联系呢？历史学家许纪霖为我们提供了一个从租界空间角度分析文学与文人的多元而广阔的视角。

众所周知，空间不是均质的，是异质的，上海作为国际性大都市更是如此，就实际管辖权而言，分为华界、公共租界和法租界三个区域。即便是在租界内，考虑到不同国家的经济状况、管理方式的不同，西方列强在租界内部的殖民管理也具有不均衡性和复杂性，导致租界文化的内部差异性。公共租界、法租界、华界三大空间板块由于经济发展、政治氛围、文化艺术发展、社会管理机制的不同形成迥然不同的空间审美风格。公共租界是由纳税人选举而产生的工部局管理，实际上是大商人掌握管理权力，有着市场经济观念发达和商业氛围浓厚的特点。法国驻沪领事按照法国本土的规划来直接管理法租界，因此，法租界崇尚城市的整体规划，又因受法国文化的影响很深，重视空间内文化气氛的营造。法国人白吉尔在《上海史：走向现代之路》中评述道："公共租界能够在外滩建立远东最大的金融、贸易中心。而法租界这个在商场上不算合格的学生，却能造就更为优越的人文思想环境和海纳百川的文化品格。"❶ 鉴于此，法国人在中国的殖民活动不是直观可见的，因此，对于中国知识分子而言，对英国及英国文化较为反感，对于法国及其文化则怀有偏爱。

从文化地理的版图来看，租界空间内部由于存在多层统治力量，因此呈现出一个严格的文化等级空间秩序，而且这个文化空间等级秩序与经济地位是错位的，文化等级最高的是西南部的法租界，其次是公共租界的中心地带，然后是公共租界的边缘越界筑路地段，实际上就是日本人居住的虹口地区。在空间文化布局上，呈现出一个降调式的排序。而观照到文学场域的内部，由于各自场域"惯习"不同，文人在租界空间选择上也迥然不同，每个小型文学场域内的作家共同体所选择的租界空间与他们的生存方式和文化气质是相契合的，尤其与当时所处的文学场域内的客观位置相适应。文人在租界选择哪个区域实践文学活动与自身的文化身份是相一致的。

各场域文人的文化身份与租界空间的象征意义相适应。租界物质景观是表达城市空间的价值象征体系，不同的文人共同体会使用不同的租界空间的象征物来表明自身的文化身份，也就是说租界的空间象征意义体系与选择在

❶ 白吉尔. 上海史：走向现代之路 [M]. 王菊，赵念国，译. 上海：上海社会科学院出版社，2014：473.

该区域活动的文人的意识形态、文化趣味、知识类型、生活品位是相契合的。来自不同小型文学场域中的知识分子群体都选择可以标识自身文化身份和审美倾向的特定租界空间活动。"现代主义派文人在法国城的咖啡馆聚会，这是都市布尔乔亚阶级的空间象征；而左翼的波西米亚人常常出没于虹口地形复杂的弄堂、亭子间和地下咖啡馆，充满密谋的氛围；公共租界则成了不同知识分子彼此交往的公共空间。"❶

　　1930 年，左翼作家联盟在上海成立，鉴于彼时具体的历史语境，左翼文人虽然有鲁迅、茅盾这样在文学场域内有影响力的作家，但从整体上看，左翼文人还没有成为租界文化场域内具有领导权的文人共同体。因此，左翼文人活动的区域大致都在公共租界的边缘地区或越界筑路区，甚至是华界和租界相交的区域，很少出现在公共租界的中心地带和法租界。虹口地区的北四川路一带是左翼作家常常出没的地方。北四川路处在华界与租界的毗邻区，该地区表面上受公共租界管理，实际上聚集着大量的日本侨民，具有权力真空的特点，与左翼作家追求的政治斗争和浪漫冒险文化诉求相适应。鲁迅在上海的第一个长居地点是虹口北四川路景云里 23 号，后在内山完造的帮助下，又移居到离景云里很近的位于北四川路的拉摩斯公寓，而内山书店当时也在北四川路的魏盛里，以北四川路为中心的大约一个多平方公里的范围内，聚集了不少左翼作家，像茅盾、瞿秋白、冯雪峰、周扬、胡风、郭沫若、夏衍、丁玲等。租界的边缘地带给左翼文人激进的政治和文学上的诉求提供了最大限度的保护。左翼作家阳翰笙说："创造社和太阳社的党小组，都属于闸北区第三街道支部。因为这两个社及出版社书店都在北四川一带，很多文化人也都住在这一带，所以属于一个支部。这些地方实际上是日本租界，郭老有时穿和服出来，人们不大分得出他是日本人还是中国人。"❷

　　左翼文人的活动还有一个特点，就是活动区域大，不但活动在租界边缘地带，有时也深入华界闸北，再到最南部的南市，如此看来，当时左翼文人的活动空间在租界文化权力空间的降序排列里居于末尾，也与当时左翼文人

❶　许纪霖. 都市空间视野中的知识分子研究 [J]. 天津社会科学，2004（3）：134.
❷　阳翰笙. 风雨五十年 [M]. 北京：人民文学出版社，1986：132 – 133.

在整个文化场域中的客观位置有密切关系。文人共同体的海外教育背景与选择租界空间也是不谋而合的，如上所述，在租界的历史上，虽然从来没有过"日租界"的说法，但是实际上位于公共租界扩界地区的虹口地区有大量的日本侨民集中居住，实际控制权也在日本人手中。"路两侧有大量的日俄商店、日式料理店、日本书店、日式按摩院和妓馆。"❶ 这片区域具有浓厚的日本风情，像鲁迅、郭沫若、田汉、夏衍、陈望道、郑伯奇、冯乃超、李初梨、胡风、周扬等都曾先后在日本留学过。因此，这一租界区域无论是从政治环境还是文化氛围，与左翼文人有着无可比拟的契合性。"作为包含各种隐而未发的力量和正在活动力量的空间，场域同时也是一个争夺的空间。"❷ 在上海的文学场域中左翼文人后来之所以能成为象征资本的获得者，与其在空间上的活动广泛也有必然的联系。

与左翼相比，南迁的自由派文人和海派作家的活动范围就要小得多，大多数集中在商业繁华的租界中心区。邵洵美、叶灵凤、章克标、张若谷、穆时英、刘呐鸥、施蛰存、徐霞村、徐蔚南这些海派作家基本的活动空间是租界的中心区南京路和霞飞路一带。海派作家以邵洵美的花厅沙龙为中心，不拘泥于租界的中心区，偶尔也会为了追求独特的空间和审美体验，到达左翼的盘踞地北四川路上的新雅茶室与不同文化身份的文人一聚。值得一提的是，穆时英、刘呐鸥、施蛰存这些新感觉派与其他海派作家有所不同，他们与左翼在租界的聚集地北四川路的物理空间距离恰能说明文学场域中文人文化身份的流动嬗变。海派第二代新感觉派这一支作家，早期与左翼作家有着蜜月期，但后来因各自对政治意识形态和艺术追求的理念不同而渐行渐远。因此，海派新感觉派作家选择的聚集活动的地点颇有意味，从 1928 年开始，先是选择聚集在虹口江湾路的公园坊，公园坊位于北四川路的尽头，当时常到公园坊聚会的有刘呐鸥、戴望舒、施蛰存、杜衡、冯雪峰、徐霞村。20 世纪 30 年代中期，穆时英也租住于此。实际上，公园坊的聚集是文学场域中文人新的文化身份产生的过程。而这群文人共同体的活动空间也体现了这一群体的

❶ 夏衍. 懒寻旧梦录 [M]. 北京：生活·读书·新知三联书店，1985：135.

❷ 皮埃尔·布迪厄，华康德. 实践与反思——反思社会学导引 [M]. 李猛，李康，译. 北京：中央编译出版社，1998：139.

共同美学嗜好。在他们看来，无论是苏联的革命文学，还是风靡上海的左翼思潮，均可应用于作品中，其原因是这些艺术模式都是异质的、新兴的、尖端的。新感觉派早期在文本中表现出一种"政治和艺术的双重激进"，这种双重激进恰恰是以一种去政治化的方式阐释出来的，也是后来这一支文人派别与左翼决裂的根本原因，因此这支文人对自身文化身份的确认也可用对空间的选择来表征。"北四川路的尽头"意味着这支文人共同体需要左翼思潮里的"新"与"异"，同时又想与政治保持合理的距离，因此与左翼的活动大本营保持着若即若离的距离。

　　文人个体在租界空间是动态的，反映出个体在文学场域内文化身份和政治立场的变化。"精神与文化，人的实践活动与地域以及各种文化与地理空间之间有的是相互联系。"❶ 女作家丁玲当初怀揣着成为电影明星的梦想来到上海，明星梦受阻后才登上文坛，丁玲公开发表的小说《梦珂》多多少少有点自传的意味，可见丁玲当时还不是左翼文人，有施蛰存的一段话作为佐证，"从 1928 年到 1931 年，丁玲和胡也频同住在上海，丁玲还显得是一个'莎菲女士'的姿态，没有表现出她的政治倾向。胡也频却十足是一个小资产阶级文学青年，热情地写诗、写小说，拿到稿费，就买一些好吃的、好玩的"❷。胡也频与丁玲因经济状况来到上海时频繁变换住址，但两人的住址始终主要选择在法租界。胡也频牺牲之后，丁玲加入左联，思想上开始从洋场的一个职业的小资产阶级作家转变为一个左翼文学的女战士。而丁玲思想蜕变的这一过程，表现在租界的空间位移上，丁玲的租住地从法租界搬到了当时左联人员密集活动的地带：虹口北四川路一带的昆山花园 7 号、萨坡赛路 196 号、贝勒路永裕里 13 号、吕班路万宜坊 60 号。由此可见，上海的租界空间不但可以承载物质运动的客观空间，还与某种社会文化心理紧密相关。空间区域与作家精神心理有着复杂的互动关系。文人个体在租界空间内的物理位移可以反映出个体在文学场域内的文化审美甚至是政治立场态度的相对变化，也能显示出租界空间的物质文化氛围对文人个体的调节和召唤的功能性作用。

---

❶　迈克·克朗. 文化地理学［M］. 杨淑华，译. 南京：南京大学出版社，2005：2 - 3.
❷　施蛰存. 沙上的脚迹［M］. 沈阳：辽宁教育出版社，1995：106.

各文人共同体之间并不是封闭的，而是流动的。虽然在上海租界文学场域内的冲突竞争十分激烈，但是文学场域内的结构是相互交联的网状，分属于不同小型文学场域的文人并不是相互隔绝的，也常有接触交往。北四川路因可连缀起一幅虹口地区文化地图，同时也是三大消费街区之一，所以尽管这里是左翼作家时常出没的活动空间，海派作家、自由主义派文人为了租界文学场域内的公共交往也时常聚集于此，位于北四川路虬江支路口的"新雅茶室"便起到了联络各个小型场域内文人交往的公共空间的作用。在代表各个小型场域时，斗争十分激烈的文人共同体作为一个个体作家与其他小型文学场域的个体作家的交往却十分融洽。唯美主义作家林徽因时常与左翼文人周扬"在新雅茶室叙头……与周有相当的交情"❶，鲁迅先生的日记里也记载有与各路友人在新雅的聚会，如"午杨杏佛邀往新雅午餐，及林语堂、李济之"❷。应该说，当时的新雅茶室汇集了一批来自不同小型文学场域的文人。他们尽管在艺术、文化、政治上各有不同的追求，但是并不妨碍作为个体文人的相互交往。

2.3.3　一种租界文学场域的典型表征——沙龙

从词源学维度上看，沙龙来源于法语"salon"，最初的意思是一种空间，专指城堡里用于接待客人的大厅。直到 1737 年，在方形罗浮宫大厅中举办的一场艺术展览被简称为"沙龙"，这一词才与文学和艺术有了联系。沙龙后来的概念是指贵族女性主持的有关文艺谈话会。法式沙龙对西方哲学、文学及艺术在欧洲范围内的传播有着深远影响。可见，沙龙这一概念对于中国来说属于文化"舶来品"。

沙龙最早进入中国可以追溯到晚清洋务运动时，是典型的租界文学场域内的小型场域。沙龙内部的成员靠相同的"惯习"而聚集在沙龙里，形成文人的公共交往网络。那么，沙龙这种西方文化舶来品为何只在上海租界生根发芽呢？沙龙这种小型文学场域内部有着怎样的运作规律，又是如何影响文

❶　叶中强. 上海社会与文人生活（1843—1945）［M］. 上海：上海辞书出版社，2010：289.
❷　叶中强. 上海社会与文人生活（1843—1945）［M］. 上海：上海辞书出版社，2010：290.

学的呢？

上海租界为沙龙这一文学场域的生发提供了与西方社会相似的文化氛围。在租界内比较早的纯正沙龙是 1927 年曾朴与曾虚白父子创办的以马思南路寓所和真善美书店为中心的沙龙。曾朴的沙龙举办地点通常是选在他所居住的法租界的马思南路上的寓所里。马思南路位于法租界的核心地带，充满浓郁法兰西风情，以精致典雅的法式花园洋房为主，是上海最富有文化风情的街道，也是外国侨民集中居住的区域。这种法兰西风情为文人提供了浓浓的异域感，租界是具有"异托邦"性质的空间，异域感给曾朴父子模仿法式沙龙文化，构建一个相似的带有"补偿性空间"的文人文化交往的空间提供了一种文化实践的可能。曾朴曾在张若谷的随笔集《异国情调》中这样描述马思南路："我现在住的法租界马思南路寓宅 Ronte Massenet……当我漫步在浓荫下的人行道，Lecid 和 Horace 悲剧故事就会在我的左边朝着皋乃依路上演，在莫里哀路的方向上 Tartuffe 或 Misanthrope 那嘲讽的笑声就会传入我的耳朵……"❶ 如此看来，马思南路给予曾朴对异域想象的充分理由。

沙龙汇聚了文学场域中"惯习"相似的文人。在上海租界内，每个文人建构的小型文学场域公共交往网络都是依靠参与者相似的"惯习"而形成的。以曾朴的沙龙为例，这个小型文学场域的共同"惯习"是对法国与法国文学推崇备至。"法国文学以及新文学作家作品和语言文学是交谈的主要话题。在法国文学领域，又以法国浪漫主义文学最受关注。"❷ 曾朴自己也说："我们一相遇，就要娓娓不倦地讲法国的沙龙文学，路易十四朝的闺帏文会。"❸ 对法国文学作品的模仿、翻译、评论也是沙龙成员进行活动的主要内容，沙龙成员谈论最多的是雨果作品，除此之外，法国作家左拉、莫里哀、福楼拜的作品也被沙龙成员译介。但是，曾朴的沙龙成员大多数并没有留学经历，也没有欧美大学的学历。因此，曾朴马思南路客厅的法式沙龙文化基本上是来自对文化"他者"的自我想象。

---

❶ 东亚病夫（曾朴）. 张若谷《异国情调》·小序（二）[N]. 申报，1928 – 12 – 14.

❷ 费冬梅. 沙龙——一种新都市文化与文学生产（1917—1937）[M]. 北京：北京大学出版社，2016：60.

❸ 费冬梅. 沙龙——一种新都市文化与文学生产（1917—1937）[M]. 北京：北京大学出版社，2016：60.

当时，上海租界另一个典型性的沙龙是以邵洵美为中心的"花厅"。与曾朴的沙龙相比，邵洵美的沙龙显出更为典型的文学小型场域的特质，是租界内文人共同体交往网络与租界文化空间结合得最为紧密的沙龙。以租界典型的空间为依托，邵洵美的沙龙以及沙龙成员凭借手中的经济资本和文化资本，展开了具有自身特色的文化生产和社会交往，逐渐成为一个在租界文学场域内有较大影响的小型场域。在 20 世纪 30 年代的上海文坛，邵洵美与鲁迅围绕"女婿风波"的论争，表面上是文坛的"笔墨官司"，背后却隐藏着当时文学场域内以鲁迅为代表的左翼文人与以邵洵美为代表的典型的海派文人关于文坛话语主导权的争夺问题。邵洵美的沙龙成员大多推崇西方唯美主义，不但在文学中追求唯美主义倾向，而且把唯美主义的这种艺术观付诸日常生活实践。因此，邵洵美的沙龙介绍了大量欧洲的唯美主义作品，并且在日常生活中模仿以王尔德、魏尔伦为代表的唯美主义先驱的生活方式。以邵洵美为首的"花厅"成员都热衷在都市娱乐空间活动，成为文坛上最时尚的一个群体。据施蛰存记载，邵洵美"花厅"的沙龙成员日常活动是这样的："我们是租界里追求新、追求时髦的青年人。你会发现我们的生活与一般上海市民不同，也和鲁迅、叶圣陶他们不同。我们的生活明显西化。"❶ 根据沙龙成员傅彦长的日记记载，傅彦长经常与另一位成员张若谷"往霞飞路大东公司吃咖啡、蛋糕、面包、牛油"❷，到巴尔干牛浮店喝咖啡，在着装方面更是以"西装少年"自许。

邵洵美的"花厅"不但聚集着一大批与其文学主张、审美倾向相近的文人，形成了一个小型的文学场域，还吸纳了许多其他文化领域的艺术家，显示了其在场域内掌握的雄厚的社会资本，像徐悲鸿、张道藩、刘海粟、倪贻德、庞薰琹等艺术家也经常出入沙龙。邵洵美的沙龙成员看似身份复杂，但他们大多数有着共同的欧美留学背景，属于留欧美派自由主义知识分子。虽然南迁的新月社也属于自由主义知识分子行列，但邵洵美的沙龙与新月社最大的区别是邵洵美以及沙龙成员自觉地对政治表现出疏离和对左翼文学的隔膜态度。邵洵美的沙龙所形成的小型文学场域在思想倾向上具有强烈的排他

---

❶ 张芙鸣. 施蛰存：执着的"新感觉"［N］. 社会科学报，2003 – 12 – 04.
❷ 傅彦长. 傅彦长日记［J］. 现代中文学刊，2015（1）：112.

性，在邵洵美的沙龙中还有更重要的一点，那就是可以清楚地看到经济资本对于文学场域的影响。邵洵美贵族出身，因此颇有资产，他的沙龙就构成了一个以"沙龙—出版"为中心体系的小型文学场域。这样的体系也使这个小型文学场域有了宣扬自己观点的阵地，因其雄厚的经济实力，邵洵美所创办的金屋书店的宗旨本就不在于经济收益，而在于可以将自己与同人的作品在不考虑市场的情况下得以发表，不考虑市场反应而发表的同人作品虽然违背了市场经济规律，但却能在文学场域中赢得"象征资本"，这也符合文学场域中以"经济利益"换取"象征资本"的颠倒逻辑的原则。借助上海租界发达的出版业，邵洵美的沙龙形成了一个具有鲜明海派特色的文人交往网络共同体。

上海租界的沙龙文学艺术活动对海派文学追求"异域情调"的美学倾向有着深刻的影响。在文学上的"异域情调"话语实践直接表现为文学家利用异域文化来丰富创作内容和形式，作家十分愿意把异域文化的各种元素放置在自己的审美想象和感受中。于是，西方的政治制度、器物和人文景观、宗教信仰、都市女性形象等都成为塑造异国情调的要素。上海租界内的沙龙，无论是曾朴父子的马思南路客厅还是邵洵美的"花厅"，都是对异国文化模仿实践的产物。对"异域情调"追求的共同审美倾向也是连接沙龙成员内部的共同"惯习"。曾朴就在张若谷的书序里写道："究竟我和若谷情调的绝对一致在哪里？老实说，都倾向着 Exotism，译出来便是异国情调。"❶ 对唯美主义文学的迷恋是邵洵美"花厅"成员的共同喜好。"对法式异国情调的迷恋、对沙龙文学闺帏文会的热衷可以说是上海沙龙的重要凝聚点，对唯美主义文学的推崇和热爱也是海派沙龙知识分子的一大特点。"❷ 在海派作家的小说中，经常性出现西化咖啡厅、摩天大厦、舞厅、教堂、摩登女郎等都市意象，充满对西方都市物质生活、西式生活方式热情洋溢的描写。

上海租界具有艺术情调的沙龙促成了一种类型的都市文学。20 世纪 30 年

---

❶ 费冬梅. 沙龙——一种新都市文化与文学生产（1917—1937）［M］. 北京：北京大学出版社，2016：52.

❷ 费冬梅. 沙龙——一种新都市文化与文学生产（1917—1937）［M］. 北京：北京大学出版社，2016：256.

代，上海租界已经成为成熟消费主义的都市空间。就像叶中强所说："一种强调'世界主义'和'现代物性体验'的空间生产，已见诸包括南京路在内的上海各主要消费街区。"❶ 而以邵洵美为首的沙龙成员常常聚集在这些都市空间内的消费场所。这些都市消费场所给成员们提供了他们所追求的"异域情调"。同时，像张若谷、傅彦长、梁得所等常常在文本中呈现出真正意义上的"都市漫游者"形象。梁得所经常评价繁华的南京路的商店"店面装饰很讲究，宽大的玻璃橱窗中，五光十色，什么都有"，"浏览两旁橱窗，足以增加美术兴味和货物见识，获益一定不浅"❷。张若谷更是"将黄浦滩比作马赛港，将南京路比作纽约第五街，将北四川路比作美国唐人街"❸。但是，这些沙龙成员的"都市漫游者"与本雅明笔下的"都市漫游者"有着本质的区别，本雅明笔下的"都市漫游者"始终保持着与都市疏离与隔阂的姿态，是站在更高的高度冷眼旁观都市，借此表达对都市的反叛。而沙龙文人的"都市漫游者"是真正融入都市生活，是缔造都市空间的参与者。咖啡店和法租界的霞飞路是沙龙成员常用的都市空间意象，尤其是咖啡馆对这派沙龙文人在上海租界文学场域中的身份建构起到重要作用，是区别于其他小型文学场域的重要标识。"部分中国文人热衷咖啡馆可以想见，还有一种超越殖民地地位和文人建构阶级身份的意图。在对咖啡馆的消费里，想象性的上流人士的身份得以建构和完成。"❹ 沙龙成员对于现代都市空间持有热情的拥抱态度，这种"惯习"投射到文学创作中，需要出现一种与之相配的文学表达方式，那就是都市文学。而这个都市文学显然并不是以上海的华界为创作蓝本，而是以租界为创作模板。因此，出现了一系列像梁得所的《上海的鸟瞰》这一类专门介绍租界消费空间的作品，对都市消费场所和消费生活的细致描写成为这派沙龙文人的一种身份标签。在租界的文化场域中，以邵洵美为首的沙龙显然建构起一个明星化的时尚作家群体，他们俨然成为上海租界生活的

❶ 叶中强．民国上海的城市空间与文人转型［J］．史林，2009（6）：27.

❷ 梁得所．梁得所集［M］．上海：汉语大词典出版社，1996：68.

❸ 张若谷．异国情调［M］．上海：世界书局，1929：8.

❹ 费冬梅．沙龙——一种新都市文化与文学生产（1917—1937）［M］．北京：北京大学出版社，2016：307.

代言人，成为一种都市文化符号的象征，并以此区别于其他小型场域的文人，获得自我感受上的优越感。

　　沙龙这类文学场域的产生根植于上海租界，无论是曾朴的马思南路客厅还是邵洵美的"花厅"，都是如此。在有与西方相似的都市文化氛围的租界内，基于租界的异国物质景观，这些沙龙成员进行着对"他者"文化的模仿，建构了不同于中国以往文人的公共交往网络，形成了新的文学小型场域。曾朴父子的马思南路客厅与真善美书店，邵洵美的"花厅"与金屋书店，在租界文学场域的斗争中起到了重要作用。当时从英美归国的文人，以沙龙这种形式，凭借欧美文化在租界内的强势地位，在上海租界文化场域中取得了更多的在场域内的话语权。

2.4　民族主义与殖民意识的纠缠：文人在租界文化场域中的话语差异

　　所有客观内容都有双重意义，一种意义是纯粹客观的意义，另一种意义则是与个体的经验形态相关的功能性意义。这里所说的个体经验，就是上文分析过的影响租界文学场域形成的"惯习"，那么上海租界作为一个纯粹客观存在的空间，到底具备什么样的意义取决于进入空间进行文学实践的个体经验，而这种个体经验是受个人的政治立场、价值观念、审美趋向、人生际遇影响的。也就是说，来自不同的小型文学场域的文人共同体，对赋予租界空间的意义是完全迥异的，而且是按照自己所在的文学场域的需要去赋予租界空间不同的意义。"一个分化了的社会，并不是一个由各种系统功能、一套共享的文化、纵横交错的冲突或者一个君临四方的权威整合在一起的浑然一体的总体，而是各个相对自主的游戏领域的聚合。"❶ 因此，无论是左翼文人还是自由主义文人，抑或是海派文人，因处在不同的小型文学场域，必定对租界空间有意义不同的书写。这些不同派别的文人根据各自所处租界文学场域的位置将他们的空间体验和心灵感受变为具有差异性的文学实践。无论

---

❶　皮埃尔·布迪厄，华康德. 实践与反思——反思社会学导引［M］. 李猛，李康，译. 北京：中央编译出版社，2004：17.

是对激进而窘迫的左翼文人，还是对典雅又从容的自由主义文人，或是对闲适而奢侈的海派文人，上海租界都显示出其复杂多变而不可琢磨的一面。

2.4.1 罪恶渊薮与重生希望并存——左翼文人租界的话语实践

在左翼文人政治价值观的判断系统里，处于半殖民地城市上海的租界扮演着两种角色：一种是从民族主义维度出发，租界扮演的是民族的耻辱象征角色；另一种则是从阶级维度上看，资本罪恶导致了极端的贫富差距，使劳苦大众遭受剥削和压迫，显然这时租界又扮演了造成"芦柴棒"式悲剧的罪恶根源的角色。上海租界是中西观念激烈碰撞的大都会，左翼作家大多数又来自乡村与小城市，秉持乡土社会的道德尺度。因此，他们在租界中面对贫富两极分化时，在感受到生活环境的巨大逆境时，更容易滋生出激进的愤怒，左翼作家的阶级意识在这里得到更大的强化，形成以阶级意识为思想主脉的思维方式。左翼文人在政治意义和道德观上都认为租界是罪恶渊薮，但是受租界文学场域中"惯习"的影响，左翼文人对于以上所赋予租界两层意义的侧重上还是有所不同的。左翼文人更善于把他们赋予租界空间的第一层意义巧妙地置换成第二层意义。左翼对租界所表现出来的民族主义显然是阶级化了的民族主义，对于左翼文人来说，上海租界是聚集着有关阶级压迫与斗争的空间。

左联作家殷夫用诗歌表明了对租界的态度，"当我从华界转入法租界后，又在大世界背后一条马路上看见一群地狱中的鬼而打了一个寒噤"[1]。郭沫若则用诗歌表明了租界里异乎寻常的尖锐的阶级对立，"兄弟们哟，我们的路是定了！坐汽车的富儿们在中道驱驰，伸手求食的乞儿在路旁徘徊，马路上面的不是水门汀，而是劳苦人的血汗与生命"[2]。王独清也在诗歌当中写道："租界上的道路是异样的清洁、白皙。租界上的街树都栽列得特别整齐。但是公园外的太阳像是要晒焦了马路上的地面，却有着许多苦力，推着装土的重车，在马路上挣扎着向前……"[3] 左翼作家对上海租界的态度有时也是充

---

[1] 殷夫 . "March 8" S［J］. 拓荒者（第一卷），1930：4-5.

[2] 郭沫若 . 郭沫若全集·文学编（第一卷）［M］. 北京：人民文学出版社，1982：319.

[3] 王独清 . 我归来了，我底祖国［J］. 创造月刊（第一卷），1928（2）：1.

满悖论的，表现在他们的确被租界的物质景观所吸引，但同时也在这繁华的都市景观中提炼出阶级对立的政治关系。

上海租界被指认为罪恶渊薮并不是左翼文人的专利，虽然李欧梵在《上海摩登》中表示"对带'政党立场'的划分方式表示质疑"❶，但在实际的文学实践中，左翼也的确为了政治目的而极力宣传租界罪恶的负面形象，只有突出了租界罪恶的负面形象，左翼作家一直以来提倡的民族自救与革命运动才能有合法地位。换句话说，租界在左翼与有产者的生活形成强烈对照时，罪恶渊薮成为革命内在的内驱力，也正是因为认定上海租界为罪恶渊薮才滋养出左翼的革命内驱力。"没有正义必要的邪恶的存在，中国革命的神圣号角，也就缺乏了不少感染力。"❷ 也正是由于这一原因，在左翼的文本中对上海租界除了罪恶渊薮的描写，也充满了革命浪漫化的涅槃重生，二者之间充满了悖论的张力。左翼作家在文本中从没有避讳在现代性进步的维度上对租界的赞美，有学者说："上海在刺激现代中国民族主义的兴起中起到了重要的作用。"❸ 在茅盾的《子夜》中，小说的一开头对"LIGHT，HEAT，POWER"的描写，仍然可以看出对现代工业文明速度和力量的赞美。殷夫在《上海礼赞》中写道："上海是中国无产阶级的母船，上海的罪恶等于上海的功业。"❹ 显然，左翼文人追求的是异于海派作家的另一种现代性，左翼小说追求的是与时间紧密相连的启蒙现代性，而海派作家追求的是审美现代性。左翼小说对于租界的都市空间也充满了现代性的思考，只不过左翼的现代性是与子夜的战场、广场的风波、夜撒传单相联系。有左翼作家这样描写在租界里的飞行集会："在南京路三大公司门前的闹市举行，这时就往往在三四楼，甚至顶楼餐厅的窗口把传单散发下去，五彩缤纷满天飞舞，煞是好

---

❶ 李欧梵. 上海摩登——一种新都市文化在中国 1930—1945［M］. 毛尖，译. 北京：北京大学出版社，2001：4.

❷ 孙绍谊. 想象的城市——文学、电影和视觉上海（1927—1937）［M］. 上海：复旦大学出版社，2009：35.

❸ 严家炎. 中国现代小说流派史［M］. 北京：人民文学出版社，1989：109.

❹ 殷夫. 殷夫选集·上海礼赞［M］. 北京：人民文学出版社，1958：69 – 70.

看。"❶ 这个场面简直就是革命和现代都市美的浪漫结合。

因此，即使是在强调政治优先的左翼文人眼中，上海租界仍然不是有些学者强调的那种单一与苍白，而是毁灭与重生的双重并存，左翼文人已认识到上海租界之于他们，"正好像不知白昼底光明，就不能感受黑夜底里黑暗一样"❷。

2.4.2 商业活力与市井习气并存——自由主义文人眼中的租界

自由主义作家与左翼作家身处不同文学小型场域，经济状况、审美追求等诸多"惯习"也不尽相同，对租界空间的个人经验也有着明显的差异。20 世纪 20 年代末到 30 年代初，来到上海租界的自由主义文人大多数是南迁的京城新月派成员。1926 年的国民革命军北伐加剧了国内政治局势的动荡，导致京城文化生态的恶化。一批京城文人纷纷选择南下，到上海寻求较为安定的生存环境。这些文人在南下之前，大多数在京城高校任职，并且有着清一色的留美背景，因此一到上海租界便迅速聚集，在上海租界文学场域中构成了一个以留洋文凭为标识的学院派文人共同体。他们中大多数是新月社成员，像胡适、徐志摩、梁实秋、饶孟侃、叶公超、潘光旦等。自由主义文人身上具有学院派文人的理性节制和主体自律，以纯正、率直为道德品质和文化价值的衡量标准。这些身居上海租界的自由主义文人把理性目光投向诸如人权、民主等在他们认知里属于重大而严肃的社会问题上。

北京与租界化的上海有着完全不同的文化环境。对于自由主义文人而言，在北京有国家体制下的最高学府和接近政治权力中心而带来的各种网络关系，可以在"一个知识与体制相结合的高层次上，发挥着个体价值和群体影响"❸。但是上海的文化环境却截然不同，租界在当时拥有全中国体制外最发达的出版体系，完全是商业化运作。因此，自由主义文人乍到体制外的市场化租界文学场域多有不适，这种不适最根本的来源为"上海人对于人生一

---

❶ 林焕平. 从上海到东京——中国左翼作家联盟活动杂忆［M］//左联回忆录编辑组. 左联回忆录. 北京：中国社会科学出版社，1982：676.

❷ 冯雪峰. 讽刺文学与社会改革［J］. 萌芽月刊（第一卷），1930（5）：1.

❸ 叶中强. 上海社会与文人生活（1843—1945）［M］. 上海：上海辞书出版社，2010：347.

切，第一个标准是金钱，第二个标准是金钱，第三个标准还是金钱"❶。自由主义文人一直引以为傲的学术思想在上海租界里被认为是穷酸的，可见自由主义文人一贯坚持的理性与克制显然不适应上海租界的市侩气息和消费主义。周作人很早就评论过租界化的上海文化是"买办流氓与妓女的文化，压根儿没有一点理性与风致"❷。沈从文借小说《落伍》中人物的眼光说出租界化上海市侩气的浅薄，"穿几件好衣服就可以称为上等人的上海"❸。尽管如此，比起左翼文人的激进态度，自由主义文人对租界的态度带有学院派的一贯特点——理性与克制。从经济背景来看，自由主义文人大多数是京城高校教授，在上海重新找到一份薪金优渥的教职或文化工作并不是难事。从社会身份来看，他们曾在国内著名大学执教，又拥有欧美名校文凭。南迁自由主义文人大多推崇坚持个性，坚持心存异议而求平等的观念，在心理上一贯有着社会上层精英的身份意识，自由主义文人在学术品格上逐渐养成了一种"睥睨"而又"狂叛"的非激进主义的态度和原则。对于自由主义文人而言，与租界的物理距离成为衡量批判租界态度的标准。1927—1930 年，当胡适、徐志摩、梁实秋、余上沅等自由主义作家寓居租界时，并没有像远在北京的那些自由主义文人那样对上海租界的恶劣文化环境提出凌厉的批评。20 世纪 30年代起，身居租界的自由主义文人纷纷搬出上海，当他们与上海租界保持客观距离后，南迁的自由主义文人批判租界与租界文人的态度却越来越鲜明。沈从文在 1930 年 8 月离开上海，旋即就在 1930 年 12 月出版的《文艺月刊》上批评了租界的文化气候，"能够有机会安居在上海一隅，坐在桌边五十枝烛光的电灯下，读日本新兴文学杂志，来往租界乘电车或公共汽车，无聊时就看看电影，工作便是写值三到五元一千字的作品，送到所熟习的书铺去"❹，并且希望"明白我们租界以外的人爱憎和哀乐"的作家，对租界中海派文人的批评不可谓不凌厉。但即使是这样，他们仍然在批评中葆有自由主义文人一贯坚持的理智与克制，并没有全面否定上海租界对中国现代性启蒙

❶ 陈西滢. 物质文明的上海 [J]. 现代评论（第 6 卷），1927（8）：139.
❷ 周作人. 上海气 [J]. 语丝，1927（112）：264－265.
❸ 沈从文. 沈从文小说全集（卷十二）[M]. 武汉：长江文艺出版社，2014（9）：3.
❹ 沈从文. 沈从文全集（第 17 卷）：现代中国文学的小感想 [M]. 太原：北岳文艺出版社，2002：34.

的意义，也不否认租界以及上海在整个中国社会空间中的绝对超前性以及文化传播的先锋性和开放性。一些自由主义文人偶尔也会谈及租界内较为发达的物质生活，比较自由主义的大本营北京与上海租界的区别，赞扬了静安寺路、霞飞路花园和别墅，与北京做比较，"一定远胜于北京的清故宫和五代的什么阿房宫、金谷园"❶，行文至此，笔锋一转又指出，虽然都市如此繁华，但实在不是"做学问思想的功夫的地方"，生活在上海的智者阶级中的学者、思想家是穷酸的。章渊若在《现代评论》中对北京和上海进行了对照、比较，一方面认为北京是"在物质文明的二十世纪，维持的空架子"，而"上海非但能和北京并驾齐驱，并且仗着他金钱底势力还大，有一颐指气使的神气"❷，在称赞上海物质文明的同时也夹杂着对上海市侩气息的轻蔑和鄙视。

由此看来，自由主义文人对租界虽有负面评价，但崇尚健康和尊严的自由主义文人并没有像左翼文人那样激进，大肆批评租界生活的弊端，而是能较客观理性地评价租界。一方面看到租界充满繁荣活力的现代物质景观与先进生活设施，另一方面又鄙视其庸俗市侩的市井气息。同时，这种指责与左翼的带有政治色彩的批判有着本质上的区别。南迁的自由主义文人并不是没有政治诉求，南迁的新月同仁齐聚在胡适租界内的寓所极司菲尔路49号，"以聚餐、宣读论文和自由讨论的方式，在'国家'和'知识领域'之间分隔出一片狭窄的自由主义行政空间"❸，新月对于人权、言论自由和法治的讨论的背后，隐藏着中国自由主义文人想赋予知识生产获得独立于政治体制的地位与功能，"将知识生产从传统政教合一的体制格局中剥离出来"❹。用叶中强的话说："一群身处租界的自由主义，与国家权力之间的抗衡与斡旋。"❺两个小型文学场域的文人对政治的诉求不同，也导致对租界批评关注点的不同。显然左翼批评的动因和终极目标是暴力的阶级革命，而自由主义的批评

❶ 高兴. 中国现代文人与上海文化场域［M］. 上海：上海文艺出版社，2012：78.
❷ 高兴. 中国现代文人与上海文化场域［M］. 上海：上海文艺出版社，2012：78.
❸ 叶中强. 上海社会与文人生活（1843—1945）［M］. 上海：上海辞书出版社，2010：358.
❹ 叶中强. 上海社会与文人生活（1843—1945）［M］. 上海：上海辞书出版社，2010：361.
❺ 叶中强. 上海社会与文人生活（1843—1945）［M］. 上海：上海辞书出版社，2010：356.

主要集中在租界的文化风气和上海市民的虚荣和私利上，其动因是上海这个现代都市与北京文化相比的异质性。

2.4.3　沉溺于租界生活的艺术实践者——海派文人眼中的租界

相比左翼文人对租界的激进态度、自由主义文人对租界折中平和的态度，海派文人对租界有着更明确的态度，海派文人总体上怀着对异域风情的欣赏的眼光身处这万花筒般的十里洋场。在某种程度上，海派文学的诞生与租界空间的衍生有着同构性的联系，海派文人不可能像左翼文人那样从政治意义上视租界为罪恶渊薮，从道德观上视租界为禁忌，更不会像自由主义文人那样对租界的物质化生活保持审慎与矜持，对租界文化的低俗表示鄙视。在海派文人这里，租界就是最为惬意的地方，章克标直言不讳地在《风凉话》中说："试将租界和华界一比，那一切街道、建筑、交通、治安、秩序、卫生等，有哪一件可以比较的呢？"❶ 他们在租界文化里如鱼得水，丝毫不会对租界文化的商业性和市场性表示出鄙视和不屑。海派文人对名利的关注要远胜于自由主义文人，而且与租界商业性的文化市场保持着相同节奏。章克标甚至还写过《文坛登龙术》一类的书，大胆讲述了在文学市场上快速成功的秘诀。

观照到具体的文学创作上，都市文学自然是最适合他们的文学类型，而租界也给他们提供了这种文学类型的实践场所。"只有海派，才能用一种上海人的眼光来打量上海，用商业文化的趣味来欣赏、表现出商业都市。"❷ 这也就意味着，在左翼和自由文人的眼中，那些可充当历史文化批判的畸形繁华，在海派文人这里恰成了文学审美的资源，这也是中国文学真正的现代派文学的开端。这些海派作家是"写着灯光、色香、口齿、女人、汽车、柏油路的都市文学者"❸。在海派文人的文本中体现出对上海租界所代表的西式的现代化都市的一种痴迷，他们认为："近代艺术，必集中于都市，盖伟大之

---

❶ 章克标. 风凉话［M］. 上海：开明书店，1929：14.
❷ 吴福辉. 都市漩流中的海派小说［M］. 长沙：湖南教育出版社，1995：139.
❸ 台生. 多角的张资平［N］. 社会日报，1933－05－05.

建筑、音乐会、歌剧、绘画展览会、大公园、华丽之雕刻等，非有城市不足以表现。"❶ 在穆时英、刘呐鸥的小说文本中，经常出现像亚历山大鞋店、巴黎大戏院、朱古力糖果店、国泰大戏院等典型的大都市的公共空间，折射出对租界异域风情都市生活的熟知。海派文人在某种程度上是中国真正的都市漫游者，他们沉溺于都市的声光电之中，把租界作为与西方文化相联系的纽带。张若谷在随笔中写出对咖啡馆的喜爱，频繁出入舞厅的穆时英享受租界里购书的体验，这些海派文人自觉融入租界的日常生活中，也成为租界景观的一部分。在海派作家文人眼里，上海都市就等于上海租界，张资平就说："他们叫租界做上海。……在上海市的郊外，不属租界，乡村不当它是上海。"❷

需要指出的是，第一代海派作家和第二代海派作家对租界的态度存在微小的内部差异。早期的海派文人与蝴蝶鸳鸯派有着形式和内容上的关联。鸳鸯蝴蝶派文人描述租界化上海的作品数量可观，虽然新文学的倡导者和评论者长期以来视鸳鸯蝴蝶派为消遣或游戏的文学，但上海的鸳鸯蝴蝶派小说至少忠实地记录了上海近代以来的社会变迁。鸳鸯蝴蝶派作家对于上海租界有一种矛盾心态：一方面，他们一般都为租界内的现代化生活所倾倒；另一方面，在贫富悬殊的社会现状下，他们也感受到了小市民艰难和无奈的困境。因此，上海鸳鸯蝴蝶派作家一方面写出租界生活的无比繁华和先进，另一方面又写出租界内的危机丛生。鸳鸯蝴蝶派作家对租界危机重重和污浊不堪的生存环境的批判与左翼文人对租界的阶级道德批判不同。早期海派文人对租界恶现象的批判，表面上是面对读者时扮演着道德劝诫的角色，实际上是为了增加销售量，便于商业的推广，迎合读者的娱乐需求和好奇心。早期的海派文人选取租界的某些恶现象当作文学作品中的噱头加以渲染。通俗小说杂志鸳鸯蝴蝶派的《紫罗兰》经常借小说文本中的人物之口说出在道德上对上海租界的评价，"住在这万恶的上海圈子里怎能够保得住一生一世不受恶风

❶ 张若谷. 张若谷集：异国情调 [M]. 上海：汉语大词典出版社，1996：1.
❷ 张资平. 无灵魂的人们 [M]. 上海：上海文艺书局，1930：7.

的熏染"❶，"二十来上海，始窥繁盛，然而魑魅弄影，狐兔当道，风俗之坏，人心之险，亦以此邦为著"❷。鸳鸯蝴蝶派的通俗小说作家与早期海派文人对租界的认识和批判尚属肤浅，新感觉派作为中国小说真正的现代派作家却"能在城市罪恶之中发现美"❸。换句话说，到新感觉派作家时，海派文人已经充分认识到成熟的都市空间使城市存在诡异的氛围，无数种情绪诸如喧嚣与寂寞、憧憬与幻灭、偶遇与离别同时上演，新的个体空间体验使人们深刻感受到都市生活对人异化的巨大力量。但是，新感觉派作家对租界都市生活的批判与左翼和自由主义文人的批判着眼点是完全不同的。整个海派文人的批判完全不涉及政治意识和上海的市侩气，甚至不涉及学者们常提到的道德批判。新感觉派是基于一种世界主义维度，即站在资本主义全球体系下城市所面临的最普遍问题的角度上，诸如在物质丰富的都市环境下，人类面临的困境和人性孤独以及资本对人类的异化等西方语境框定下的主题进行着批判，与左翼和新月派南迁的自由主义文人比起来，这种对租界的批判态度是明显缺乏在地性的。

由此，左翼文人、以新月派南迁为代表的自由主义文人和海派文人是把上海租界放在不同的评价体系里，得出的评判结果自然也不同。左翼文人始终持政治属性为第一顺位的标准。海派作家则直言其对租界生活的享受和对西方文明的推崇。最矜持的要数自由主义文人，他们身上有着与西方文化亲近的因素，但是南迁新月派文人身上所表现出来的西方精神又与租界文化的商业性格格不入，但是他们身上所表现出来的圆融和非激进的新月绅士之气也使他们对租界保持着相对平和的态度。在上海租界文学场域的维度下，各小型文学场域的文人有着不同的政治文化诉求，正是由于各自不同的诉求才赋予上海租界空间完全不一样的个体在价值观和道德上的判断。"每个场域都规定了各自持有的价值观，拥有各自持有的调控原

❶ 知无涯室主人. 如此上海［M］. 上海：大东书局，1927：3.

❷ 高兴. 中国现代作家的都市文化心理谱系——从通俗小说家到"新感觉派"作家［J］. 兰州学刊，2014（4）：81.

❸ 钱理群，温儒敏，吴福辉. 中国现代文学三十年（增订版）［M］. 北京：北京大学出版社，1998：321.

则。这些原则界定了一个社会构建的空间。在这样的空间，行动者根据他们在空间所占据的位置进行争夺或企图维持其空间的范围或形式。"❶ 在上海租界文学场域内，文人共同体的话语实践与租界空间形成了互文性的多重互联关系。

---

❶ 皮埃尔·布迪厄，华康德. 实践与反思——反思社会学导引［M］. 李猛，李康，译. 北京：中央编译出版社，1998：17.

第 3 章

租界文化与上海通俗小说——鸳鸯蝴蝶派小说的现代性生发

　　雅与俗的概念从来都是相对的，是随着时间流变的，很难用简短而明确的概念框定。美国学者迈克尔·贝尔提供了一种通俗文化的解释："通俗文化就是能够感染大众的文化。一件通俗作品受到大众欢迎是因为作者的创作意图是反映大多数人的经历与价值观；是因为作品的创作形式容易被大多数人接受；是因为大多数人不必借助特殊的知识与经历就能理解它。"❶ 具体到中国的文学领域，精英文学或者纯文学通常被指认为高雅文学，是指那些"五四"以来可以表达出作家对时代、理想、世界的个人诉求的文学作品，一般来说注重西方现代化表现形式的文学传统。而通俗文学更倾向立足于读者，以追求市场效益为本位，更加看重内容的商业性。

　　范伯群在《中国近现代通俗文学史》中认为："中国近代通俗文学是指以清末民初大都市工商经济发展为基础得以滋长繁荣的，在内容上以传统心理机制为核心的，在形式上继承了中国古代小说传统为核心的文人创作或经文人加工再创作的作品；在功能上侧重于趣味性、娱乐性、知识性和可读性，但也

---

❶　杨剑龙．都市上海的发展和上海文化的嬗变［M］．上海：上海文化出版社，2012：93．

顾及'寓教于乐'的惩恶劝善效益；基于符合民族欣赏习惯的优势，形成了
以广大市民层为主的读者群，是一种被他们视为精神消费品的，也必须会反
映他们的社会价值观的商品性文学。"毫无疑问，兴起于 20 世纪初，在上海
文坛兴盛 30 年的鸳鸯蝴蝶派的作品是市民通俗文学的代表。

上海开埠以来，传统的社会结构和空间逐渐被瓦解，现代意义上的市民
社会也随之逐渐形成。伴随着市民社会的形成，必然要有一种新型的文学形
式与市民审美品位相适应，而此时上海也恰好成为通俗文学的大本营。由此
看来，上海通俗文学的历史发展轨迹与率先形成市民社会的上海租界具有千
丝万缕的联系。现代市民社会的形成为上海通俗文学提供了最基础的消费市
场。钱理群认为，鸳鸯蝴蝶派小说有南派与北派之分，稍经考证就会发现，
南派即鸳鸯蝴蝶派小说的肇启与上海的地域文化有着极强的关联，最早也是
在上海市民中流行的。

本章选取的与上海地域文化相关的鸳鸯蝴蝶派小说作品，是指那些既包
括上海籍又包括后到上海原江浙籍贯的作者创作的与上海地域相关的作品。
当然，任何文学现象的生发机制都不是单一因素促成的，本章只谈及鸳鸯蝴
蝶派文学形成与上海租界有关的因素。

3.1 租界与旧派文学的转型——鸳鸯蝴蝶派小说的滥觞

鸳鸯蝴蝶派原专指"清末民初专写才子佳人题材的文学派别，所谓'卅
六鸳鸯同命鸟，一双蝴蝶可怜虫'，故被用来命名"❶。《礼拜六》是专门登载
这类文学的期刊，前后共出版大概 200 期。随着通俗小说内部种类的分化，
鸳鸯蝴蝶派不再单指言情这一类型，而是涵盖了通俗小说的其他种类。鸳鸯
蝴蝶派的名称可谓五花八门，诸如民国旧派小说、礼拜六派等，但无论哪种
称谓，鸳鸯蝴蝶派小说都具有以下特质：从文学谱系上看，鸳鸯蝴蝶派毋庸
置疑脱胎于晚清文学；从体裁上看，通常是用章回体长篇小说形式在报刊副
刊、杂志上进行连载；从题材上看，精准分类为言情、武侠、侦探、黑幕、

---

❶ 钱理群，等. 中国现代文学三十年［M］. 北京：北京大学出版社，1998：71.

宫闱等类型，这类作品的目的在于休闲与娱乐，一些作品具有十分浓厚的商业性和消遣性。

3.1.1　鸳鸯蝴蝶派作家的来源——旧派文人的现代性转型

上海开埠以后，随着都市化进程的加快，市民数量的快速增长，市民社会形态初现。市民意识觉醒和商品经济的发展等因素为通俗小说奠定了勃发的基础。这派小说产生的社会背景及作者的文化心态及文本中呈现出来的文化格调与风貌都与上海租界空间的都市化紧紧相连。鉴于上海的都市化与上海的殖民化在某种意义上是同时同步的，上海租界的特殊都市文化环境给鸳鸯蝴蝶派文学的兴发乃至盛行提供了适宜的温床，鸳鸯蝴蝶派由此经常被称为"十里洋场的畸形产物"。上海租界光怪陆离的物质生活为文学提供了丰富的素材，在租界形成的市民社会为鸳鸯蝴蝶派培养了通俗小说最需要的消费者，良好的稿酬和版权保护制度为作者群聚提供了制度上的保证，出版技术和出版体系发达和产业化为鸳鸯蝴蝶派发行、传播、宣传提供了畅通的渠道。

最初的上海租界按照中国惯有的农本经济眼光来看是毫无价值之地，只是可以区分"夷"与"夏"，使"夷"无碍"中体"的目的。然而西方的殖民者却看中租界地块挽系南北、直通内陆的地缘优势，开始进行资本主义的"空间生产"。上海租界空间的建构是一次溢出农本经济经验范畴的关于新型社会政治、经济、文化空间的建构过程。早在晚清时，上海就已经成为远东首屈一指的商埠。随着经济的发展，大量西方的现代文化事业也得以前所未有的蓬勃发展。上海租界的商业逻辑所催生出的近代稿费制度使上海逐渐成为对清末"仕途不顺"的文人具有吸引力的空间。实际上，晚清时节还尚无"作家"这个现代概念，从"文人"到"作家"是一个历史转变过程，是一个知识分子依靠国家政体生存到成为一个自由创作个体的转变过程。

中国最早与租界产生联系的文人是在开埠初期，因仕途不顺、躲避战乱或朝廷任命来到上海租界的。这一类晚清中国文人是最早接触西方现代文化体制的中国人。上海租界的建构过程"不仅造就了一座游离旧体制的近代都会，也为千百年来囿于科场的中国士人提供了一个新的生命场域"❶。

20世纪以前，旧中国的社会结构是相当稳定的，构成由"士农工商"四个阶层组成的"四民社会"。"士"是社会政权的管理者，而科举是其他阶层晋升的唯一通道。但是随着1905年科举制度的废除，中国农耕社会的传统结构也发生了翻天覆地的变化。晚清废科举对江南士子的影响极其重大，为何要特别强调对江南士子的影响最大，是因为江南士子是早期鸳鸯蝴蝶派作家最重要的来源。"停止科举，别无他能者，只有就近奔赴江海口岸，卖文求活，乃不能不弃八股而著小说……适报刊发达，得风气之先者，成名最速，岂是偶然而有为。"❷ 在科举制度彻底崩溃后，江南一带的士子来到上海这样的新兴商业城市积极寻找机会，鸳鸯蝴蝶派的形成是科举制度崩溃后社会阶层重组的一个重要表征。"错了位的南方社会文化碎片与多种西方因素以意想不到的方式重新聚合再生，形成新的职业、新的经济行为、文化资本社会和文化机构。这也是上海的近代社会和文化的特点。"❸

大批文人和革命党诸如戊戌变法失败之后的黄遵宪、容闳、严复等人集结在租界以获取庇护。据统计，"至1903年，上海至少汇集了三千名拥有一定新知识的知识分子"❹。这些不同于中国旧有乡村文人的知识分子在上海租界内模仿西人创办现代化的学校、报馆和书局等文化机构。这些新型文人的文化实践与上海租界内早期由传教士创办的现代出版业务和教育机构相互交流，最终使上海取代北京成为全国新的文化中心。王韬成为中国晚清第一批进入上海租界谋生的传统文人的代表。1849年，王韬乡试落第，走投无路之际，受英国传教士麦都思的邀请，受雇于中国第一个近代出版机构上海墨海书馆。

旧式文人转型为职业作家这一过程实际上是从乡村知识分子到都市知识分子的转变过程。空间性质的转变在文人身份现代化转型当中起到了关键作

---

❶ 叶中强.上海社会与文人生活［M］.上海：上海辞书出版社，2010：15.
❷ 王尔敏.近代文化生态及其变迁［M］.南昌：百花洲文艺出版社，2002：282.
❸ 孟悦.商务印书馆创办人与上海近代印刷文化的社会构成［M］.上海：上海东方出版中心，1998：90.
❹ 张仲礼.近代上海城市研究［M］.上海：上海人民出版社，1990：1026.

用。最早从乡村分离出来的旧式文人是可以追溯到明清时代的，以郑板桥为代表的文人墨客的生活基本脱离了中国传统乡村，进入像扬州一样的具有浓厚的商业色彩的城市。在明清时代的江南地区，传统士大夫的生活就具有了城市的世俗生活气息。伴随着上海租界都市空间的崛起，像王韬、郑观应这样的买办型知识分子在上海租界空间中应运而生。"以租界为活动背景，以洋务为职业，又带有传统江南文人的文化习性和气质。"❶ 跟科举时代传统的中国文人相比，这类买办型洋务知识分子在当时并不是处在中国社会文化的主流地位，而是处在相对边缘的位置。但是随着上海租界现代文化事业的发展和成熟，"出版、办报、办学等边缘事业渐渐成为知识分子的正业，从中产生出以现代知识生产体系为背景的现代知识分子"❷。

　　上海租界对旧式文人转型成为现代作家最大的影响就是现代稿费制度的建立，稿费制度的建立实现了文人专业化与职业化。旧式文人到职业化作家的蜕变过程是一个由仕途经济转变成职业化的过程。自晚清开始，上海租界由于庞大的出版市场成为全国旧式文人的聚集场所。写文章谋取报酬，中国古已有之，但是稿费实现规范化、契约化、货币化却是在上海租界的出版系统中逐渐形成的。学术界公认的稿费制度最早的实施是在上海公共租界创办的《申报》，而完全具备完整的稿费制度体系是梁启超于 1902 年在日本创办的《新小说》，虽然《新小说》的编撰和印刷在日本横滨，但它的发行和消费市场却一直在上海，从 1905 年开始由广志书局发行。"除了晚清时代的前辈作者仍在创作外，更平添了不少后继者，也可以说是新生力量。科举废止了，他们的文学造诣可以在小说上得到了发挥，特别是稿费制度的建立，刺激了他们的写作欲望。"❸ 无疑，这里的新生力量主要指的是上海鸳鸯蝴蝶派作家。鸳鸯蝴蝶派作家既是科举制度废除的受害者，也是新兴通俗文学的探索者和受益者。

---

❶　许纪霖. 都市空间视野中的知识分子研究 [J]. 天津社会科学，2004（3）：127.
❷　许纪霖. 都市空间视野中的知识分子研究 [J]. 天津社会科学，2004（3）：127.
❸　范烟桥. 民国旧派小说史略概说 [M] // 魏绍昌. 鸳鸯蝴蝶派研究资料（上卷）. 上海：上海文艺出版社，1984：269.

3.1.2　报刊媒介、市民社会与鸳鸯蝴蝶派文学的互动

现代稿费制度的建立为旧式文人向职业作家的转变提供了物质基础的保障，而上海租界完备和成熟的出版系统为这种文化身份的转变提供了市场的保障。从空间布局上看，上海的文化传播机构诸如报馆、出版社、书店主要集中在租界内，集中在福州路、河南路、汉口路一带。高度依靠科技和资本才能发展起来的现代传媒业为传统旧式文人提供了摆脱"仕途经济"的谋生之路，使他们在文学场域内有可能将手中的"文化资源"转变为可见的"文化资本"，并通过现代的传播手段来彰显出与以前科举时代不同的价值。上海租界内相对成熟的出版机制促进了文化的社会化生产，同时，也为旧式文人的现代化转型提供了必要的社会经济基础。

鸳鸯蝴蝶派作家集体出现在上海，并使该流派小说成为文学市场消费的畅销品并不是偶然的。现代传媒与鸳鸯蝴蝶派的良好互动也是这派文学长久不衰的主要原因，"一部近代中国文学史，从侧面看去，又是一部新闻事业发展史"❶。上海租界的新职业、新知识和新思维是把这些处在历史转折时期的文人吸引到租界化上海的重要原因。鸳鸯蝴蝶派作家从旧式文人到职业作家的转变依托于上海租界内发达的商业报纸，尤其是报纸的副刊。为了增加报纸的销量，早期的报社邀请鸳鸯蝴蝶派为报纸的副刊创作小说，其目的是满足读者对休闲作品的需求。诸如《字林沪报》《新闻报》《申报》等这些当时在上海租界内比较有影响力的报纸都把"报形从横长式改为直长式，并且采用六栏编辑法，设置《自由谈》《快活林》《余兴》等栏目式副刊，正式承认了副刊在报纸上的合法地位"❷。等到鸳鸯蝴蝶派小说逐渐被早期市民阶层接受成为休闲时尚时，鸳鸯蝴蝶派便自己创办专门刊载小说的杂志。1921 年以前，著名的杂志《礼拜六》与销量极好的《小说月报》是在当时市场上最受欢迎的由鸳鸯蝴蝶派控制的杂志。"在民国初年'五四'以前这一时期，文艺杂志、大报副刊，各种小报几乎是鸳蝴派作家的一统天下。"❸

---

❶ 曹聚仁. 文坛五十年 [M]. 北京：东方出版社，1997：73.

❷ 冯并. 中国文艺副刊史 [M]. 北京：华文出版社，2001：139－140.

❸ 魏绍昌. 我看鸳鸯蝴蝶派 [M]. 香港：中华书局，1990：21.

杂志上连载的小说如获得读者欢迎便会有书商印成单行本发行，鸳鸯蝴蝶派小说在某种程度上说是完全按照市场运作机制运作的。鸳鸯蝴蝶派作家如果想成为一个在市场上成功的商业作家，必须经历报刊的副刊写作、商业杂志的连载写作、书局集结成书写作这三个过程。鸳鸯蝴蝶派作家"走向一个完全职业化的写作道路，并作为一个社会阶层得以形成，完全融入口岸城市的经济和文化格局，这是它在几十年间风云变幻的中国能够一直延续发展的深在原因"❶。换言之，鸳鸯蝴蝶派已经成为租界化上海文化结构性的一部分。直到 1949 年以后，租界文化中鸳鸯蝴蝶派所一直依赖的商业化出版体系和市民文化彻底解体，鸳鸯蝴蝶派才彻底退出历史的舞台。从中国社会历史的宏观角度来看，上海租界现代媒体市场及各类现代的文化机构给从科举"正途"退下来的"过剩"知识劳动力提供了重新利用知识文化谋生的机会，动摇了中国历史长久以来秉承的"仕途经济"和"载道文学"。

　　旧式文人的现代化转型使鸳鸯蝴蝶派作家职业化的作家身份成为商业出版市场中的一个重要环节，与租界内的其他阶层共同构成了一个相对稳定的新型的社会关系。鸳鸯蝴蝶派作家在给上海市民阶层提供可供消费的文学产品外，也为新闻印刷传播业带来了丰厚的利润，由此构成了一个经济循环体系。这个循环体系里面有个最重要的环节就是读者接受，没有读者的消费，这一循环体系就不能成立。因此，有必要探究到底哪种市民阶层喜读鸳鸯蝴蝶派小说，又是以何种心态接受的？

　　黑格尔是历史上完整系统阐述市民社会的第一人，他将国家与市民社会进行了严格的区分。马克思认为，市民社会与私人利益的联系是处于国家政治之外的社会日常生活的一切领域。哈贝马斯认为，市民社会是独立于国家的"私人自治领域"。个体利益始终是市民社会关注的焦点，就像黑格尔所说，"市民社会是个人私利的战场，是一切人反对一切人的战场，同样，市民社会也是私人利益跟特殊公共事务冲突的舞台，并且是它们二者共同跟国家的最高观点和制度冲突的舞台"❷。

❶　郝庆军. 论鸳鸯蝴蝶派兴起 [J]. 文学评论，2006（2）：135 - 136.
❷　黑格尔. 法哲学原理 [M]. 范扬，张企泰，译. 北京：商务印书馆，1961：309.

　　在中国形成的市民阶层自然与西方社会意义上的市民社会有所不同。在上海租界内形成的市民阶层具有上海地方特色。"他们由从小在江南市镇接受传统教育和民间教育的乡民所组成；生活在租界或紧靠租界的地区，以租界为现代社会秩序样本或参照系，主要从事商贸、文教、体育劳动工作；以男性青壮年为主；他们到上海来是为了赚钱。"❶ 上海市民阶层形成的意义在于把政治隔离在日常生活空间之外，开辟出前所未有的私人领域。"由于没有公民（市民）思想传统的支撑，中国的'国民认同'一再成为把个人直接纳入国家体系，成为直接把个人交付给国家来使用的方式，因此，民族国家的总体性筹划不可避免地成为侵占个人及其日常生活的方式。"❷ 鸳鸯蝴蝶派从市民角度出发的写作，实现了对中国传统文化和精英文化的双重疏离，开辟了与政治隔离的日常生活的新文化领域。

　　上海人员构成相当复杂，人口异质化程度非常高，是个典型的移民城市，租界文化也是一种移民文化。随着来自世界各国和中国各地的不同文化背景的移民聚集租界，租界文化这种文化范式逐渐被居住在此的移民共同认同。租界文化作为一种异质性的新文化范式必然与中国传统文化一直强调的以政治伦理为核心的文化体系大不相同。20 世纪二三十年代，在上海租界内率先形成了现代意义上的市民社会，而在这时，租界化的上海也恰恰成为鸳鸯蝴蝶派的大本营，市民阶层的崛起与鸳鸯蝴蝶派的生发有着千丝万缕的联系。开埠以来，凭借优越的地理条件，以租界为代表的上海工商金融业大力发展。传统的中国社会官—民二元对立的政治体制被削弱，"士农工商"被中产白领、产业工人、都市平民所取代。市民开始拥有更多个体的私人空间。更重要的是，商品经济在当时的上海租界内已日渐完善。商业在社会发展中扮演着重要的角色，市民的社会意识也与此相适应。"从市民生态到市民心态都发生了前所未有的深刻变化，商业化不仅支配着市民的生活方式，而且渗透到市民生活的处事态度和行为方式之中。在这个过程中，金钱和财富受到了

❶ 朱栋霖，吴义勤，朱晓进. 中国现代文学史（1915—2016）上 ［M］. 北京：北京大学出版社，2018：195.

❷ 陈赟. 困境中的中国现代化意识 ［M］. 上海：华东师范大学出版社，2005：5.

全社会的礼赞，并成为唯一的社会评价体系。"❶ 市民阶层的意识是以利益和交换为中心点向各个领域延展的，市民积极关注文学的出发点一定是实用性和自适性，通俗地说就是花钱买乐子。鸳鸯蝴蝶派身上所体现出的趣味主义和消费主义是市民阶层在美学形态上的集体追求。

3.2　租界空间与鸳鸯蝴蝶派小说的都市书写

在中国现代文学中，无论是精英文学还是通俗文学，城市始终是一个复杂的书写主体。以租界为代表的上海是中国率先从农业社会转向工商社会的现代都市的代表，这种空间性质的转向必然会影响到文学领域。上海的开埠打破了中国自身现代化缓慢的进程，进入被动现代化的道路。鸳鸯蝴蝶派小说是高度依赖租界内市民阶层读者的一派文学，作为一种通俗文学的典范，它除了本应该具有的娱乐与休闲功能外，"还是农本社会乡民转型为资本社会市民的形象化'启蒙教科学'"❷。鸳鸯蝴蝶派文学扮演着对从周边小城市和乡下来到租界且约略识字的群体在都市生活中的启蒙角色。"鸳蝴派小说在平民化、世俗化和文学商品等方面，以及在现代写作传播体制的建构中，扮演的是先行者的角色。"❸20 世纪二三十年代的上海，虽然新文学占领着文学场域的高地，但是鸳鸯蝴蝶派文学凭借通俗性的特点，在读者数量上却远远胜过新文学。从某种程度上来说，"通俗作品只能在霓虹灯光照不到的里弄里'悄悄地流行'构成'默默强势'"❹。

3.2.1　空间转化与都市新移民的都市启蒙

毫无疑问，上海是一个不折不扣的移民城市，尤其是租界，接纳了来自全国乃至全世界各地的移民。来到上海租界的各地移民内部有着巨大的差异性，各自的身份也十分复杂，有"难于计数的逃难者、投资者、冒险者、躲债者、亡命者、追求理想者、有文化的、没文化的、富翁、穷汉、红男、绿

---

❶　熊月之. 上海通史（卷5）［M］. 上海：上海人民出版社，1999：3.
❷❸　范伯群. 市民大众文学——"乡民市民化"形象启蒙教科书［J］. 湖北大学学报，2013（7）：31.
❹　范伯群. 市民大众文学——"乡民市民化"形象启蒙教科书［J］. 湖北大学学报，2013（7）：33 – 34.

女、政客、流氓，都向上海涌来，上海成了容纳五湖四海各色人等的人的海洋"❶。大量的外来移民是上海租界快速实现都市化的必要条件之一，清末民初的民众饱受战乱侵扰，上海租界因中立的政治姿态，又因仿照西方城市的管理经验，并没有实施户口登记制度，大量的人口流向了上海租界，"上海公共租界自 1885 年到 1935 年的人口统计表明，非上海籍人口占上海总人口80% 以上"❷。鸳鸯蝴蝶派小说家善于从新到上海移民的视角来观察租界化的上海都市空间。外来的城市移民大量涌入不仅参与建构了都市空间，同时新型的都市空间也带给这些初到大都市中讨生活的上海外来移民现代思想与现代生活的启蒙。范伯群就说："在这个特大的移民城市似乎有着更丰厚的积累——在清末民初的文学中有着大量的反映当地'移民'题材的通俗小说，将当年的移民生活图景'定格'成一道永不消失的风景线。"❸

　　大量的鸳鸯蝴蝶派小说以乡下人或上海周边小城市人进城的眼光来展开故事。从《海上花列传》开始，鸳鸯蝴蝶派小说写移民进入上海探索新的都市空间成为这派文学的一个叙事特征。《海上花列传》一开始写的就是乡下人赵朴斋去找在上海的舅舅洪善卿，希望舅舅在上海为他找到一份可以谋生的工作。鸳鸯蝴蝶派小说作家的文学活动地点虽然在上海，但他们本身大多数也是上海附近的江浙移民，因此很多小说都会写到上海周边地区诸如苏州、宁波、扬州、杭州等城市移民初到上海租界大开眼界的故事。《海上繁华梦》写的是杜少牧、谢幼安两个苏州人初到上海都市中游玩的经历，《甲子絮谭》写的是苏州人周小泉一家为躲避战乱逃难到上海的故事，《人间地狱》写的是杭州人来到上海的故事，《人海梦》写的是宁波人来上海的故事。这些外来者观察的视角代表着用中国传统的空间经验和道德理念来打量、检验上海租界空间的角度。鸳鸯蝴蝶派小说中，外来移民观察租界化的都市空间视角与鸳鸯蝴蝶派自身作家观察、认知与感受空间是同步的。这些外来移民漫游者与本雅明定义的都市漫游者和 20 世纪 30 年代的新感觉派笔下的都市漫游

❶ 熊月之. 上海通史（卷1）［M］. 上海：上海人民出版社，1999：72.
❷ 张仲礼. 近代上海城市研究［M］. 上海：上海文艺出版社，2008：19.
❸ 范伯群. 移民都市与移民小说——论清末民初上海小说中的移民题材中长篇［J］. 江苏大学学报，2007（6）：2.

者是完全不一样的。本雅明的都市漫游者是站在资本主义物质丰沛的条件下而产生普遍的城市病的角度上去观察的。而鸳鸯蝴蝶派小说是从市民阶层的平面日常生活的角度去观察城市，由于鸳鸯蝴蝶派小说作家自身认知和所处阶级的局限性，他们无法洞察到都市空间的本质。

　　有些学者认为："晚清上海的市民意识是'读'来的。"❶ 在上海的租界内除了报刊出版和西式学校发达以外，大众化、通俗化的诸如画报、小说、戏曲、电影等艺术形式也成为中下层市民阶级接受现代意识的普遍途径。"大众文化，并不仅仅具有娱乐功能，对绝大多数城市民众而言，它更是近代市民意识萌生与滋长的触媒，或者说是近代市民意识的启蒙教科书。"❷ 鸳鸯蝴蝶派小说再现了早期移民的生活场景，同时也给移民提供了在新型空间里的生存经验。鸳鸯蝴蝶派小说似乎在时刻提醒做着"淘金梦"的新移民们，租界化的上海不仅是"文明之渊"，还是"罪恶之薮"。因此，"大众文化的兴盛意味着文化向下层社会的娱乐消费需求的同时，又从多方面改变和塑造着中下层社会，是上海人从乡民转变为市民的又一座'桥梁'"❸。

　　这种启蒙性首先表现在鸳鸯蝴蝶派小说里现代日常生活的诸如吃、穿、住、用、行的细节，小说里描写的西化而时尚的日常生活方式是新移民所艳羡和追求的生活模板。服饰是日常生活的必需品，鸳鸯蝴蝶派小说在服饰和装扮上着墨颇多。高跟鞋、丝袜、短裙、帽子、短发、钻戒、西式大衣无疑都是对中国女性传统妆容的突破。女士的服饰与妆容深受西化审美的影响，"海上妇女，冬季出门，年年流行披巨幅之毛绒围巾。其色又尚赤，朔风寒夜，途中触目都是。余谓此殆所谓朱褚衣就道……"❹ 这个时期的上海男子也颇为注意穿着打扮，在《上海春秋》的第 11 回中，柳少爷刚从扬州到上海，自以为自己的穿着打扮是最时髦的，而到上海以后，他的穿着在上海人看来是很土气的，因此，后来柳少爷找到上海裁缝按照上海最流行的样子重新做了行头。可见，民国初期，上海市民在服饰上就显露出新时代的气息。

❶　熊月之. 上海通史（卷 5）[M]. 上海：上海人民出版社，1999：387.
❷　熊月之. 上海通史（卷 5）[M]. 上海：上海人民出版社，1999：394.
❸　熊月之. 上海通史（卷 5）[M]. 上海：上海人民出版社，1999：395.
❹　毕倚虹. 倚虹零磨·海上妇女 [J]. 紫罗兰，1（13）.

包天笑在《钏影楼回忆录》中写道："那时从内地到上海游玩的人，有两件事必须做到：吃大菜，坐马车。"● "吃大菜"指的是西餐，用上海人的说法是"吃番菜"。《海上繁华梦》里详细写到过，"子靖点的是元蛤汤、铁排鸡、香蕉夹饼，戟三自己点的是洋葱汁牛肉汤、斐力牛排、红味山鸡，另外更点的一道点心是西米布丁"●。包天笑的《在夹层里》谈到了因外来移民大量融入而带来的上海租界特有的"二房东"和"亭子间"住房的现象。市民阶层的上层出行也是要用汽车的，在《新歇浦潮》中，周少雄就对汽车发表了观点："现在汽车盛行，最容易惹祸的便是一班初到租界的乡下人和这些曲辫子黄包车夫，他们自己不明进退，教开汽车的也照顾得不多，然而惹了祸的人都说开车的司机不慎，舆论还要大大地攻击。"● 可见，都市的现代性启蒙首先在新移民的日常生活领域中展开。

鸳鸯蝴蝶派小说的启蒙性还表现在为租界内的新移民提供了现代观念，使这些新移民在很短的时间内炼就了都市文化心理。从乡下进入上海新型空间谋生的鸳鸯蝴蝶派作家不但代表移民折射出审视上海空间的共同心理，同时也影响着后来移民的文化心理和立场。鸳鸯蝴蝶派小说在某种程度上为新来的移民提供了在新型空间下生存的指导、提示和经验。鸳鸯蝴蝶派小说中写了大量租界内的陷阱与骗局，虽然有赚取噱头之嫌，但是从外来移民的角度来看却也能从中学习到在都市空间中生活的经验和警示。鸳鸯蝴蝶派"黑幕"类小说虽然被"五四"以来的新文学所诟病，却也写出了租界都市空间的混乱与复杂。孙玉声小说《黑幕中之黑幕》详细记述了租界内法律之乱象，诸如利用女色勾引与男子同居，欺骗男子租高价公寓、买豪华家具和首饰，这时假扮女子丈夫的骗子出现，敲诈勒索男子的连环骗局。同时，鸳鸯蝴蝶派小说也写出了外来移民在上海讨生活的不易。鸳鸯蝴蝶派小说向新来的城市移民揭露出一个近乎残忍的事实，尤其是在租界贫富差距巨大的社会大环境下，移民并不是仅靠辛勤的劳动就能致富的。

这种启蒙性还表现在鸳鸯蝴蝶派小说里表现出的中国传统观念对移民影

● 包天笑. 钏影楼回忆录 [M]. 上海：上海三联书店，2014：432.
● 孙家振. 海上繁华梦 [M]. 济南：齐鲁书社，1995：15.
● 海上说梦人. 新歇浦潮 [M]. 上海：上海古籍出版社，1991：50.

响的日渐式微和商业生活对移民在价值观上的影响。在都市里如何谋生永远是移民初到新型空间的首要任务。正是这些外来移民到新空间后对现代新生事物最初感到恐惧而后又被吸引、艳羡进而投身其中的过程是鸳鸯蝴蝶派重要的文学创作资源。对外来移民来说，上海几乎没有任何可以利用的资源，在新兴的空间里原有的农业耕种技能几乎没有用武之地，于是男性移民就只能出卖劳动力，对于女子来说，出卖劳动力也不能维持生计。《人海潮》中，银珠因逃荒到上海，先是在妓院做佣人，后来又去做绣女，4 天仅得的 4 毛钱也被酗酒的父亲拿去喝酒，只好去妓院做了妓女，肉体就成了这些贫苦女性移民的仅剩的出路。"在这里每个人都是商品，每种东西都可以出卖：从初来乍到的农村女孩的青春之躯到憨厚朴实的苦力的肌肉之躯……"❶，以银珠为代表的女性中下层移民是无奈的，但在租界商业消费文化的浸染下，有更多艳羡都市繁华生活的乡下移民女性为了虚荣而从事了色情行业，快速的致富抹掉了这些女性的羞耻心。毕倚虹的《人间地狱》有这样一个情节，一个年老的老鸨阿兰回到自己的家乡杭州招募年轻的女孩去上海，她说："上海的日子好过，比杭州要便当得多了，你在杭州随便怎么做，老实说人是糟掉，一辈子也不能出头。"由此可见，商业化的租界文化深刻影响了移民的传统价值观，引发了传统道德的松弛。

这些带有移民视角的鸳鸯蝴蝶派小说是："作家看到这一条一条小驳船使上海周边的乡镇与中国第一大城市发生千丝万缕的联系，它满载着乡民们的喜怒哀乐，从中可以探索他们在上海的种种遭遇，进而深究上海的种种社会内幕。"❷ 比起"五四"以来的精英文学，鸳鸯蝴蝶派为数不多的优点之一在于它更贴近历史的原貌，记述着大多数普通个体在历史大浪潮中的生存状况。

3.2.2　空间转变与鸳鸯蝴蝶派小说的叙事美学

从某种程度上说，上海现代化的过程与租界的都市化过程是同步的。租

---

❶ 卢汉超. 霓虹灯外：20 世纪初日常生活中的上海 [M]. 上海：上海古籍出版社，2004：12.

❷ 范伯群. 移民都市与移民小说——论清末民初上海小说中的移民题材中长篇 [J]. 江苏大学学报，2007（6）：2.

界都市空间转换的过程直接改变了市民的经济生产方式、日常生活方式与市民文化心理。上海人在空间性质转变的过程中，受中国传统伦理观念的影响渐渐削弱，开始逐渐接受西方价值观念。商品逻辑的理念开始渗透到社会及个人生活的各个层面，这一切的变化必然直接或间接影响到文化与文学的发展。"不能说某一社会背景必然产生某种相应的小说叙事模式；可某种小说叙事模式在此时此地的诞生，必然有其相应的心理背景和文化背景"❶，社会结构与空间性质转变对小说叙事模式的影响往往不是直线的而是悄无声息地浸染与渗透。小说的叙事模式是某种社会空间的直接、折射或者变形的反映。鸳鸯蝴蝶派小说叙事的模式与租界都市空间形成了一种同构的关系。鸳鸯蝴蝶派小说的主题、叙事类型始终是随着因都市空间转变而随之发生的市民文化心理转变而转变的。鸳鸯蝴蝶派的叙事特征，在空间上，始终保持与都市空间同构的关系；在市民生活方面，表现出的叙事特点是鸳鸯蝴蝶派小说保持与宏观大叙事疏离的态度；在叙事的方式上，追求直观、琐碎的细节，停留在浅层的感性层面，与生活站在同一平面上描写，不做抽象化、理性化的向内挖掘，用碎片化的方式停留在感性层面，是租界空间的平面显示。

鸳鸯蝴蝶派小说以一种空间化叙事来表达与上海租界化社会的同构。在鸳鸯蝴蝶派小说中充斥着大量的租界内消费公共空间的描写，这些公共消费空间是租界消费空间的浓缩。在清末民初的狭邪小说中，时常出现"书寓""长三堂子""百货公司""公园""番菜馆""百货公司"等公共消费场所，而"马车""马车夫"则是联系这些公共消费场所的纽带，狭邪小说中就是围绕着这样的公共消费空间展开的。现代都市空间的建构给市民带来前所未有的新鲜体验，比起 20 世纪 30 年代新感觉派的现代都市描写，鸳鸯蝴蝶派只是写出了人物在这些空间里的活动及心态，无法上升到更高的高度。鸳鸯蝴蝶派小说的叙事模式是对租界空间平面的反映，是直接的描摹与简单的模拟，新感觉派小说是对都市空间作变形而扭曲的反映，是抽象的描摹与戏仿。

上海的开埠打破了农本社会自给自足的经济方式。随着工商文化的崛起，商业精神成为市民社会的内在价值体系。鸳鸯蝴蝶派小说在这样的社会文化

---

❶ 陈平原. 中国小说叙事模式的转变［M］. 北京：北京大学出版社，2003：2 − 3.

背景下勃发，开始注重表达人的世俗生活和消费欲望，把市民阶层中的日常生活当作有世俗价值的美学资源加以挖掘。把日常生活作为审美资源决定了鸳鸯蝴蝶派小说必然与政治历史宏大叙事拉开距离。从某种程度上说，鸳鸯蝴蝶派小说强调了普通市民的世俗价值，把日常生活上升到审美高度，是海派文学这个症候的开拓者。

　　鸳鸯蝴蝶派小说极强的商业性强化了文学的世俗价值。在当时的上海，市民常常把日常物质生存当作头等大事。因此，鸳鸯蝴蝶派也把日常生活的细节描摹放在文本中重要的位置。在文本中，鸳鸯蝴蝶派大量描写市民大众日常生活的细节，既言说了日常生活的繁杂性，又言说了在新型空间下的物质困境和物质欲望的矛盾挣扎。备受张爱玲喜爱的清末狭邪小说《海上花列传》就是一部充满江浙生活气息的小说，全书使用上海方言对日常生活进行着几近繁复的描写，传递出浓厚的日常生活气息。文本中"书寓"的日常生活是这样的：翠凤梳好头，进房开橱脱衣裳。子富遂坐起来，着衣下床。……赵家梅听见子富起身，伺候洗脸、刷牙、漱口，随问点心。子富说："勿想吃。"翠凤道："停歇吃饭吧。"赵家梅道："中饭还有歇哩。"子富道："等歇正好。"翠凤道："叫哩哚赶紧去。"❶ 韩邦庆的《海上花列传》、孙玉声的《海上繁华梦》、朱瘦菊的《歇浦潮》、包天笑的《上海春秋》等详细写了市民聚会、吃饭、出行、娱乐、服饰、购物等日常生活的细节，所有日常生活的描写与租界空间的消费性都是同构的。鸳鸯蝴蝶派小说以对日常生活的细腻描摹来直观反映租界空间。

　　上海的租界空间又是贫富差距悬殊的空间，在鸳鸯蝴蝶派小说的文本中，作者们也平面如实地写出了买办巨贾与底层生活困窘市民的强烈对比，尤其是底层市民在面对租界灯红酒绿的现代化生活时的无奈、无力与屈服。平襟亚在《人海潮》中写了一个乡下女孩在上海沉沦的故事。乡下女孩金珠到上海做帮佣，见识过现代化摩登的都市生活后，充满了对上海都市生活的无限艳羡和向往，后来又到长三堂里做了跟班大姐，体验到上海的繁华后她再也不愿回到乡下过贫苦的日子，即便他的父亲强行带她离开上海回乡嫁人，可

---

❶　韩邦庆. 海上花列传 [M]. 北京：人民文学出版社，1982：61 – 62.

她结婚三天之后就偷偷跑回上海堂子里面，老鸨子替她出面解决了事情，她正式开始了在堂子里做妓女的生活。朱瘦菊的《脚》写了两个关于社会底层民众脚的故事，虽然是对日常生活的平铺直叙，却也写出了贫苦底层市民生活的困境，写出了生活的残酷现状。徐阿夫是一个左脚有疾的人力车夫，虽有脚疾却要维持一家人的生活，不得不拖着病脚拼命奔跑，但因脚疾自然拉不快车，时常在街头央求别人坐他的车。另一则关于脚的故事写的是一个叫王狗儿的玻璃店学徒，王狗儿在运输玻璃过程中被电车轧了脚，非但没有得到老板的赔偿，反被玻璃店老板索要赔偿，王狗儿最终因无钱医治身亡。与此相对比的是商贾巨贾在上海挥金如土的生活。程瞻庐的《写真箱》里写了苏州首富家的女儿结婚前，母亲担心她的嫁妆是否妥帖，她却说："只消我拼着半天功夫，向上海去走一趟，跑到先施公司，永安公司，电梯上，电梯下，三层楼，四层楼，团团围围，走一个遍，要什么，办什么，只要肯花钱。"❶

虽然对租界化的都市生活做平面化的叙述，但并不代表鸳鸯蝴蝶派作家放弃对生活的思考。鸳鸯蝴蝶派小说无须或许也没有能力对都市景观做像新感觉派那样向内的思考。鸳鸯蝴蝶派小说大抵只做世俗的道德的批判，以善有善报、恶有恶报的因果作为终极思考的结果，反映出鸳鸯蝴蝶派小说作者在面对瞬息万变的都市空间时的思想局限，也反映出他们其实对都市生活空间也无力应付的困境。

都市空间的转换之快、消费物质主义之盛行滋生出鸳鸯蝴蝶派小说碎片化感性叙事的特点。鸳鸯蝴蝶派小说开始更注重用感性的碎片化的叙事方式，从个体感官经验和身体的瞬间欲望出发，强调物欲对人的感官刺激。鸳鸯蝴蝶派通过详细描述都市的消费过程，写出了市民是如何释放身体欲望的。在消费主义的社会里，身体的享乐是实现欲望的有效途径。处在都市中的人们一旦浅尝过消费的快感，就会更加沉溺于这种快感而不能自拔。张春帆就在《九尾龟》中评价沉溺于都市享乐中的妓女："这些倌人，身体是散淡惯了，性情是放纵惯了，坐马车，游张园，吃大菜，看夜戏，天天如此，也觉得视

---

❶ 程瞻庐. 写真箱第六回 [J]. 礼拜六，第一百三十一回.

为固然，行所无事。"❶ 在消费社会里，无论是"身体的消费"还是"被消费的身体"，都说明早在鸳鸯蝴蝶派小说中，身体已然成为流动的社会商品的符号。

在这样的都市空间性质下，鸳鸯蝴蝶派小说着重表达了都市物质生活对人的直接感官刺激，肯定了人的感性欲望，形成了与都市空间相适应的独特的审美视角。鸳鸯蝴蝶派小说既然肯定个体情感欲望的合法性，那么自然在作品中就有许多反抗压迫人欲的作品。清末民初的诸如《玉梨魂》《断鸿零雁记》《孽冤镜》《玉怨》更是以"哀伤"与"惨情"的悲情结尾来诉说礼教对人欲的压抑。另外，鸳鸯蝴蝶派小说大胆地寻求消费和性欲对感官的刺激。狭邪小说更写出了商品社会下女性身体商品化的途径。

鸳鸯蝴蝶派小说中善用女性身体叙事呈现出市民社会对感性欲望的释放。在上海租界内，高级妓女群体一开始便参与了社会公共空间的建构过程，女性身体开始有了感性审美的意义，开始成为文学中约定俗成的意义符号。鸳鸯蝴蝶派小说对女性身体叙事的热衷也是基于这样的文化逻辑，狭邪小说的出现也正是为了满足市民读者的这种感性欲望释放的期待。张爱玲就说："社会小说写妓院太多，那是继承晚清小说的另一条路线，而且也仍旧是大众所憧憬的所在，也许因为一般人太没有恋爱的机会。"❷ 由此可以看出，鸳鸯蝴蝶派小说的确是长久以来备受礼教压抑的市民们释放感性情感的途径。鸳鸯蝴蝶派小说直面人的感性欲望既是个体适应空间转变的结果，也是文学本身适应空间转变的结果。

3.3　租界文化与鸳鸯蝴蝶派小说类型化风貌的嬗变

晚清和民国初年，随着市民阶层的成熟，上海的通俗文学得到了空前的繁荣。在鸳鸯蝴蝶派成熟之前，晚清时通俗小说类型化趋势这个特点就已经十分明显了，后来上海的鸳鸯蝴蝶派实际上是使中国通俗小说类型化的这个

❶ 张春帆. 九尾龟（卷一）［M］. 上海：上海三友书社，1925：17.
❷ 张爱玲. 张爱玲文集（第 4 卷）［M］. 合肥：安徽文艺出版社，1992：295 – 296.

特征得到了定型。19 世纪末到 20 世纪初，中国通俗小说就出现了类型化倾向，通俗小说类型化的倾向从表层看是鸳鸯蝴蝶派为了市场精准定位吸引读者而进行的，但从更深层次的程度上看，上海通俗小说的类型化反映了上海都市发展的多元杂糅性和上海城市空间性质的快速转变而导致的市民群体的分层。

上海租界的文化语境虽然不是通俗小说类型化的内在根本原因，但是却在鸳鸯蝴蝶派小说类型化的流变中发挥了不容小觑的力量。从某种程度上说，在上海租界内率先出现的工业色彩的日常生活方式和内在逻辑，与带有趣味主义和消费主义色彩的通俗小说是同步出现与发展的。"不忽视（蝴蝶鸳鸯派）特殊的中国元素，很容易发现它的一些方面，诸如历史背景和人物特征，同工业革命扩散范围内其他国家的城市通俗文学有着惊人的相似。"❶ 在上海租界内，来自全国各地的移民从乡民到现代市民的转化过程一定会带来社会审美趣味的改变，而在租界内形成的市民群体内部的庞杂与分层又导致了社会审美趣味的多样性。鸳鸯蝴蝶派小说类型化的出现是资本市场为了满足不同市民群体审美的产物。与此同时，也使鸳鸯蝴蝶派作家在创作时为了赢得更多市场份额而受制于市民的趣味，导致有些鸳鸯蝴蝶派的作品文化格调并不高。每篇通俗小说的类型都有各自的杰出代表，在 20 世纪二三十年代的通俗小说中，社会言情杰出代表作家为张恨水；侦探小说代表作家为使中国侦探小说在地化的程小青；武侠小说执牛耳者为平江不肖生。

3.3.1 从纯情到世俗的爱——言情小说的世俗化之路

言情小说在鸳鸯蝴蝶派所有类型化小说中占有最重要的地位，鸳鸯蝴蝶派的名称也是由言情类型而来的。在整个上海通俗小说创作中，言情小说一直是最活跃的类型。随着上海租界都市化的加深以及租界文化对上海周边地区的文化辐辏，晚清民初言情小说的审美风格也跟随空间的转换而发生了流变。20 世纪二三十年代的上海言情小说是对清末和民初言情小说扬弃地

---

❶ Perry Link. Mandarin Ducks and Butterflies: Popular Fiction in Early Twentieth – century Chinese Cities [M]. University of California Press, 1981: 8.

发展。

我国古代小说历史上有丰富的言情传统，大致可以分为两大类言情模式：一大类是"才子佳人"，另一大类是"妓女士子"，"妓女士子"类后来发展为清末民初的"狭邪小说"。这两种模式的言情小说在上海20世纪20年代的通俗文化市场中仍然受到欢迎，但在叙事上却早已突破了原有的格局。言情小说，顾名思义，重点是在"情"字上，清朝末年民国初年，"哀情"和"惨情"是"才子佳人"类言情小说里最为盛行的两种情感类型，民初这个类型的言情小说通常讲的是男女之间的爱情因社会礼教最终不能圆满的故事，被称为鸳鸯蝴蝶派四大小说之一的徐枕亚的《玉梨魂》便是其代表之一。民初"哀情"小说众多的原因有很多，从作家的文化身份上讲，这些鸳鸯蝴蝶派作家大多数是清末科举制废除而失去正途的旧派文人，这种重大的人生境遇转变使这些小说家本身就有人生不确定的悲剧感，更重要的是他们还经历了由传统空间进入新型异质空间的重大转变，在新空间里感受到的与时代的疏离与隔阂也是其作品表现悲观失望的诱因。陈平原对此是这样评价的："民初新小说特别强调'言情之正'。所谓'言情之正'，说到底一句话就是'发乎情止乎礼'。"[1] 20世纪10年代，在上海租界内随着西方人文思想的输入，中国传统的社会文化语境有所松动，租界内相对开放的社会环境给男女自由恋爱提供了可能，传统婚姻制度的"父母之命，媒妁之言"开始动摇，门当户对的择偶观念也随之发生了变化。新时代的"才子佳人"对自己的恋爱婚姻有了与时代相应的要求。部分市民开始有了争取婚姻自由的勇气。但是，中国传统伦理道德观念根深蒂固，完全接受自由恋爱与婚姻自主还需要一个过程，处在社会观念转型时期的青年男女常常因为不能自由恋爱而心情苦闷彷徨。鸳鸯蝴蝶派小说作家正是从当时社会的这个现状出发，写出了男女相爱而不可得的哀情，很大程度上引起了青年男女的共鸣。

清末民初"才子佳人"类言情小说里男女两性情感是脱离现实的，具有幻象的圣洁性，重"情"而忽略"欲"，基本承接了古代"才子+佳人"的恋爱故事，具有乌托邦精神恋爱的特色。《玉梨魂》的走红直接导致一大批

---

[1]　陈平原. 陈平原小说史论集［M］. 石家庄：河北人民出版社，1998：820.

"才子佳人"类言情小说的出现。民初早期的这类言情小说的特色是"言情"有余，男女之间的爱情都是纯粹的。这类言情小说都基本追寻两性之间的"发乎情，止乎理"原则，男女之间几乎就没有任何性欲的描写。而 20 世纪 20 年代以来，上海租界内的市民阶层早已形成，现代工业文明迅速瓦解了农耕文明，西化的生活理念和生活方式占据了市民阶层的日常生活。与农耕文明紧密相连的诸如宗族宗法制等传统伦理日渐式微。在上海租界内，城市伦理替代了乡土伦理，尤其是租界内兴办的现代教育，使女性得到了更多接触社会甚至独立谋生的机会。上海租界空间崛起的过程是现代文明取代传统文明的过程。显然，"父母之命，媒妁之言"在这种新型空间内变得不再适宜，男女之间的情感方式也必然发生了转变。因此，民初到 20 世纪二三十年代言情小说的叙事特征也逐渐发生了变化。

20 世纪二三十年代的言情小说世俗化转变的第一个表征就是"社会＋言情"小说的出现。随着以租界为代表的上海都市化程度的加深，这个时期的鸳鸯蝴蝶派作家意识到单纯卖惨的"哀情"言情小说已经无法满足市场，文化市场开始倒逼言情小说的改革。民初"重情轻欲"的言情模式到了20 世纪 20 年代开始将社会与言情结合起来，即社会言情小说。李涵秋的《广陵潮》是"社会＋言情"模式的开山之作。社会言情小说里的爱情较少受到封建礼教的支配和束缚，而是把男女情感安置在社会的广阔的话语体系中表达，使男女爱情脱离了不食人间烟火的虚幻性，开始回归到正常的日常生活，使爱情具有现实性和世俗性。租界空间的快速转变不同于农耕社会的生活节奏，现代化的租界都市空间是引爆被传统文化压抑的人的正常欲望的催化剂。为了吸引读者，在社会言情小说中，礼教变得不再是两情相悦的障碍，金钱、权力、地位、情欲开始变成影响男女情感的重要因素。

社会言情的集大成者是张恨水的《啼笑因缘》。《啼笑因缘》中的沈凤喜离开男主人公樊家树的原因无非就是贪图物质的享乐。当刘将军用金钱来诱惑沈凤喜时，沈凤喜没能禁住诱惑，对金钱的私欲开始膨胀。《啼笑因缘》第 11 回写道："到了睡觉的时候，在枕头上还不住地盘算那一注子钞票……次日清晨，连忙就拿了钥匙去开小箱子，一见钞票还是整卷的塞在箱子犄角上，这才放了心。"❶ 最后为了平息自己对樊家树的愧疚，沈凤喜竟然还想补偿樊家树 4000 元钱。沈凤喜的爱情在金钱面前彻底崩塌了，当然这不仅是她的个人悲剧，张恨水也写出了都市空间下无法摆脱的商业金钱逻辑对个人价值观和道德观的影响。严格意义上讲，张恨水并非上海鸳鸯蝴蝶派作家，但是考虑到《啼笑因缘》首发于上海《新闻报》，而张恨水又是凭借该小说在上海江南地区走红的，因此，可把《啼笑因缘》纳入研究视野。20 世纪 30 年代，在上海，最畅销的章回体小说为《啼笑因缘》是有原因的，张恨水充分认识到了上海文化的气候，洞察了市民阶层的心理。张恨水对租界化上海的出版市场有充分的了解，"上海洋场章回体小说，走着两条路子，一条是肉感的，一条是武侠而神怪的"❷，于是张恨水决定"写一个并不太复杂的爱情故事，接受约稿编辑意见，塑造两位侠客式人物关寿峰、关秀珠。但却是现实，而非神怪；在语言上则以全新的国语姿态出现，以区别上海那些半文半白、文白杂糅的章回小说"。❸ 应该说，《啼笑因缘》的人物设置和语言的使用既满足了租界化上海市民读者的审美口味，也为鸳鸯蝴蝶派言情小说提供了一条新的改革路线。20 世纪二三十年代的言情小说开始回归到了世俗生活。

狭邪小说是言情小说的一种很特殊的现象，说它是言情种类的小说，是因为它讲述的是妓女与恩客之间的情感故事，也就是很特殊的两类人的情感故事。清末民初的狭邪小说大多数讲的是租界妓院里的情感故事，因而比同时期的言情小说表现出更早的爱情世俗化与工具化的特点。狭邪小说之所以在清末就表现出建立在物质金钱之上的两性之情，跟上海尤其是上海租界的色情业发达有着直接的关系。城市空间转型后，"书寓""长三堂子"开始承担起知识分子公共交往空间的作用。在租界之外，上海城中是明令禁止"宿娼嫖妓"的，而租界内则公开允许并颁发执照。随着租界移民人口数量的不断扩容，移民人口中男性数量远远多于女性，这些都在客观上刺激了色情业的发展。在这样的社会语境下，性与金钱成为支配感情的最主要的因素，男

---

❶　张恨水. 啼笑因缘［M］. 西安：陕西师范大学出版社，2012：127－128.

❷　张恨水. 写作生涯回忆［M］. 北京：人民文学出版社，1982：34.

❸　胡平，阿蓉. 生命流程：二十世纪中国著名作家身世录［M］. 北京：九州出版社，1997.

女两性关系的"情"出现物质性与肉欲性相纠缠的特点。例如在《海上繁华梦》《九尾龟》《梦游上海名妓争锋传》《海上名妓四大金刚奇书》里经常出现恩客与妓女相互试探的叙事模式，常常出现"仙人跳"与"拆白党"的情节。"仙人跳"是妓女惯用的伎俩，主要是指欺骗恩客为她赎身或还债，等到她嫁给这个恩客之后，很快就会卷走恩客的大笔财产逃跑。当然恩客也会雇用"拆白党"来勾引妓女，试探妓女对自己是否为真实情感。在这种叙事模式中，经济利益消磨了男女之间爱情的真挚。

进入 20 世纪 20 年代后半期，自由恋爱盛行，使市民们有更多的机会获得物欲与性欲上的自由。男女两性关系变得更加具有随意性和偶合性，成了一种社会化行为。都市空间里的男女都变成了情感世界里的游戏高手。在《新歇浦潮》里，男女人物追求露水情缘。比如张大小姐先是同周少雄谈恋爱，后来又勾引了黄家少爷并与黄少爷同居。江子宣先与凤珠恋爱，后又抛弃凤珠，和 BB 订婚，然而很快又与俞鞠如订婚。

言情小说这种叙事风格的流变，实际上是随着作家在新型空间转变的过程中认知观念的变化而转变的，在以租界为代表的上海商业化社会中，爱情显然被物化为享乐的商品。在这样的物质法则下，鸳鸯蝴蝶派作家把物质与情爱当作新的叙事起点自然也就毫不奇怪。

3.3.2 从侠义、公案到十里洋场——侦探小说的中西兼顾之路

从严格意义上讲，中国在近代以前是没有侦探小说这一类型的，只有重点讲述如何作案、如何断案的公案小说。直到 20 世纪初至"五四"新文化运动前后，在翻译西方著作的浪潮中，真正意义上的侦探小说才被介绍到中国。早在 1896 年，柯南·道尔有关福尔摩斯的侦探小说便被译成中文。1930 年，在世界书局的主持下，上海鸳鸯蝴蝶派侦探小说家程小青翻译出版了《福尔摩斯探案大全集》。侦探小说能够在很短的时间内在上海文坛勃发，跟上海多元化的租界文化有着密切的关系。从形式上看，中国真正意义上的侦探小说是直接效仿西方侦探小说的。中国古代公案小说里的很多诸如冤魂诉苦、神鬼托梦在现代化的都市空间下显得愚昧落后，而侦探小说严密的推理、科学的侦探手段，与公民社会所推崇的科学思想是相适应的。

上海租界不仅带来了西方器物和生活方式，同时也将警察、司法、诉讼制度应用在对上海租界的管理中，现代司法制度在租界的确立为上海本土侦探小说的兴起提供了不可或缺的法理基础和社会参照样本。有两种司法机构的建立对中国本土侦探小说形成独特叙事形式有着决定性的意义，一个是现代的巡捕房制度，另一个是独立的私家侦探调查机构。上海租界内最早出现的警察机构是为解决租界不断扩大、外来人口不断增多而带来的社会治安问题而建立的。上海地方志中记载："租界内康庄如砥，车马交驰……会审公廨、中西邮局、海关、银行、领事馆、电报局、巡捕房、丝厂、船坞、轮船公司皆在焉。街道有巡捕逡巡，分为华人、印度人，而统以西人。所用探捕，皆能发奸摘伏，放案无破云。"❶ 相对完整的现代化司法体系和要求民主与公正的租界市民社会属性催生了私家侦探制度，私家侦探在上海租界内拥有调查的自治权和执法权，是警察执法之外的补充和辅助的方式，是市民社会民主和平等理念在司法程序上的体现。

上海鸳鸯蝴蝶派的侦探小说是"租界味"最足的一类鸳鸯蝴蝶派小说。鸳鸯蝴蝶派的侦探小说大多数以上海租界为背景，描写发生在鱼龙混杂的租界内各行各业的离奇案件。作家在侦探过程中写出了上海租界时期市民的道德、伦理意识、审美倾向、市民生活。随着上海租界的经济发展，来自中国各地甚至是世界各地的人口大量聚集在上海租界的都市空间里，在租界内充斥着良莠不齐的移民，移民社会特有的冒险精神使贫富差距巨大的租界内由流氓帮派所引起的绑票、抢劫暴力事件时常发生。上海租界文化是杂糅的文化，中西两种文化在租界中都缺乏约束力，一方面中国传统道德逐渐式微，而另一方面现代伦理道德、社会价值、商业契约精神还尚未构建。上海就在这个时期汇集着大量的物质财富，面对着灯红酒绿的物质生活，人们的内心欲望必然被激活，部分人为了释放欲望铤而走险走上犯罪的道路，租界的城市空间为犯罪提供了更多的动机。

在鸳鸯蝴蝶派侦探小说中，常常利用侦探破案过程中在主人公城市中游走的经历来展示上海租界的城市地图。现代街道的出现是支撑现代空间的基

---

❶ 胡祥翰，李维清，曹晟. 上海小志　上海乡土志　夷患备尝记［M］. 上海：上海古籍出版社，1989：84.

础，街道这种新型空间为现代侦探小说提供了一个独特的叙事视角。文本中的侦探通常都置身于复杂的街道市井之中追凶。20 世纪二三十年代的侦探小说保持着对城市尤其是街道空间位置的敏感，侦探们利用新式的交通工具，如汽车、电车奔驰在繁华的街道之中，在空间中快速移动的速率感与城市空间的短暂、流动的节奏相一致。就像刘易斯·芒福德所说："沿着一条大街笔直行进的交通运动，不仅具有经济含义，还包含一种特别的愉悦感。它把迅捷运动的快感和刺激带给城市，这种体验过去只有在马背上骑乘的驭手驰骋在田野或者行猎在丛林里才能体会到。"❶ 徐卓呆的《犯罪本能》中有段类似电影动作片节奏感的描写："经过大街上忽然跳过来一个体面的绅士拦住送银车，取出手枪命开车人停车。……在追者略为逡巡之际，凶汉已穿来穿去，转了数个弯，逃入一所洋房中去咧。各办事室内搜查，一一托付市民。警察先上屋去，晓得凶汉一定要从屋顶逃走的，但是至今没有找到。"❷ 从抢劫开始，大街、小路、巷弄、洋房、房顶空间变换非常迅速，这与城市街道的功能相适应，一切都是难以琢磨、稍纵即逝的。

城市街道如城市地图一般成为展现租界都市化的形式，街道自身也延伸出了许多诸如咖啡馆、公园、酒吧、舞厅、电影院、商铺等都市繁华景观。侦探时常出没于这些蕴藏着城市秘密的地方，展现着都市的魅力。程小青笔下的舞厅有着奢华和欲望相结合的空间特点。程小青的《活尸》有对舞场的描写："正中央是个宽大的舞池，上了蜡的狭木条拼砌的地板，在灯光下面闪闪发光。……墙壁上是淡红色的油漆，加上许多金柜镶镂花玻璃的壁灯。……一壁有一只大的柜橱，摆满了各种名牌的香槟威士忌，每瓶的价格都是数百元。"❸ 可见租界公共消费空间是享乐与肉欲放纵的地方。

无论是街道还是消费公共场所，都是租界空间对文本外部的影响，真正对鸳鸯蝴蝶派侦探小说的文本内部产生影响的是租界文化中所包含的法理精神。鸳鸯蝴蝶派侦探小说的勃发得益于西方侦探小说在上海的大量译介，但需要注意的是，鸳鸯蝴蝶小说能够深植于上海通俗文化的土壤中才是其勃发

---

❶ 刘易斯·芒福德. 城市文化［M］. 宋俊岭，译. 北京：中国建筑工业出版社，2013：106.
❷ 任翔. 百年中国侦探小说精选（第三卷）［M］. 北京：北京师范大学出版社，2012：172.
❸ 任翔. 百年中国侦探小说精选（第三卷）［M］. 北京：北京师范大学出版社，2012：114.

的深层原因。"任何一种文学作品能够在一个民族内生根发展，并不在于它的表现形式有多么大的变化，这只是一些外在的表现形态而已，真正的成熟在于它能否和一个民族的文化精神糅合在一起。如果不能糅合，外在力量再强大有力，它也要萎缩下去；反之，以民族的文化精神作为文学发生发展的土壤，它就会生机勃勃地发展下去。"❶

　　近代中国公案小说与鸳鸯蝴蝶派侦探小说有着亲缘关系。早期的上海通俗侦探小说寄希望于西方侦探小说里科学与法治这些新思维来改造中国的社会现状。"为什么到了后期，侦探小说会在中国抬头并风靡呢？其主要原因是，由于资本主义在中国的抬头，由于侦探小说与中国公案和武侠小说有许多脉搏互通的地方。"❷民初侦探小说作者塑造的侦探形象可以在案件的侦探上有纰漏，但在道德上一定是要符合中国原有道德标准的。这些鸳鸯蝴蝶派侦探小说家既希望用西方的法治理性解决案件，但有时又难免摆脱不了中国传统社会的道德观念和价值观对自己的惯性影响，小说中的侦探形象是处在现代与传统法制道德之间德法兼顾的形象。这也是作者在社会转型时面临社会问题的态度。作者既看重法律，又看重情感和道德，往往以道德的善与恶作为判断是与非和量刑轻重的标准。

　　程小青的"霍桑探案系列"和孙了红的"侠盗鲁平奇案系列"中，设置了一种独特的"善恶颠倒"的叙事模式，即凶案中的死者都罪有应得，而凶手则是被逼无奈。程小青借书中侦探霍桑说出自己对西方法律在中国适用的态度："我的裁判，在法律条文上固然是不合的，但在良心上，却毫无遗憾。你总知道，我一向行事，只凭公道，何必叫人做法律的牺牲？"❸在属于"霍桑探案系列"的《白衣怪》《浪漫余韵》《猫儿眼》《轮下血》等侦探小说中，程小青一直追求西式法律和中国道义的一种平衡。在另一位鸳鸯蝴蝶派侦探小说家孙了红"侠盗鲁平奇案系列"的《窃齿记》中，当鲁平发现死者是靠囤积大米发家的投机商人时，甚至没有把杀人凶手绳之以法，却说"一

❶　范伯群. 中国近现代通俗文学史（上册）[M]. 南京：江苏教育出版社，2010：658.
❷　阿英. 晚清小说史 [M]. 北京：人民出版社，1980：186.
❸　程小青. 霍桑探案集七 [M]. 北京：群众出版社，1987：324.

个人杀死一条米蛀虫，那是代社会除害，论理该有奖励的"❶。上海鸳鸯蝴蝶派侦探小说一直提倡的在儒家文化影响下的"重德轻法"显然能在清末侠义小说中找到。那么，是什么原因导致鸳鸯蝴蝶派侦探小说一方面提倡科学法律的精神，另一方面又表现出清末侠义小说所谓的"因果报应"？重要的原因在于，在上海的租界内虽然按照西方的法律制度构建起相对完善的司法诉讼体系，但其内在的殖民地性质和租界内政治权力的复杂，使法律在租界实践起来不能够产生公平而高效的效果。这也显示出租界时期的上海市民在面对空间转型时社会意识和心理的复杂化。

上海租界及租界文化给市民在意识、心理上带来深远的影响，尤其是商品社会浸染下的物质欲望改变了中国传统伦理社会的人际关系。鸳鸯蝴蝶派大量的侦探小说用刑事案件本身讲述了金钱对传统伦理道德的冲击，因为谋财害命的犯罪从来都是侦探小说中最重要的题材来源。在程小青的《催命符》中，儿子撞见父亲与女仆偷情，以此威胁父亲分给自己财产以还赌债，最终父亲亲手杀死了自己的儿子。在《无罪之凶手》中，主人公为独吞财产意图毒死同父异母的哥哥反而毒死自己。中国几千年儒家正统道德一旦被租界商业文化所替代，一直被压抑的各种欲望就会疯狂反噬。借书中主人公的话说："我觉得物质文明，一方面固然可以提高人生的享受，另一方面却就是人类相互争杀的主因。"❷

上海鸳鸯蝴蝶派侦探小说的出现，填补了中国侦探小说创作的空白。上海鸳鸯蝴蝶派侦探小说是高度依托上海租界都市空间而建构的，都市里的社会文化新元素为侦探小说提供了创作想象空间，催生出中国本土的现代侦探小说类型。同时，上海鸳鸯蝴蝶派侦探小说也呈现出了 20 世纪二三十年代上海都市内的社会、经济、文化结构与礼俗、道德观念的转型。

3.3.3 都市中的暴力美学——武侠小说的民间正义之路

对于鸳鸯蝴蝶派来说，言情和武侠是在众多类型化小说中最受欢迎的两

---

❶ 萧金林 . 中国通俗小说评选（侦探卷）［M］. 上海：上海文艺出版社，1992：260.
❷ 程小青 . 霍桑探案集五［M］. 北京：群众出版社，1997：56.

类。这两种类型化的小说，"在通俗市场上之所以走俏，从接受与欣赏心理看，那是因为他们在'温情默默'和'以暴抗暴'这两个极端之间生发出来的一种张力，既投合了个人的'内在'意识，也投合了'集体无意识'的需要，从这两方面同时折射出社会文化心态需要在幻觉形式中实现动态的平衡，这是一种特殊的以文学作品作为补偿手段，作为自我心理修复的载体的精神生态平衡"❶。如何实现这种个体的自我调节方式，与当时的社会历史现状与社会文化气候有着极为紧密的关系。侦探、言情、武侠常常以相互竞争的姿态交替成为文学消费市场上的主角。

　　中国侠义小说古已有之，清代晚期出现了侠义与公案两种类型化小说的合流，两类小说的合流也是市民阶层的不断壮大在审美上的体现。中国侠义小说通常都有善恶报应、大团圆结局、衣锦还乡等叙事模式，这是市民阶层人生追求和观念的体现。租界文化带来西方的实证主义，在上海租界内，体育可以锻炼身体的相关观念深入市民的日常生活中。市民阶层推崇身体健康从《良友》杂志登载的照片中也有体现。在上海，以霍元甲先后击败俄、英大力士和日本柔道为契机成立的"精武会"也能反映出武术运动在上海的受欢迎程度。诸如吴图南的《内家拳》《太极功》《科学化的国术太极拳》等先后在商务印书馆出版发行。武术运动的发展理所当然地为武侠小说的创作提供了便利条件。从 1923 年 1 月开始，平江不肖生的《江湖奇侠传》一开始在《红杂志》上连载就引发读者的巨大关注。《江湖奇侠传》还实现了通俗小说与影视媒体的互动。上海明星公司将有关情节制作拍摄成电影《火烧红莲寺》，带来巨大的社会和经济效益。从 1928 年到 1931 年，上海电影界掀起一股拍摄武侠片的热潮，可见武侠小说和武侠电影在市民阶层中的受欢迎程度。

　　20 世纪二三十年代是中国武侠小说创作的旺盛期，租界化的上海掀起一股以平江不肖生、顾明道为代表的武侠小说热潮。包天笑就曾评价过："那个时候，上海的所谓言情小说、恋爱小说，人家已经看腻了，势必要换换口

❶　刘扬体．流变中的流派——"鸳鸯蝴蝶派"新论［M］．北京：中国文联出版公司，1997：322．

味。"❶ 除了市场上主打"哀情"的言情小说使市场和读者产生了不可避免的审美疲劳之外，中国市民在殖民性质的租界长期生活所激发的民族自尊心、政治局势的更迭带来的动荡、社会现实生活的不公，都是武侠小说流行的重要社会文化原因。武侠的确是一种可以跳脱现实以实现形而上反抗的有效途径。

武侠小说在上海流行的表面原因当然与市场需求的变换有关，但主要原因与以租界为代表的上海都市空间的变迁对市民文化心理的深层次的作用有关。上海租界本身就是列强用坚船利炮开辟出的殖民文化空间，对于在此居住的中国居民而言，一方面深陷西方物质文明的生活中，而另一方面内心深处的民族共同感又对殖民统治表现出不甘。市民阶层虽然享受西方文明给生活带来的便利，但租界的殖民空间性质却又刺激着市民阶层的民族自尊心。"'红头阿三'是租界的巡抚，耀武扬威，处处欺侮中国人，而他们又是英国的亡国奴，在英国人面前是奴才。"❷ 无论是从市民个体角度，还是从民族尊严角度，从被上海人蔑称为"红头阿三"的印度警察这一社会现象细节就能看出，身处租界殖民空间的中国居民的这种集体本能反抗。市民的阶级性质决定了他们大多数不会选择社会革命的实践方式去反抗殖民统治，因而急需一种精神力量在可以规避现实的前提下对抗西方的殖民，并冀望有英雄人物可以抵抗外族的侵略，武侠小说刚好可以补偿这个民族精神需要。20 世纪以来，历史政治局势风云变幻，中国政权频繁更迭，内战不断，市民阶层难免有身逢乱世的凄凉感，也有对未来的不安全感。租界内由于贫富差距而导致的种种不公现象，使市民阶层常常产生无力感。市民阶层的中下层只能寄托于江湖侠义之士扬善惩恶，维护社会的公平与正义。武侠小说的流行还与租界的冒险投机风气有关。租界里与商业利益纠缠的流氓帮派势力盘根错节，在金融市场上，证券、期货交易所带来的投机和风险往往伴随着暴力犯罪。租界文化本身就是移民文化，潜藏着不稳定的因素。

20 世纪二三十年代的武侠小说比起清末民初的武侠小说呈现出更多的世

---

❶ 包天笑. 钏影楼回忆录［M］. 香港：大华出版社，1971：384.
❷ 薛理勇. 旧上海租界史话［M］. 上海：上海社会科学院出版社，2001：46.

俗性。《江湖奇侠传》由清末民初武侠小说一直提倡的"忠君保民"转向"侠义江湖"，即在内容中不再讲述朝廷忠臣率领江湖人士"除奸平盗"，而是详细地记录了江湖的恩怨是非，这种转向是上海都市社会结构转型的表征，也是都市中市民主体地位确立的产物。这种从"庙堂"到"江湖"的转向表现出在都市空间语境下浓厚的世俗价值观，"除奸平盗"再也不是为了表现出某种政治理念。小说中还建立了一个超现实的虚构的江湖空间，如平江不肖生的另一部作品《侠义英雄传》则立足于武术技巧的写实，塑造了诸如大侠霍元甲、大刀王五等真实的英雄形象。《侠义英雄传》将爱国情怀、民间侠义与武侠结合起来，给予这些英雄与清末民初武侠小说里英雄不同的含义，英雄的形象开始回归到民间立场，与市民价值相契合。

　　总之，上海鸳鸯蝴蝶派通俗小说的勃兴与上海租界的文化有着千丝万缕的联系，鸳鸯蝴蝶派小说是与现代市民阶层的审美品位相匹配的文学形式。上海租界的都市化新型生活为鸳鸯蝴蝶派小说提供了丰富的创作资源。新兴的市民阶层也为这类通俗小说培育出大量的有消费潜力的读者，市民社会的内部差异也促成了不同类型鸳鸯蝴蝶派小说的生成和定型。

第 4 章
租界文化与现代性美学转移
——海派小说唯美主义追求

　　西方唯美主义思潮最早开始于 19 世纪中后期的法国，继而在英国达到了运动的高潮。西方唯美主义是一场既没有具体的起止时间，也没有统一的共同理论宣言的松散文艺运动。唯美主义运动在各国与各个时期的表现形式和审美艺术诉求也截然不同。1835 年，在《莫班小姐》一书的序言中，法国作家兼画家戈蒂耶率先提出的"为艺术而艺术"的观念，可以说是唯美主义在各国发展一以贯之的文学理论和美学主张。波德莱尔、马拉美这些现代主义文学艺术先驱进一步发展了"为艺术而艺术"的观点。在 19 世纪末的欧洲，颓废、象征等概念与唯美主义联系起来，最大限度地宣泄了作家们在一个世纪即将结束时，内心焦虑同时又百无聊赖、无能为力的悲观厌世的世纪末情绪。艾布拉姆斯提出一个观点，唯美主义、象征主义、颓废主义以及世纪末思潮是同一文学思潮在不同地区、不同发展阶段的变体。❶

　　唯美主义作为一种国际性思潮，因各国不同的历史文化背景，在不同国家表现出不同的表征，存在各国不同的明显的在

---

❶　赵鹏. 海上唯美风——上海唯美主义思潮研究 ［M］. 上海：上海文化出版社，2013：2.

地属性。20世纪初，西方唯美主义传入日本，形成了以永井荷风、谷崎润一郎为代表的文学新流派。就日本具体的历史语境而言，当时日本社会军国主义思想肆虐，再加上受日本传统文化中私小说的影响，日本的唯美主义者常常沉溺于花街柳巷和传统的日本和风式风物人情的描写。而唯美主义进入中国后的发展情况更为复杂，20世纪初的中国正处在前所未有的内外交困的危机中，秉持"别求新声于异邦"的宗旨，积极探索可能的救亡之路。因此，以鲁迅、周作人、郭沫若和田汉为代表的留日作家，在译介和发展唯美主义时，并没有刻意地突出其"为艺术而艺术"的本质，而是选择性地利用了唯美主义的反抗精神与现代性启蒙方面的积极价值，使唯美主义服务于中国急需的启蒙与救亡之使命。

4.1 海派唯美主义小说的生发论

某种具有特定审美倾向的文艺思潮是与当时社会的经济发展状况和人们的精神需求密切相关的。因此，一方面，域外的唯美主义思潮催生了海派作家对唯美主义的追求；另一方面，海派小说所呈现的唯美主义追求也表现出与"五四"时期的唯美主义追求的不同样态。与"五四"时期中国受唯美主义影响的小说相比，海派作家对西方唯美主义的追求呈现出不同的属性特质。在20世纪初，以邵洵美、章克标、滕固为代表的海派唯美主义者长居上海租界，热衷于译介和模仿西方唯美主义文学作品，在文学理论上远离政治，追求文学的唯美性与自律性；在生活实践上效仿西方唯美主义的日常生活艺术化，追求感官上的生活享乐主义，具有与西方唯美主义相似的症候群。对唯美主义的追求是海派小说长久以来一个隐性的特征，就像吴福辉所说："海派作家几乎无例外地醉心于西方唯美主义。"❶鲁迅先生也说过："其为文人也，又必须是唯美派，试看王尔德遗照，盘花纽扣，镶牙手杖，何等漂亮，人见犹怜。"❷海派文学对唯美主义的追求具有独立的特征，是可以构成唯美

---

❶ 吴福辉. 都市漩流中的海派小说 [M]. 上海：复旦大学出版社，2008：72.

❷ 鲁迅. 登龙术拾遗 [N]. 申报自由谈，1933 – 09 – 01.

主义在中国呈现的第二种形态的。

4.1.1 租界的物化空间——海派文学唯美倾向的外在生发机制

"海派并不是严格意义上的流派。它是一种租界文学或洋场文学，是以特定的地域文化为依托的历史文化现象。"❶ 海派小说对于唯美主义的追求和作家所处的空间及文化有着具体的在历史语境上的巨大关联。对于中国而言，上海并不是中国城市中唯一拥有租界空间样态的城市，那么就有一个问题需要探究，西方的唯美主义为何在中国其他拥有租界的城市没有像在上海租界一样生发、扩展开来，并且拥有独立的特征呢？很显然，上海租界的物质空间与特有的精神内涵为海派文学的唯美倾向提供了必要的外在与内在生发环境。

从生发的背景上看，上海租界及租界空间为海派小说的唯美主义追求提供了一个与西方相似的外在物质生发环境。西方唯美主义生发的经济根基是工业革命后，资本主义正处于稳定的上升垄断时期，物质丰沛的现代化大都市逐渐形成。而在中国，也只有在上海租界能找到类似的经济环境。"在两次世界大战之间，上海是整个亚洲最繁华和国际化的大都市。上海的显赫不仅在于国际金融和贸易；在艺术和文化领域，上海也远居其他一切亚洲城市之上。马尼拉像个美国乡村俱乐部，河内、新加坡和仰光只不过是些殖民行政机构中心，只有加尔各答才有一点文化气息，但却仍远远落后于上海。"❷ 上海租界都市空间内的物质生活是绝对领先其他亚洲殖民地和中国其他的广大地区的。"现代大都市的发展似乎也在证明着唯美—颓废派所说的这个定律，在世界范围内唯美—颓废主义思潮的兴起也正是与都市的物质文化和精神文化的高度发展紧紧地联系在一起的，唯美—颓废主义思潮东移到上海也是与二三十年代上海都市文明的发展高峰紧紧地联系在一起的。"❸ 上海租界的现代化物质景观为海派唯美主义追求提供了坚实的物质景观基础。租界空间的现代化建筑、公共基础设施、公共娱乐设施在快速地进入中国农耕社会

❶ 杨义. 论海派小说 [J]. 中国现代文学研究丛刊，1991（2）：167.
❷ 白鲁恂. 中国民族主义与现代化 [J]. 二十一世纪，1992（9）：18.
❸ 李今. 海派小说与现代都市文化 [M]. 合肥：安徽教育出版社，2001：72.

文化的母体后，必然会催生出一种在文学艺术上的特殊认知方式。异质而新型的租界城市物质景观从视觉上刺激了海派作家的感官，提供了一个中国农业社会无法提供的空间感受。这种前所未有的感受颠覆了作家固有的旧的空间观念，为海派唯美主义的追求提供了可实践的内在动力。

　　施蛰存描写的 20 世纪二三十年代租界化的上海是这样的："汇集着大船舶的港湾，轰响着噪音的工场，深入地下的矿坑，奏着 Jazz 乐的舞场，摩天楼的百货店，飞机的空中战，广大的竞马场……甚至连自然景物也与前代的不同了。"❶ 彼时，上海租界的人口已经超过了 100 万，租界的城市现代化设施建设与世界性大都会伦敦、巴黎、纽约相比也毫不逊色。伴随中外贸易的发展，租界逐渐发展成为上海商业之都的中心地带。在公共租界的主干道南京路上，有着与国际同步的四大百货公司先施、永安、新新、大新。在这些世界上最先进的百货公司里，不但可以购物，还有舞厅、餐厅、酒吧、咖啡馆等。为了增加顾客消费时的购物体验，新新百货公司专门在六楼的玻璃柜里放置了一台大型的收音机，以保证顾客在购物时就能欣赏到当红歌手最新的演唱。这些物质景观是实在的，但是，"'实在'景观是由意识形态塑造而成，意识形态自身又反过来被'实在'景观塑造，二者的关系是相辅相成的……其结果乃是自然与文化、实践与哲学、理性与想象、'真实'与'象征'之间整合而成的辩证景观"❷。建筑、公共设施、娱乐场所、街道、百货商场等，虽然是实在的租界空间的物质景观，但是反过来，这些物质景观也影响作家体察世界的方式。租界的现代性物质消费生活也为唯美主义小说的生发提供了必要的实践环境。租界的物质景观和设施除了给海派唯美主义作家提供了文学背景经验之外，现代化的消费生活也为作家提供了直接切实的现实生活经验。

　　租界文化所具有的金融商业性和消费性为海派唯美追求提供了必要的精神土壤。"对于唯美主义的接受以及唯美主义、颓废主义在中国文学中的发

---

❶　施蛰存．又关于本刊的诗［J］．现代，1933（4）：1.

❷　孙绍谊．想象的城市——文学、电影和视觉上海（1927—1937）［M］．上海：复旦大学出版社，2009：17.

展与上海的都市生活方式和这个城市的消费文化有极大的关系。"❶ 唯美主义天然地与消费主义有着悖论式的联系，而上海租界的文化语境最重要的特征之一就是其商业消费性。20 世纪 30 年代初，上海租界内居民已经有相当部分的中产阶级和新型市民阶层，尽管新市民阶层收入呈现出内部的差异，但他们的消费呈现出一个共同特征，在经济上超越了日常必需的消费，投向各种形式的闲暇消费。正是受"购买欲望"的驱使，在上海租界内消费的内需力并不是生存功能的"果腹"消费，而是新市民阶层对西方现代生活方式的自觉推动和实现跻身于与西方社会同构的自我建构的消费。

在消费社会里，商品的形象价值要比使用价值重要，商品消费的过程是渴望实现其象征性内涵的过程。商品的象征内涵是通过上海租界无处不在的橱窗和广告逐渐渗入新型市民阶层的思想意识之中的。橱窗和广告都是通过实现对商品的"凝视"引发消费者视觉的欲望，从而最终达到促进消费的目的。为了达到对商品的"凝视"效果，上海租界的广告大多数设计精良、图文并茂，达到了商品性与艺术性的高度结合，呈现出高度艺术化和视觉审美化的倾向。而在上海租界的具体语境中，审美这时已经悄无声息地融入日常的消费和生活方式中，进而以潜意识的方式影响着作家的审美认知，使沉溺于租界繁华生活的海派作家们更容易对西方唯美主义所主张的生活艺术化产生认同与推崇。

租界化的上海都市具有魔幻般的瑰丽空间，而这种性质的都市空间是唯美文化氛围形成的物质空间基础。这种空间文化氛围又刺激海派作家们对文学观念和审美格调进行重新建构。他们寻求一种适应表达这种前所未有的现代性经验的文学方式。海派唯美主义的生发就这样和租界的文化语境形成了紧密互文性的联系。

4.1.2 租界里的自我认同危机——海派文学唯美倾向的内在生发机制

"现代城市的明与暗造成的从乡村到都市的空间转换是欧洲现代主义文

---

❶ 周小仪. 唯美主义与消费文化［M］. 北京：北京大学出版社，2002：182.

学想象力的源泉——世界从可知的变为不可知的，从共同体的变为个人感性
的。"❶ 空间的变化会直接影响个体的认知，空间的演进必然是产生新的文学
表达方式的基础，这种影响内化后是产生新的文学形式与审美形式的内在
驱动力之一。上海作为租界化的城市，租界的空间性质及文化必然有不可
剔除的殖民性，但是，这种殖民性的空间性质没有预想中的那样激起海派
作家强烈的民族主义的反抗。海派作家始终是最先感受到十里洋场的物质
繁华的，也是率先在创作实践中实现对租界都市日常生活作现代化表述的
群体。

　　海派作家大多数有留洋经历，是最早受英、法、日等外国思潮和审美影
响的，殖民化的都市空间景观和海派作家内心追求异国情调的审美愿望不谋
而合。上海租界的异国情调为作家从个体感受上描述都市空间的现代性提供
了可能。租界空间殖民性与现代性并存的双重性质导致这些海派作家在自我
文化身份认同上表现出暧昧和错觉，海派作家在自身文化身份认知上所表现
出来的"认同危机"是摒弃与现实关联紧密的写实主义而选择唯美主义的表
达方式最重要的原因之一。

　　海派作家对自身文化身份认知的危机症候需要具体到上海租界的历史语
境中。应该说上海租界为海派作家提供了可以忽视民族诉求的一个空间，给
海派作家选择用唯美方式表达提供了一个合理的空间。当时的上海租界实行
着不同于印度、中国香港的殖民统治，殖民者从来未曾实现过完全意义上的
支配和正式的最高统治权，西方列强对租界内部实现的是等级化管理和多元
化、碎片化的殖民统治。这种碎片化与多元化的殖民统治往往削弱甚至是遮
蔽殖民背后的真实政治目的。在租界的殖民统治呈现出的多元化、碎片化的
特点也导致中国知识分子在政治和文化立场上的态度比正式殖民地的知识分
子政治倾向更多元化的局面。多元化的选择就意味着租界出现的民族主义绝
不是以直接的暴力和激进的形式而存在，是暧昧的、有选择性的。

　　史书美还为我们提供了从都市空间角度来解释海派作家对自身文化身份
认知危机的一种观点。上海租界的海派作家们人为地把西方文化分为两个层

---

❶ Raymond Williams. The Country and the City ［M］. London：Chatto and Windus，1973：16－19.

次，一个是帝国主义殖民性的西方，另一个是西方文化话语即都市的西方。❶
在第一层次认知里，租界是被帝国主义经济剥削和种族冲突易发的场所；而
在第二层次认知里，租界上海是作为殖民主义的都市空间，是现代化景观可
以合法呈现的场所。在这种"分叉策略"的驱使下，第二层次是被优先考虑
和模仿的，同时也削弱了作为批判对象的第一层次。"分叉策略"为部分海
派作家赞美租界都市生活提供了一个合法的途径，同时也是海派作家对自身
文化身份认同暧昧与危机的个体根源。

这种"分叉策略"导致的暧昧的民族主义投射到海派作家身上，往往表
现出作家在言说上海租界时充满悖论。海派作家对租界的批判不集中在租界
的殖民性上，而是聚焦在都市生活本身上。这种看似无意的替换，恰说明海
派作家不是以民族主义者身份角度出发，即使是应该以更激烈的民族主义立
场言说的左翼作家，有时言说的立场也难以琢磨。在这种暧昧的政治立场下，
海派作家对自身文化身份不做出非黑即白的二维描述。暧昧的文化身份认同
在文学表达中最典型的表征就是海派作家摒弃了与现实社会联系紧密的写实
主义，而选择与现实社会相去甚远的虚妄的唯美主义的表达，甚至是颓废的
表达方式。海派新感觉派的穆时英和刘呐鸥两人的作品完全诠释了对西方文
化"分叉性认知"的理解，他们理所当然地把西方都市文化当作他们所推崇
的世界主义的一部分，而实际上中国的唯美主义表述只是"世界主义"的花
边。因此，在新感觉派的文本中，看不出作为中国人在被殖民的租界里的民
族主义情感叙事，反而充满了对租界化的上海都市日常生活的赞美。海派新
感觉派所熟悉的对都市的批判是针对普遍意义上资本主义现代性都市的缺点，
并不是作为殖民地副产品的城市空间的批判。殖民性被有效地抽离了文本，
殖民性的缺失也必然导致作家文化身份的暧昧不清和民族主义的模糊不定。

从作家个人角度出发，大革命的失败刺激了在上海的作家对租界空间性
质的认识和态度上的分化。个体性的迷茫与租界都市中繁华物质景观的双重
刺激也加速了海派转向更注重在表达审美现代性方面进行个人经验的表述。

---

❶ 史书美. 现代的诱惑——书写半殖民地中国的现代主义（1917—1937）[M]. 何恬，译. 南京：
江苏人民出版社，2007：343.

大革命失败之初，出现了大量徘徊于"十字街头"和"象牙塔"之间的时代苦闷"零余者"形象。早期唯美主义追求者田汉、张闻天最终选择以左翼革命的方式重回现实社会斗争中，而大部分海派作家漠视了民族现代性的迫切历史要求，用一种租界都市空间的"当下性"和"瞬时性"来赋予时代新内容。在"五四"的启蒙现代性语境中，中国的大多数作家倾向于用"变革""人生""启蒙"等大主题来诠释时代，强调用线性历史观和历时性来框定中国未来的位置。在经历了大革命失败，特别是中国文化中心南移后，上海租界都市空间提供了一个新的解释时代"当下性"的机会。上海租界内的繁华都市物质景观"促成了以民族现代化为核心的启蒙现代性向关注个体体验的美学现代性转移"❶。

　　海派作家在美学上的追求并不意味着放弃对现代性的追求，在追求现代性的道路上，海派转向更注重个人体验的美学表达方式有着复杂的心理机制。在这个转向的过程中，租界的城市空间起到了重要作用。租界空间的反常性催生了与"五四"完全不同的时间观。"五四"以来，文学领域一直被宏大的主题所掌控。海派作家之所以在中国文学史上一度与"唯美""颓废"等字眼密切相关，与他们表现出一种与"五四"启蒙现代性的不同历史观有着密切的联系。海派文学身上表现出一种与政治化启蒙现代性的分歧。大革命退潮之后，身居上海租界的海派作家对线性历史的可靠性变得迟疑，部分作家意识到文学变革的功能是被夸大的，逐渐从实际斗争中抽离。既然启蒙现代性在实际斗争中铩羽而归，就只能转而在美学领域中赋予时代新的使命。海派的审美立足点是租界都市空间所带来的物质沉醉和消费这些物质时所带来的幻象国际身份，从来不是民族国家意识和殖民地空间的冲突。显然，海派提倡的个体沉醉和追求个体消费快感与时间碎片化在"五四"以来的价值坐标体系中是找不到合法位置的。而这种文化身份的认同危机与时代历史任务巨大的错位，大概也能解释穆时英和刘呐鸥在上海的非正常死亡，邵洵美、章克标、曾虚白等海派作家为何消失在新中国成立以后的文学史当中。当个

---

❶　杜心源. 城市空间与现代性的"美学"转移——论 20 世纪 20、30 年代上海唯美—颓废文学的精神取向 [J]. 中文自学指导，2005（3）：55.

体的空间体验与整体的历史时代无法统一时，这种境况加剧了作家在文化身份上认知的自我分裂与异化，即个体感性自我与民族理性自我的分裂。

海派小说对唯美主义的追求呈现出个人官能享受之美与极端个人主义的特点，更接近西方唯美主义的原旨，与"五四"时期早期的唯美主义形成不同的症候。"五四"时期，中国正处在内忧外患甚至亡国灭种之艰难时刻。知识分子积极"别求新声于异邦"，迫切地想从域外寻找一条强国之路，任何文艺思潮也必将服务于反抗传统、开启现代性启蒙、救亡图存等一系列宏大叙事之中。因此，"五四"时期的小说对唯美主义的追求更具有精神的超越性。西方唯美主义的审美无功利性不但被作为反抗传统的武器，更被当作改造国民精神和疗救民族的思想武器。在宏大叙事背景下，这种对西方唯美主义改造的策略也是知识分子暂时逃避现实、超脱于现实之束缚、追求自由精神的有效途径之一。以"超然"的态度看待现实的丑陋与苦难，以减轻"小我"在乱世中无能为力的苦闷与心灵的慰藉，完成精神超越之美。"五四"知识分子秉持的这种根深蒂固的线性时间观，导致在对唯美主义追求时进行人为性的选择。西方唯美主义带有鲜明的"自我主义"倾向，强调个体内心的自我感受，而脱离血缘关系的家庭与宗族的个人成为现代意义上的人正是"五四"时期现代性启蒙的重要维度。但是，"五四"时期的"自我主义"在内涵上与西方唯美主义所推崇的个人主义发生了重大偏移。"五四"时期的"自我主义"背后指向民族独立与现代国家建设更宏大的维度，是自我主义外化的过程，而不是个人主义内化的过程，西方唯美主义所推崇的内化的个人主义与"五四"启蒙救亡的宏大叙事不协调。因此，"五四"知识分子对其进行改造，将个体对美的追求上升到作家精神超脱、疗救国民素质的高度。

西方唯美主义发展之初，最重要的意义是对西方资产阶级现代直线性历史进步的质疑和在生活实践领域对资产阶级平庸生活的反拨。显然，处在中国唯一现代性发展最高程度的租界里的海派文人对唯美主义这一反叛本质缺乏清醒的认知。海派文人普遍对异国情调的租界文明生活抱有极高的热情，并且乐在其中。邵洵美说："人生不过是极短时间的寄旅，来也匆匆，去也

匆匆，决不使你有一秒钟的逗留，那么眼前有的快乐，应当尽量去享受。"❶
这种唯美主义的享乐在作品中表现为将肉体感官的刺激和官能享乐视为美
之根源，并且享乐的过程中带有不可名状的颓废色彩。因此，海派唯美主
义小说中经常出现情色、性爱、酗酒、吸毒、同性恋等所谓"不道德"的情
节。章克标是狮吼社的成员之一，在唯美刊物《金屋月刊》里这样写道：
"鼻有美的馨香，舌有美的味，身有美的独……倘若我们睡在火山的喷火口
上，我们一定可以感到它在地下的热情的燃烧，它的热血在奔腾澎湃。"❷
"火山的喷火口"的感觉恰如其分地写出人的官能体验的刺激性之强。章
克标的小说《银蛇》中，更能体现出肉欲的宣泄和内心的性冲动，显示出
对女性肉体美的强烈崇拜，性幻想伴随着主人公邵逸人恋物癖的倾向，"袖
口藏着雪藕一般的臂膀……雪梨那样的乳房和像葡萄一般的乳晕；……像
芒果一般的肥软的背肉"❸，这是一种带有谷崎润一郎似的"恶之美"的唯
美主义。

西方唯美主义从一开始就将自我与社会进行疏离，带有鲜明的"个人主
义"倾向。这种个人主义深深地影响了海派作家对唯美主义的追求，海派对
唯美主义的追求也因此是以个人肉体感官刺激为原则，呈现出与"五四"早
期唯美主义色彩小说不同的特点。海派作家一般在租界生活优越，其民族主
义情感不断地被逐渐发达的现代物质文明所弱化和消解，又加上海派作家大
多数有留洋的经历，在租界现代性面前，他们认为与其选择狭隘的民族主义
情绪不如转化为自觉地向西方学习的理性的民族情感。租界内商业文化发达，
消费环境成熟，这为海派文人追求唯美主义提供了得天独厚的可以切身感受
现代文明的便利条件，各种各样的充满物质与情欲诱惑的广告使人们极易陷
入感官的享乐而忘却了身居租界的尴尬生存现实。以上种种，为海派追求唯
美主义个人感观享乐提供了某种潜在的合理的可能性，租界的整体文化语境
激发了海派唯美主义者内在自觉认同个人感官享乐主义倾向的西方唯美主义。

---

❶ 邵洵美. 火与肉［M］. 上海：金屋书店，1982：54-59.
❷ 章克标. 来吧，让我们沉睡在喷火口上欢梦［J］. 金屋月刊，1929（2）：2-3.
❸ 赵鹏，杨剑龙. 海上唯美风——上海唯美主义思潮研究［M］. 上海：上海文化出版社，2013：99.

4.2　租界空间与海派小说唯美主义表征

唯美主义进入中国初期，是强调它反叛性的一面的，是对"五四"时期文化启蒙的自觉回应。西方唯美主义原本是对维多利亚时代资产阶级平庸生活的反叛，在"五四"时期的中国，被中国知识分子注入了新的时代内涵。他们把西方唯美主义者对生活的反叛抽象转化为反封建、反传统的现代性启蒙运动。而"五四"运动的背后是中国知识分子对中国进入全球现代化进程的渴望。在全球现代化进度的坐标上，作为后发现代性国家的中国始终与先发现代性国家有着明显的时差。而发起"五四"运动的中国知识分子始终认为，东西方文化的差异并不是本质性质上的差异，只不过是时间上的迟速。因此，以胡适为代表的中国知识分子信奉进化论和推崇线性时间观，这种时间观念被"五四"时期的知识分子视为有力的反封建、反传统的意识形态。在这种文化氛围的影响下，就如郭沫若那首著名的《凤凰涅槃》一样，"死亡与再生的线形过程构成了一个完美的隐喻"❶。传统的死亡是中国向现代性跃进的前提条件，线性的时间思考方式将合法性赋予在任何可能具有反抗传统的外来思潮身上。西方唯美主义所主张的官能的享乐和肉体的解放被作为人的觉醒的必要组成部分被承接，而西方唯美主义肉体的放荡和色情泛滥则被有意遮蔽。因此，"五四"时期带有唯美主义追求的新文学小说所表现出来的历史和时间发展观与西方源发的唯美主义小说历史和时间发展观大相径庭。而在 20 世纪 20 年代末与 30 年代初，在上海繁盛起来的海派文学的唯美主义有着和"五四"时期唯美主义明显不同的时间观和历史观。当然不同时间观的形成与当时社会具体的历史语境和海派作家的心理与经济背景有一定联系。但是，上海租界的空间因素却是其中最重要的。

和"五四"时期的作家对唯美主义的追求相比，在 20 世纪二三十年代，海派作家对唯美主义的追求构成了唯美主义在现代中国文学史上的第二种

---

❶ 史书美. 现代的诱惑——书写半殖民地中国的现代主义（1917—1937）［M］. 何恬，译. 南京：江苏人民出版社，2007：57.

呈现样态。海派文人对唯美主义的呈现之所以自成一派,其根本原因之一在于海派文人身居发达的资本主义城市景观的租界里,具有了全新的空间体验经验和不同于母体文化的异质文化氛围体验。海派唯美主义的追求者把西方唯美主义与西方现代消费文化同时作为代表现代性的组成部分加以接受,而西方唯美主义对现代性的反思与批判却在引进过程中被眼前租界繁华而现代化的物质生活所冲淡。海派唯美主义的追求者过分强调西方唯美主义里面的感性主体位置,导致过于追求感官化与庸俗化的倾向,也正是海派在追求西方唯美主义过程中所具有的在地性特色,同时也是海派小说追求唯美主义时呈现出的独特美学症候,而这些美学症候与上海租界空间独特的性质和中国传统文化相对于租界文化所表现出来的异质性有着密切的关系。

4.2.1 借来的时空与世纪末情调——刹那主义的极致追求

"五四"时期作家对唯美主义的追求与海派唯美主义的追求有着不同的时间观。"五四"时期,以进化论为代表的现代性时间观被作家当作与传统决裂的利器,被提升到意识形态的地位。而海派却主张断裂性的时间观,更注重当下和瞬间的生命感受,在小说中表现为对刹那主义的推崇。为什么海派作家要以推崇刹那主义生命观的形式来实现对唯美主义的追求呢?原因之一是由租界空间的性质决定的。中国是后发现代性国家,租界空间不是中国按照自身的历史逻辑可以产生出来的空间类型,而是在西方外力干扰下被催熟的空间产物。因此,租界空间是不稳定的"借来的空间",这是海派唯美追求刹那主义生命观的空间诱因。而上海本身又是中国最大的移民城市,租界内更是汇集了来自全国各地乃至全球各地的移民,是一个华洋杂糅的文化空间。移民聚集带来的投机心态使得大多数居住在租界的居民有着强烈的异乡人意识而没有归属感,这种心理模式又强化了对当下生活的过分珍惜以及及时行乐的心态。

在中西方文化体系里,租界具有双重边缘化的尴尬地位。一方面,就像熊月之所说:"在中国传统文化格局中,上海地区在很长时间处于主流文化的边缘地带。"❶ 处于边缘地带造成上海儒家文化基础相对薄弱，作为母体的儒家文化并没有对个体形成伦理道德上的束缚，也就意味着当租界的异质文化入侵时，在这个地带更容易形成中西文化相互交融的杂糅文化。另一方面，现代化的租界乃至上海在现代性的世界版图中仍然处在边缘地区，即上海租界处在中西两种主流文化双向疏离的边缘地带，再加上租界空间内各国政治力量的交替争锋而带来的政治环境的动荡，使居住在租界里的中外居民时刻都感觉到世事难料，处在未来难以把握的焦虑之中。这与当时西方唯美主义的"世纪末"情绪有着相似的产生机制。而正是这种西方的世纪末情绪与寓居在租界里的海派文人所感受到的租界独特的空间经验产生了共鸣，使寓居在租界里的海派文人急切地想通过物质满足和肉体享乐来寻找生命快感。如此看来，在象征民族耻辱的租界，海派文人耽于追求带有瞬间快感的唯美主义倾向的作品也是有其必然根源的，租界空间为海派文人在唯美主义的追求上提供了坚实的物质文化环境和空间实验场域。

刹那主义的时间观最初是由英国唯美主义代表人物瓦尔特·佩特提出的。佩特认为："当时间的链条破裂之后，对当前的感受就变得无比热烈、生动、物质化，并且大大提升了其强度。"❷ 刹那主义改变了人类线性思考的惯性，从时间维度转向了空间维度。刹那主义强调只注重当下，意味着与过去和将来的隔绝，强调的是主体对象下的深度和强度，既然只专注于当下，那么主体的听觉、视觉都得到充分的发展和夸张性放大。

从主旨追求上，海派小说呈现出强烈的对瞬间快感及肉体的即时享乐的倾向。穆时英在《白金的女体塑像》的序言中，把生活比喻成一列急速行驶的列车，生活在城市里的人群只能无奈地跟在车后追赶着列车。列车这个比喻精确地概括出都市生活碎片化的瞬间主义，乘坐在高速运行列车中的旅行者是无法长久专注窗外景色的。从这个维度出发，列车飞速而过，对于眼前掠过的风景，旅客只能在感觉和视觉上有瞬间的感受与思考。新感觉派中除

---

❶ 熊月之 . 上海租界与文化融合［J］. 学术月刊，2002（5）：59.

❷ 周小仪 . 唯美主义与消费主义［M］. 北京：北京大学出版社，2002：147.

了穆时英，刘呐鸥的作品也出现了大量描写大都市需要把握当下及时行乐的唯美主义瞬间生活方式。在新感觉派最擅长表述的都市两性关系中也呈现出了情感的瞬间感受。刘呐鸥的《两个时间的不感症者》中，女主人公在都市中偶然地与男主人公 H 相识，在匆匆 3 个小时之后，女主人公便抛下男主人公，去约会下一位男子。女主人公认为"love – making 是应该在汽车上风里干的……我还未曾跟一个 gentleman 一块儿过过 2 个钟头以上呢"❶。刘呐鸥的《游戏》中，主人公对于爱的态度是"愉快地相爱，愉快地分别"❷。穆时英的《被当作消遣品的男子》中评价爱情，只有"高速度的恋爱是不会失掉它的刺激性"❸。正如吴福辉评价的："享乐主义、刹那主义的掺和，必导致'性'与'爱'的疏离。"❹ 从叙事方式上，刹那主义的审美逻辑诱发了叙事方式的影像化。刹那主义改变了海派小说对时间和空间的体验方式，情节不再由叙事的历史逻辑关系组成，而是由一帧帧影像化的画面构成，且场景和场景之间不存在连贯性的情节。新感觉派的大多数短篇小说注重通过拼接的画面和都市场景来表达租界都市空间的瞬间感受、印象式体味和现代性经验，不注重人物或叙事线性完整，以瞬时的画面构造出无限的空间性，使时间空间化。

身处 20 世纪二三十年代租界化的上海，作家的现代时间观已由直线型向断裂型转变，追崇"瞬间"和"当下"的时间观念为海派文人追求唯美主义的表达形式提供了某种心理支持，也使得身居租界的海派作家在沉溺于快感与美感体验的这一方面与西方唯美主义达成了某种一致。

4.2.2 比尔兹利症候群——颓废、色情、无机的女性塑像

比尔兹利是英国唯美主义代表者，维多利亚时代的画家，英国唯美主义杂志《黄面志》的美术编辑，因为王尔德享誉中外的剧本《莎乐美》所创作

---

❶ 刘呐鸥. 两个时间的不感症者［M］//严家炎. 中国现代各流派小说选（第二册）. 北京：北京大学出版社，1988：263.

❷ 刘呐鸥. 都市风景线［M］. 杭州：浙江文艺出版社，2004：12.

❸ 穆时英. 穆时英全集（第一卷）［M］. 北京：北京十月文艺出版社，2008：335.

❹ 吴福辉. 都市漩流中的海派小说［M］. 长沙：湖南教育出版社，1995：176.

的插画而成名。鲁迅评价比尔兹利："生命虽然如此短暂，却没有一个艺术家，做黑白画的艺术家，获得比他更为普遍的声誉，也没有一个艺术家影响现代艺术如他这样的广阔。"[1] 比尔兹利的绘画形式和风格诡异怪诞，冲击了欧洲传统的写实画派，在他的绘画作品中表现出浓郁的颓废和情色的气息，毫不避讳对女性裸体、乳房和男性阳具的展示，以高度符号化和色情的艺术线条方式表现人物的性格和心理，不但引发欧洲绘画艺术界的变革，也对唯美主义文学颓废的特征有着迁移的影响。

创造社前期成员郁达夫和田汉早在 20 世纪 20 年代初就将比尔兹利及杂志《黄面志》介绍到中国。郁达夫更是于 1923 年在《The Yellow Book 及其他》一文中介绍了比尔兹利。郁达夫评述道："使《黄面志》的身价一时高贵的，第一要推天才画家 Aubrey Beardsley 的奇妙的插画。"[2] 除了创造社的郁达夫、田汉，热衷于比尔兹利画风的还有海派作家叶灵凤以及聚集在《金屋月刊》周围的邵洵美、章克标和新感觉派的穆时英。1934 年，叶灵凤与穆时英合作编写《文艺画报》，叶灵凤在《文艺画报》中发挥了他的绘画才能，在插画中充分运用比尔兹利的风格。邵洵美的《蛇》、章克标的《银蛇》皆使用了比尔兹利在《莎乐美》中最著名的意象"蛇"。这些海派作家在进行文本创作时普遍受到了比尔兹利绘画的症候群式的影响。海派文学中颓废的精神来源于租界内的西方化、城市化的现代物质生活。这与海派作家在租界内的日常生活有着从物质到精神上的联系，租界内繁华与喧嚣下尽显现代物质生活的病态与畸形，租界内带有刺激性的声色犬马的娱乐生活也是颓废的来源。对于 20 世纪 30 年代的海派作家而言，租界内的都市生活已经成为日常生活的有机组成部分。"他们所谓的颓废思想和生活方式，实际上是深深根植于当时社会的物质生产关系，是树立于其上的消费意识形态的体现。"[3] 比尔兹利所传递的唯美颓废风只有在上海租界才能与海派作家隔空产生精神上的共鸣。这意味着只有在上海租界才能为唯美颓废情绪提供相契合的物质和精神语境，海派追求的"颓"与"废"美学风格与租界文化畸形的商业性

---

[1] 鲁迅 . 鲁迅全集（第 7 卷）［M］. 北京：人民文学出版社，2005：356.
[2] 郁达夫 . The Yellow Book 及其他［J］. 创造周报（第 20 号），1923（1）：23.
[3] 周小仪 . 比尔兹利、海派颓废文学与 30 年代的商品文化［J］. 中国比较文学，2000（1）：101.

与消费形式相辅相成，海派的颓废具有更浓厚的世俗和媚俗的在地属性。比尔兹利的美学风格对海派部分作家影响至深，其唯美颓废的艺术风格被部分海派作家内化为作品创作时的一种自觉的美学追求。海派作家的唯美—颓废灵感是由比尔兹利点燃的，这种美学诉求不仅体现在海派某些书籍的插画设计上，更体现在部分海派作家以语言为媒介的小说创作中。唯美主义的颓废特征在海派的文本中显得更具有感官性和色情性。

　　比尔兹利的画放弃了文艺复兴以来欧洲画家追求的三维构图的写实画法，改用平面画构图，用流畅简洁的线条和黑白两色来追求无明暗的画面。线条成为比尔兹利描绘人体最重要的绘画手段，用线条勾勒出的人体显得更加具有颓废、色情、物化的美学风格，这种绘画风格被称为 “比尔兹利式的曲线”，是比尔兹利症候群的美学符号系统之一。这套美学机制经由从外国到中国、从画面到文学的双重超越，被内化为海派作家小说创作时自觉的美学追求，海派作家以语言为媒体，表述出比尔兹利画作中无言的颓废美。从海派作家文本对唯美颓废的追求可以归纳出比尔兹利美学特征在文本中的具体体现特征。海派作家在小说中刻意追求冰冷的、无机质的、工业化的女体曲线线条。比尔兹利作品中对人体的态度直接影响了海派作家对人体特别是对女性人体的态度。与同时代的维多利亚时期的其他画家相比，比尔兹利作品中的人体线条具有没有灵魂和无机质的特质，这也正是西方唯美派刻意追求的效果，就像王尔德所说的：“要真正成为现代人，就应该没有灵魂。”❶ 在王尔德以及他的追随者比尔兹利看来，在人的身上，灵魂和肉体是二元对立的，而且他们更推崇肉体形式上的美。这种对人体的观念直接影响了海派作家对女性身体形态的审美。穆时英的《白金的女体塑像》中，女性是 “没有人类欲望似的、无机的人体塑像”，是具有 “金属性的、流线感的，视线在那躯体的线条上面一滑就滑了过去”。❷ 又如，叶灵凤在《流行性感冒》中这样形容 “她”：“像一辆一九三三型的新车……鳗一样地在人丛中滑动着。……雕出了一九三三型的健美姿态：Ｖ形水箱，半球形的两只车灯。”❸ 海派作家

---

❶ 周小仪. 比尔兹利、海派颓废文学与 30 年代的商品文化 [J]. 中国比较文学, 2000 (1)：102.

❷ 穆时英. 白金的女体塑像 [M]. 上海：现代书局, 1934：13.

❸ 叶灵凤. 叶灵凤小说全集 [M]. 上海：学林出版社, 1997：334.

用比尔兹利式曲线的方式描摹出没有生命、没有灵魂、只有美丽而简洁的几何形曲线肉体的女性形象，"V 形水箱""半球形的车灯""金属性""流线感"充满了工业文明时代机械工业的标准化，在这里女性被物化为工业文明时代的展览品，是"有着人的形态却没有人的性质和气味的一九三三年新的欲望对象"❶。

在某种程度上，在海派唯美主义追求者的身上，比尔兹利式的曲线已转化为内心的深层次美学积淀和某种潜伏在身体中的潜意识，而这种潜意识会时常突破道德的藩篱，不自觉地出现在小说中，使高度抽象的女体曲线成为高度色情化的符号。从谱系学的角度上看，女性身体，在"五四"作家笔下是需要祛魅的场所，在同时期左翼作家笔下是革命需要归化驯服的场所，都是赋予肉体以形而上的精神和灵魂。到了海派唯美者作家笔下，女性身体变成抽离了精神与灵魂、只具有形而下意义的物化肉体。叶灵凤与章克标就曾明确标榜过自己是唯美主义的颓废派，而西方唯美主义主张的灵与肉二分的态度恰恰符合海派追求艺术性与世俗性并存的美学态度，这种世俗性在租界内成熟的商业化出版体系下表现为媚俗的色情。叶灵凤在《浴》中使用了大量简洁的几何线条来勾勒充满性挑逗的女性身体。文本中将少女的肉体比喻成"那胸前微微隆起的两座象牙的半球，虽是还没有十分圆满，然而已孕育着未来的无限的美丽的预兆……从这下面展开了两条对称的曲线，这曲线的聚点便是万物的终结……"❷ 章克标在《银蛇》中描写："分明显露出半个椭圆的曲面，和绿绸棉袄所堆起的肩头以下的圆柱体，恰好是一幅很调和的立体几何的曲面体模型。"❸ 在穆时英的《Craven "A"》中，作者对女性身体进行着恋物癖般的描写，把女性的身体比作可以被男性任意游览的胜地，把乳房比喻为"小山倔强地在平原上对峙着"❹。这种比尔兹利式的曲线描写对于海派唯美追求者而言"几乎是一种时代的流行病"❺。周小仪评价道："没

❶ 穆时英. 穆时英小说全编 [M]. 上海：学林出版社，1997：445.
❷ 叶灵凤. 叶灵凤小说全集 [M]. 上海：学林出版社，1997：57.
❸ 章克标. 银蛇 [M]. 哈尔滨：黑龙江人民出版社，1998：97.
❹ 穆时英. 白金的女体塑像 [M]. 南京：江苏文艺出版社，2009：279.
❺ 吴福辉. 都市旋流中的海派小说 [M]. 长沙：湖南教育出版社，1995：207.

有上海都市文明的发展和商品文化的扩张，就没有海派文学重要的一支即颓废文学的成熟和发展。"❶

比尔兹利曾说过："我只有一个目的——怪诞，如果不怪诞，我就什么也不是了。"❷ 如他所说，比尔兹利在绘画上的确把怪诞和诡异发挥到了极致，颠覆了维多利亚时代的美学惯例。比尔兹利利用身体比例的失调和面部五官的抽象变形给观众带来了惊异感。他的画作题材在那个时代是惊世骇俗和突破道德禁忌的，比如《黑色咖啡》中充满女同性恋内容的暗示，《希罗底》是表现性乱伦的，《犹文拿里鞭笞女人》是有关性虐的，《肚皮舞》里充满性挑逗意味。很多唯美海派作家也在小说里刻意渲染阴森诡异的气氛，设置怪诞夸张的情节，塑造病态疯狂的主人公。被称为中国比尔兹利的叶灵凤，是比尔兹利症候的忠实文学实践者，叶灵凤善用怪诞的手法来表现复杂的人性心理，用叶灵凤自己的话说，是"以怪异反常不科学的事做题材"❸。如他的《鸠绿媚》，用梦境与现实交错的方式，以比尔兹利常用的骷髅为桥梁意象，讲述了两个相互勾连的怪诞诡异的爱情故事：波斯公主鸠绿媚与教士彼此相爱，因其父亲的反对，最后公主只能自杀殉情，而教士因为思念公主，偷偷挖取了公主的头部骷髅，日夜与之共寝。另一个故事也与公主的骷髅有联系，写的是一个青年小说家春野得到朋友送他的波斯公主的瓷质骷髅，每天晚上都要抱着瓷质骷髅入睡，有天晚上他梦见了公主和其家庭教师白灵斯双双殉情的故事，春野梦醒之后发现，瓷质的骷髅已经破碎。施蛰存的《石秀》解构了《水浒》中绿林好汉的故事。在《石秀》中，石秀爱上了潘巧云，碍于与杨雄的兄弟情义，不能与潘巧云结合，于是石秀对与潘巧云偷情的和尚裴如海十分妒忌，唆使杨雄用计，把潘巧云骗上山，血腥暴力地肢解了潘巧云。"这些泛着最后的桃红的肢体，石秀重又觉得一阵满足的愉快了……每一个肢体都是极美丽的。如果这些肢体合并拢来，能够再成为一个

---

❶ 周小仪. 比尔兹利、海派颓废文学与 30 年代的商品文化 [J]. 中国比较文学, 2000 (1): 108.

❷ 李雷. 审美现代性与都市唯美风——海派唯美主义思想研究 [M]. 北京: 文化艺术出版社, 2013: 114.

❸ 叶灵凤. 叶灵凤小说全编 [M]. 上海: 学林出版社, 1997: 4.

活着的女人……"❶ 至于像《凶宅》《夜叉》《魔道》等作品，更是利用阴森恐怖的凶室、古怪神秘的老妇、诡异神秘的女郎营造出神秘诡异的氛围。

　　通过海派唯美主义追求者的文学实践可以明确洞察出，海派对唯美的追求确实打上了比尔兹利画风的深刻印迹。尽管 20 世纪二三十年代的租界与当时的英国唯美主义产生的都市文化语境有结构性的相似，但无法忽视的一个事实是，英法唯美主义产生的根本原因是资产阶级的成熟发展。王尔德与比尔兹利等人标榜的唯美主义最原始的初衷是以反抗成熟资产阶级社会里中产阶级虚伪的人性和庸俗的理性主义为宗旨。西方唯美者的肉欲描写、诡异风格、感官欲望的释放，是带有反现代性审美的批判色彩的。而海派唯美者身居租界，虽与西方唯美者有着相似的社会历史语境，但因租界在线性现代性的历史维度上是不具有稳定性的"借来的空间"，中国整个社会还处在半殖民地半封建中，这种性质的租界空间是不能给海派唯美者提供一个可供批判的角度的。

4.2.3　消费空间的构建与海派文学的唯美追求——感官美学与欲望叙事

　　人们普遍的观念认为，"消费"一词可以理解为一种对商品物质的实践，但当"消费"上升为一种"文化"时，其前提必须是影响人们思维方式的商品符号系统化的形成。鲍德里亚说过："有意义的消费乃是一种系统的符号操作行为。"❷ 消费主义到底与文化有什么具体的联系呢？《消费文化与后现代主义》提供了一个观点，用消费作为唯一活动意义来建构的生活方式叫作消费主义，具有消费主义色彩生活的必要特征之一是消费的目的已经超越了生活实际需要本身，换句话说，人们所需要的已经不是商品的使用价值，而是该商品在符号化序列下的象征意义，消费的过程也不只是消费者解决最基本的生存需求，而是消费者自我塑造的过程，是表达自我和确认自我的一种方式。消费主义的需求不是人们实际生存的迫切需要，而是某种意识形态创造出来的需求欲望，这种需求欲望总是使人们处在一种欲购情结之中不能罢

---

❶ 施蛰存. 施蛰存代表作［M］. 北京：华夏出版社，1998：120.

❷ 让·鲍德里亚. 消费社会［M］. 刘成富，全志钢，译. 南京：南京大学出版社，2014：4.

手。依据鲍德里亚的说法就是："消费社会也是进行消费培训，进行面向消费社会驯化的社会——是新型生产力的出现以及一种与生产力高度发达的经济体系的垄断性调整相适应的新的特定的社会化模式。"❶ 诞生于这种社会模式下的文化范式就是消费文化。消费文化被视为为消费行为寻找合理意义依据的文化，它的最根本主旨是制造和刺激消费需求。

消费文化本身又与唯美主义产生悖反的联系。按照阿多尔诺的观点，"艺术形式的平均化与量化成为艺术进入市场的先决条件，而且使艺术的专业化得以大规模地实现"❷。唯美主义为个人情感经验和审美成为可量化的生产提供了一种可能的路径。唯美主义被认为是文艺自律化的典范，但正是这种自律化会导致艺术形式的高度抽象化和语言系统的高度自我指涉，使人的感性经验得以量化和公式化。从这个意义上讲，唯美主义的高度抽象化，给文学艺术成功地嵌入消费文化系统提供了合理的可能。阿多尔诺就认为，"唯美主义者诸如王尔德、邓南遮、梅特林克是文化工业的先驱"❸。唯美主义一直所倡导的"为艺术而艺术"口号极端地走向逼仄的角度时，那么它的意义就完全指向了其所倡导的反面。

西方唯美主义最早的理论资源为康德的无功利美学观点，但当资本主义社会发展到资本垄断时期时，纯粹的审美形式也在无意识中加入了商业消费社会的逻辑，也就是说，康德所提出的无功利的审美愉悦在特定的历史条件下早已被资本和消费逻辑所渗透。"商品的使用价值的意义在逐渐降低以至于消失，取而代之的是商品的文化及其审美价值。"❹ 这种审美价值通常是通过商品的外观和形象才得以实现的。消费主义的蓬勃发展首次让商品的形象意义大于实际使用价值，从这时起视觉就成为人感知美的最重要的途径了。商品成为商品的形象，成为一种可观看的景观。就像居伊·德波所说："景观对应于这样一个历史时期，这时商品已经完成了它对社会生活的

❶ 让·鲍德里亚. 消费社会 [M]. 刘成富，全志钢，译. 南京：南京大学出版社，2014：73.
❷ 周小仪. 唯美主义与消费主义 [M]. 北京：北京大学出版社，2002：14.
❸ 马克斯·霍克海默，特奥多·阿多尔诺. 启蒙辩证法 [M]. 洪佩郁，蔺月峰，译. 重庆：重庆出版社，1990：7–10.
❹ 让·鲍德里亚. 消费社会 [M]. 刘成富，全志钢，译. 南京：南京大学出版社，2014：87.

殖民。"❶ 商品外观所带来的感性刺激快感，在某些方面开始上升到与理性审美愉悦同等的高度，这是消费文化的一个显著特征。消费主义的生成意味着商品的形象和外观成为商品追求的第一要义。在这里产生了一条明显的逻辑线索，唯美主义推崇高度形式化的艺术，高度形式化使唯美主义的艺术作品得以批量产业化进入资本世界，在以消费为主导的资本世界里，商品的形象是引导消费欲望的内驱力，即唯美主义在消费主义文化下，不再追求话语的内涵，开始追求外在的形式。

　　"话语的"和"形象的"是利奥塔在理论体系中一直强调的两种不同的文化形式审美的二元对立。"话语的"属于现代文化范畴，与其相关联的是现代启蒙理性主义，心理依据是弗洛伊德的自我"现实原则"，而"形象的"属于后现代性范畴，其特征是反现代性与反理性，心理依据是本我的"快乐原则"。显然，"形象的"理论系统与唯美生发的内在机制有着相似点。王尔德推崇的"以形式的艺术提升现实"，因其对形式的极端追求导致唯美主义过于追求"形象"的文化特征，而"形象"的文化又是消费主义的一个重要特征，消费主义用视觉的"形象"使商品和它的实际使用价值相分离，变成一套可以自足的符号系统，商品在形象意义系统上成为满足消费者精神需求的艺术品。

　　这种从"话语的"向"形象的"文化转向，反映出人类体察世界方式的改变和丰富，从理性探索转向感性快感。这与当时上海租界文化所呈现出的世俗化与消费化追求的内核是一致的。在某种程度上，海派小说在创作时表现出来的视觉化倾向是租界商业文化和海派对唯美主义追求的一种合谋。在租界消费文化的长期熏陶和畸形物质生活的刺激下，这种追求视觉化形象的美学风格逐渐影响到海派对唯美的追求。20 世纪二三十年代的上海租界已然形成了典型的消费空间，在公共租界的主干道南京路上遍布着众多的大小百货公司和各国商铺，临街的橱窗和具有艺术美学气质的广告充分诠释了租界内消费文化体系下对商品形象的特别关注。在这种极端化的形象美学追求中，日常生活中的居民欲望也逐渐摆脱了精神维度转而转向对外观形象的关注。

---

❶ 居伊·德波. 景观社会 [M]. 王昭凤，译. 南京：南京大学出版社，2005：54.

这些特质内化在海派作家对唯美主义的追求过程中，特别是对于新感觉派而言，新感觉派在描绘租界都市生活中已经具备了诸多现代主义的形式了。

新感觉派小说的文本中选择电影化的话语表达方式述说个体对租界空间瞬息万变的都市变迁的感受，同时，这套话语方式和他们所处的租界空间在消费主义意识形态的操控下出现的全面视觉化的倾向相契合，上海租界内电影产业的蓬勃发展也刺激了新感觉派作家选用视觉化的话语表达方式。

用绚烂、刺激的色彩表达视觉化的语言形式。王尔德认为，生命的意义在于感受到自然的情绪，而艺术是寻找刺激的一种方式。正是基于这种认知，在西方唯美主义的创作实践中，色彩、声音和人的本能欲望都被放到极重要的地位，以达到视觉、听觉、官能等多方面的刺激，让文学色彩显现的审美力量同作为绘画的色彩一样直指人心，新感觉派试图在文本中构建如绘画和电影一般的光影世界。

新感觉派的笔触在描写租界的城市物质景观时，倾向于使用绚烂的色彩表达作者对租界空间的主观感受。新感觉派作家喜欢租界的夜生活，沉溺于往来穿梭于不夜城的灯红酒绿里。"红的街，绿的街，蓝的街，紫的街……强烈的色调化妆着都市啊！霓虹灯跳跃着——五色的光潮。"❶ 色彩在新感觉派小说的文本中是超现实的、跳脱的、抽象的，是被置在强烈的对比之下的，纷繁的色彩后面隐藏着意蕴丰富的意象。在穆时英的《夜总会里的五个人》中，"白的台布，白的台布，……白台布上面放着：黑的啤酒，黑的咖啡……黑的，黑的……白的台布旁边坐着穿晚礼服的男子：黑的和白的一堆，黑头发，白脸，黑眼珠子，白领子，黑领结，白的浆褶衬衫，黑外褂，白背心，黑裤子……黑的和白的……白的台布后边站着侍者，白衣服，黑帽子，白裤子上的一条黑镶边"❷。这段对夜总会的描写颇有比尔兹利抽象化的黑白风格，两者形成刺激性的对比，舞动着的黑人及舞女"白的腿、白的胸脯儿和白的小腹"，刺激着读者的眼球，形成视觉的和语言的交叉刺激。又如在《圣处女的感情》中，为凸显圣处女的纯洁，穆时英大量运用了白色的意象。

❶　穆时英. 南北极公墓 [M]. 北京：人民文学出版社，1987：218.
❷　穆时英. 夜总会里的五个人 [M] //严家炎. 中国现代各流派小说选. 北京：北京大学出版社，1986：285 –286.

用色彩表达对租界都市的感官印象与抽象生命体验是新感觉派小说的症候之一，绚烂的色彩成为海派小说追求视觉化话语表现形式中一种有效的方式。

视觉化话语的表现形式是电影空间化的叙事模式特征之一。新感觉派作家选择电影化的叙事原因之一是租界的电影业十分繁荣，美国好莱坞最新上映的电影几乎可以同步地在租界电影院里看到，新感觉派作家也经常出入租界的电影院。视觉化语言适合表达出他们对租界光怪陆离的城市空间的感受。最重要的是，租界成熟的消费文化语境是小说开始出现视觉化倾向的基础，电影在上海租界空前的繁荣也是视觉主义盛行的一个重要原因。因此，蒙太奇、分镜头、剪接等电影手法被频繁地用在文本创作中，租界盛行的消费主义也使作家在文学创作中不自觉地运用这种电影突出"形象"方式。"现代世界是一个城市世界，大城市生活和限定刺激与社交能力的方式，为人们看见和想看见事物提供了大量优越的机会。"❶ 显然，电影这种视觉艺术形式"缩小了观察者与视觉经验之间的心理和审美距离"❷，最能满足作家想表达的租界内迫切的欲望。电影化的表达方式也契合了海派作者们推崇的时间观，这一点实际上也契合唯美主义提倡的"断裂性"的时间观，同时也暗合租界消费文化所推崇的"瞬间主义"，更重要的是，这是上海租界空间性质对视觉官能特征的一再强化所导致的。

作为视听艺术的电影，在租界空间和文化的中介下，对海派小说在唯美主义追求的过程中施以了横向影响。穆时英的《夜总会的五个人》《上海的狐步舞》等都把小说写成了分镜头电影脚本，每一段文字叙述都可看作一个镜头。叶灵凤的《流行性感冒》、禾金的《造型动力》都熟练使用远景、近景、特写字幕的电影语言来架构小说，以画面形式不断割裂叙述情节的时间流程，用影像取代语言情节的叙述。刘呐鸥的小说《游戏》里有一段描述："在这探戈宫里的一切都在一种旋律的动摇中——男女的肢体、五彩的灯光和光亮的酒杯、红绿的液体，以及纤细的指头、石榴色的嘴唇。"❸ 该段描述具有强烈的画面感，读者像站在摄影机背后的导演一样，用镜头语言穿行在

---

❶ 丹尼尔·贝尔. 资本主义文化的矛盾 [M]. 赵一凡，等译. 上海：上海三联书店，1989：15.
❷ 丹尼尔·贝尔. 资本主义文化的矛盾 [M]. 赵一凡，等译. 上海：上海三联书店，1989：156.
❸ 刘呐鸥. 刘呐鸥小说全集 [M]. 上海：学林出版社，1997：1.

舞厅的人群之中。又如穆时英著名的《上海的狐步舞》的描写："张着大嘴，呜呜就冲着他们嚷。精致的鞋跟、鞋跟……飘动的袍角，飘动的裙子，一只Saxophone 正伸长脖子，蔚然的黄昏笼罩着全场。"❶ 穆时英用句子的不连续的叙述产生文学上的"陌生感"，这种画面感的效果与电影中叠印显现的方式十分类似，营造出有别于线性叙事方式的空间效果，摆脱作者或人物视角发展变化构成的传统小说的样式，用场景的呈现替代语言的叙述。而在《夜总会的五个人》中，小说第一部分将同一时间发生在不同地点的五个场景拼接在一起，用典型的平行蒙太奇的技法，给人一种全新的在空间中随意切换的新鲜视角，整个小说由许多破碎的场景片段组成。在新感觉派的文本中，人物抑或是情节都不是他们关注的重点，人物是平面化的，情节是缺乏连续性的，只有一帧帧片段现象才构成小说的主体，使小说拥有了极强的电影化的空间体验。

海派的新感觉派小说受当时形象审美方式的影响，强调小说的可视性。影像叙事的各种策略也被挪用到小说写作中，视觉化语言对海派新感觉派作家已经不是方法论的问题，上升到认识论方面的意义。全面理解上海租界变幻的城市物质景观必须仰仗于视觉化的思维。新感觉派作家的职责是通过视觉化的语言这一媒介来勾画出同样视觉化的租界都市景象。

4.3　租界空间与现代性美学的另类实践——海派文人日常生活的唯美化

英国的唯美主义具有两种面孔。一张面孔直指精英文化，即把"为艺术而艺术"的艺术观念运用在纯文学创作中的实践。而唯美主义的第二张面孔指向了现实生活的一端，即把"为艺术而生活"运用在日常生活中，使平庸的生活具有美学意识。佩特的《文艺复兴史研究》一书的核心理论就是提倡生活的艺术化。佩特的学生——唯美主义最著名的代表人物王尔德把这一理论发扬光大，实现了生活艺术化的实践。王尔德说："我们每个人都日复一

---

❶ 穆时英. 南北极公墓［M］. 北京：人民文学出版社，1987：290.

日地寻找生活的秘密，而生活的秘密就存在于艺术之中。"❶ 王尔德的追随者比尔博姆甚至把化妆品称作艺术，应该说西方唯美派在日常生活中无不奉行以追求审美效果为目的的日常生活，从王尔德的美学服装到出街必拿向日葵或百合花的举止，从具有东方风格的室内装修到奢侈的书面装潢。至此，唯美主义实践挣脱了传统精英的艺术范畴，向日常生活和流行文化的领域靠拢。

唯美主义倡导的日常生活审美化并没有在日本唯美派得到发扬和光大，重要的原因之一就是日本缺乏使日常生活审美化发育和成熟的都市空间和都市文人心理。而上海租界为中国海派作家提供了成熟的都市消费文化空间，为实现唯美主义生活化实践提供了物质和空间基础。公共租界和法租界为海派作家提供了与唯美生活实践相适应的文化空间，租界文化又为海派作家在消费语境中追求物质享受和感官刺激提供了心理机制的依据。

4.3.1 "老克勒"们的租界唯美生活实践

"老克勒"中的"克勒"来源于英文的 collar 或 class，原意是职员或阶级。在上海话中，"老克勒"被赋予了新的文化含义，不单指某一类人的形象，而是暗指这类人身上所蕴含的绅士精神。"老克勒"通常是指出身名门，接受过欧美教育，深谙中西文化的，有品位、会享受的绅士。这些绅士通常居住在上海租界，会讲英语或法语，在生活习惯上更靠近西方，在服饰上力求质地精良、款式新颖，在休闲娱乐方面喜欢听爵士音乐、跳交谊舞，行为举止以西方贵族绅士为标杆。绅士们所追求的西化唯美在很大程度上引领了租界化上海男性群体的生活风尚，"老克勒"们把这种唯美艺术化生活叫作"腔调"。

海派作家便是"老克勒"的代表，他们不但在文学创作中追求唯美主义，还将唯美主义的美学理念付诸生活实践，在起居、服饰、装饰及言谈举止中，皆以西方唯美主义为信条，尝试赋予生活审美艺术性，以追求日常生活的艺术化和审美化为旨归，用具体的美学实践行动证明佩特提出的"艺术

---

❶ 周小仪. 唯美主义与消费文化 [M]. 北京：北京大学出版社，2002：4.

给人以最高质量的瞬间"● 这一观点。海派唯美文人们力求将生活提升为一种审美高度上的存在。

海派的唯美生活化实践体现在"美学服装"的概念上。王尔德是唯美主义美学服装观点的一贯倡导者，王尔德的日常穿搭是唯美主义在服饰上的表征，他时常穿着标志性的领口下沓的衬衫、天鹅绒大氅、硕大的领带、黑色丝袜、齐膝短裤等唯美主义服饰。在西方唯美主义的理论体系里，奇装异服具有某种反叛的哲学意味，西方唯美主义在服饰上追求"人要么成为一件艺术品，要么穿上一件艺术品"● 的宗旨。与惊世骇俗的王尔德不同，租界文化是杂糅的文化，海派作家在打扮上用更加中国式的温和方式达成对唯美的追求。邵洵美在穿衣打扮上就与"洋场少年"的新感觉派略有不同，他更倾向于中西合璧的装扮，他时常身穿中式文人长袍，脚上却穿着英国皮鞋，是"面貌娟秀举止斯文的一位混世佳公子"。邵洵美的《从时代说到服饰》一书专门阐述身体的艺术与服饰美学的关系，书中一再强调女人要修饰，男人也要装饰自己，还详细描述了如何挑选首饰、香水、衣服等。其他海派作家也对着装奉行着唯美实践，叶灵凤曾说："用人工装饰着天然的美，是能看得着肉体的欢迎而同时又能使灵魂赞叹的。"● 因此，叶灵凤格外在乎自己的装饰细节，随身一定要带一条有"哈必根"香水的手帕，会把指甲修理得整洁而光亮。而另一位海派作家林徽音经常模仿王尔德，"穿一身黑纺绸的短衫裤，有时左胸袋里露出一角白手帕，有时纽扣洞里挂一朵白兰花"●。

注重室内装潢和摆设以及书籍的装饰也是海派追求唯美化生活的实践途径。西方唯美主义者痴迷用具有东方色彩的装饰物来装饰室内，他们痴迷于用竹椅、孔雀的羽毛、彩色的屏风和青花瓷刻意营造具有东方风格的唯美异国情调。海派唯美者的室内风格也刻意追求渲染异域风情。张若谷这样描述邵洵美的客厅：墙壁上"挂从庞贝火山石古城中掘出来的希腊女诗人萨福像真迹，估价在五千金以上"，书架上有"英国诗人史文朋集的手卷，是用二

● 佩特．文艺复兴·结论 ［M］//赵澧，徐京安．唯美主义．北京：中国人民大学出版社，1988：78.
● 周小仪．唯美主义与消费文化 ［M］．北京：北京大学出版社，2002：44.
● 叶灵凤．她们 ［J］．幻洲（第2卷第3期），1927（11）：1.
● 施蛰存．沙上的脚迹 ［M］．沈阳：辽宁教育出版社，1995：153.

十万金镑在伦敦拍卖来的"，客厅中"放着一架 Steinway 牌的三角形钢琴，琴畔一堆像宝塔一般高的乐谱，都用翡翠色的蛇皮装订"。❶ 很显然，邵洵美的客厅可以说很豪华典雅了，物质空间的优雅和邵洵美唯美主义的追求十分契合。室内装饰追求西化的贵族风格，尤其墙壁上所挂萨福像真迹，不仅说明客厅的主人追求西方唯美物质的享受，也追求西方的精神品位。

　　海派对唯美的追求还拓展到书籍出版业和私人生活中，真正践行了王尔德所说的"把生活看成最伟大的艺术"。邵洵美作为中国文化出版史上有名的出版家，在其出版的出版物中也实践着唯美风格：其出版的刊物不但图文并茂，而且装帧、设计、排版也力求精美，甚至不惜重金从德国进口先进的印刷机器，来实现"凹版照相印刷术"。以《金屋月刊》为例，其封面绝不像《紫罗兰》和《红玫瑰》等通俗月刊杂志那么媚俗，而是一贯保持简洁明了，显得大方而高贵。在金屋书店旗下的出版物也竭力实践着典雅而精致的唯美主义美学风格，"书页不是用古雅的米黄色的书纸，就是用粗面的重磅厚道林纸。看起来却显得又厚又可爱。封面又在芸芸的出版物当中别出心裁"❷。《金屋月刊》在"唯美"和"装饰"上取得了平衡点。即便是在私人生活中，海派唯美者仍然坚持其唯美的观念，始终保持一种艺术化的生活姿态。邵洵美与其表姐盛佩玉，以及和他的美国情人项美丽之间的传奇情感也始终实践着唯美主义艺术观的真谛。新感觉派作家穆时英为了追求美丽的舞女仇佩佩，时常出没在夜总会，后又为了爱情追随仇佩佩到了香港。一系列跌宕起伏的爱情故事，在某种程度上也正暗中表明，海派对唯美的追求不但体现在其作品和生活的实践中，而且早已成为其生命里不可分割的底色。

　　上海滩的"老克勒"这一特殊人群的产生，显然与兼容并蓄的租界文化有着巨大的关联，他们孕育在租界中西文化多元共融和商业文化的成熟之际，是上海租界中西文化的混血儿。"老克勒"们西化的生活方式传递出一种生活艺术化的唯美主义精神，他们将唯美主义的哲学理念进行在地性的转化，融入自身的生活生命体验，成为一种生活的哲学。将对西方现代文明的向往

---

❶ 张若谷. 都会交响曲 ［M］. 上海：真善美书店，1927：13 – 14.
❷ 温梓川. 文人的另一面——民国风景之一种 ［M］. 南宁：广西师范大学出版社，2004：264.

和折服转化为生命内在的态度和理念。"他们对打扮一丝不苟的精神，以及对生活情趣的执着追求，是一种非常古怪的信念，它既非国家信仰，也不是宗教情操，甚至不是对金钱的渴望，它只是一种对西方（主要是英国近代绅士的）品位、格调、情趣和体面生活方式的极度膜拜而已，他们是自己生活教义的信徒。"❶ 究其实质，无非是海派作家倚仗着自身的经济条件和与西方文化更靠近的优势，在与西方都市环境相似的租界里面，构建起区别于其他中国人的带有自我想象和自我东方主义色彩的西方生活方式。

4.3.2　海派唯美生活实践对小说创作的迁移影响

西方唯美主义是双生两面的，唯美主义的肇启具有反现代性的因素，又因为唯美主义追求形象和艺术的极端抽象的观念逐渐被资产阶级的消费主义利用，使唯美主义在理论上成为悖论。具体到中国上海租界，海派文人身居租界，经济生活殷实，大多无暇反思丰富物质生活带来的弊端，很快就陷入了租界繁荣的物质消费生活中，这种唯美性的生活实践也横向影响到了海派文人小说的具体创作。

服装、饰品和时髦的化妆品开始成为具有独立意义的意象进入了文本。这些原本与女性梳妆相关的意象不仅使海派小说的文本具有强烈的生活气息，而且具有浓厚的性暗示色彩。对于化妆品近乎病态的痴迷这一点是西方唯美主义的一个症候，"波德莱尔曾为化妆品慷慨激昂地辩护，比尔博姆把化妆品称为艺术，西蒙斯写过讴歌胭脂的诗歌"❷。唯美主义画家比尔兹利很多画作的题材都是着重渲染女子着装时的服饰饰品和化妆品的。这一症候在海派作家叶灵凤小说《禁地》中被典型地体现了出来，小说中详细地描述了性倒错的男性主人公梳妆台上的化妆品的种类、品牌和用途："……其余两瓶的瓶式都很精巧，一个表形的牌号是 Piver，一个尖长形淡绿色的牌号是 Cappi。"❸ 作者对男主人公梳妆台上各种化妆品的描写一方面是出于租界商

---

❶ 李雷. 审美现代性与都市唯美风——海派唯美主义思想研究［M］. 北京：文化艺术出版社，2013：141.

❷ 周小仪. 唯美主义与消费主义［M］. 北京：北京大学出版社，2002：11.

❸ 叶灵凤. 叶灵凤小说全集［M］. 上海：学林出版社，1997：262－263.

业消费文化的影响下读者对世俗生活审美的需求，另一方面也解构了对传统男性的审美观念以及传递出浓厚的性暗示。这种审美旨趣的促成与西方唯美主义和上海租界的文化语境有着网状的相互影响。

海派小说中出现了大量以描写租界消费空间为主题的作品，海派唯美追求者认为上海租界的各种消费与文化公共空间是其实现生活唯美化不可缺少的空间。因此，在海派文人的作品中描述这些租界消费空间时带有毫不掩饰的艳羡色彩，显示出海派唯美者对租界消费文化的熟稔。梁得所在《上海的鸟瞰》里，认为南京路、北四川路、黄浦滩、法租界这些繁华、优雅之地是上海的"生之欣悦"的象征，而不具备现代消费空间的老城区的华界，被其形容为"乌龟池畔"。虽然这样的评价有失公允，但也写出了租界对于海派唯美者来说是展开唯美生活化实践的必要空间，而老城区因其缓慢的生活节奏和缺乏现代消费主义氛围而不受海派唯美者的青睐。张若谷曾表述过，常喜欢在租界的商业街上散步，闲适地去浏览各种商铺、百货公司的橱窗："浏览百货公司、衣装店和书店的窗饰。到咖啡馆小坐……图书馆看书，找朋友谈天可以算是尽享艺术文化的能事了。"❶

西方唯美主义的风向标人物王尔德也是豪华咖啡馆的推崇者，他认为咖啡馆是唯美者生活艺术化的最好空间之一，充满着布尔乔亚情怀。王尔德早年在巴黎时，泡咖啡馆成为其喜爱的日常休闲活动。王尔德对咖啡馆的选择也很挑剔，他决然不去位于巴黎塞纳河左岸的诸如"伏尔泰""灵兔之家"之类的咖啡馆，因为这不符合他唯美主义者的身份，他经常去的是位于巴黎歌剧广场，具有法兰西第二帝国风格的奢华浪漫的"和平咖啡馆"。因此，在海派唯美者眼里，咖啡馆不仅是都市摩登生活的象征，还是唯美生活实践不可或缺的空间，是唯美文人最热衷描写的租界公共空间之一。张若谷就时常描述，坐在租界的咖啡馆玻璃窗旁，可以成为都市空间的观察者。张若谷就好像本雅明笔下巴黎的都市漫游者，在咖啡馆的窗口观察路人以期获得上海租界空间的全新体验。徐渭南的都市小说《都市的男女》，情节简单，主人公是上海交易所的职员，主要讲述主人公外出旅行时，遇到了几位美丽的

❶ 张若谷. 张若谷集：异国情调 [M]. 上海：汉语大词典出版社，1996：10.

都市女郎以及与都市女郎的谈话过程，谈话的内容无关恋爱，而是详细地讲述了上海租界内口味不同的甜品店。他的另一篇小说《戏剧》与《都市的男女》有着同样的写作套路，小说的主人公是个洋货店老板，一番描写之后，给读者留下最深刻印象的是租界的赛狗场，人物只是赛狗场的衬托。曾虚白也写过一系列诸如《舞场之夜》《电影场之夜》《跑狗场之夜》等小说，在这些小说中，人物和情节是次要的，主要介绍的是租界内的舞场、电影院和赛狗的场所等公共娱乐消费空间。位于上海租界内的这些公共消费空间成为构成文本的结构性因素，小说文本中的人物在一个个公共消费娱乐空间的无序流动构成文本的叙事动力，娱乐消费空间常常占据文本的主要位置。

在租界消费文化的浸染下，实际上无论是咖啡馆还是舞场、夜总会，海派唯美主义者努力利用这些公共消费场所构建一个与唯美主义氛围相匹配的作家群形象。特别是在租界的海派文人，描写这些娱乐场所还有一种试图超越殖民地地位和与同在上海文学场域内其他作家的阶级身份区别的意图。海派部分作家试图通过唯美主义在生活中的实践，想象性地构建和完成所谓上流社会的贵族形象。

第 5 章

租界空间的异质裂变与两种现代性重构：两种形态的都市小说

上海都市文学与上海地域性紧密相关，它的生发机制依赖于上海租界以商业为基础的新型社会和人际关系，而不是基于中国传统的城市社会基础。北京这类传统城市是围绕政治权力中心建立的，而上海的出现一开始就与经济因素联系得更为紧密。海派文学的第二代在中国现代文学史上实现了真正意义上的现代文学向都市文学的转换。海派文学所描写的都市就其具体的生发历史语境来看，其描写的都市概念内涵几乎等同于上海的租界空间。上海租界向来是海派作家诠释中国"现代性"的最好实物注释，租界的都市空间是"现代性"可以铺陈开来的场所，而"现代性"所累积的优势和弊端也只有在都市的日常生活中才能得以检校。换言之，假若上海没有租界，海派都市小说就绝不会诞生在此，海派文学的肇启与上海租界有着最深的羁绊，按吴福辉的说法海派文学又可称为洋场文学。

海派文学第一代作家张资平、章克标、叶灵凤等的作品还只是把上海租界当作叙事和情感的背景场地。直到海派的第二代新感觉派才开始把租界空间的个人感觉和情感当作小说的独立审美对象，使都市文学有了最初的形态。而到了孤岛后期的张爱玲、予且则深入都市生活的内部肌理，从日常生活的角度言说了上海都市生活中人们生存的精神困境，大大丰富了中国都市文学的本土内涵，并使之臻于成熟。无论对于中国革命还是中国文学的发展史来说，上海这座城市都扮演着重要的角色，左翼观念的传播依托于上海租界空间所提供的贫富差距巨大的现实样本。在上海繁华的租界里出现了二律背反的奇怪现象：租界一方面是繁华现代都市的代表，另一方面又孕育出策反、消解、颠覆这种繁华的革命力量。李欧梵在谈及左翼文学与租界的关系时称："我更愿意把这种景象，上海租界里的中国作家热烈拥抱西方文化，视为是一种中国世界主义的表现。"❶

5.1 租界空间的分裂与书写：从共生到疏离

如果探究都市文学的起源与生发，会发现都市文学实际上是工业社会发展到一定历史阶段的产物。"上海有了租界后成为港口城市，成为物流的集散地，世界各地的元素都汇集在此，最后发展成为现代化的城市。"❷ 这就是中国的现代都市文学产生在经济繁荣的租界化上海的原因之一。现代都会的形成逐渐影响了人类的情感变化，西美尔就曾在《大都会与精神生活》一文中集中讨论了都市人类由此产生的审美变化。资本主义世界在工业革命之后创造了对应其经济发展体量的空间象征现代大都市，同时也召唤出与其现代化生产力级别相对应的文学审美方式，那就是都市文学。波德莱尔的作品是可以称作都市文学的，因其呈现出一种人在都市中前所未有的生存状态。如果按照这个标准，巴尔扎克的作品也是都市文学，因为它很好地反映了巴黎第三帝国时期大都市巴黎的都市精神和身居巴黎都市中人的困境。不同的人群对来自大都会影响的自我认知是不同的，同样是反映大都会巴黎精神与生活的文学审美方式就出现了两种类型的都市文学：作家巴尔扎克所代表的批判现实主义是一种形式，以波德莱尔为代表的现代主义则是另一种形式。

---

❶ 李欧梵 . 上海摩登——一种新都市文化在中国 1930—1945 ［M］. 毛尖，译 . 北京：北京大学出版社，2001：327.
❷ 陈思和 . 上海文化视野下的都市文学传统 ［J］. 中国社会科学报，2017（1）：26.

　　在中国现代文学史的范畴内，提到都市文学，每每与之发生刻板经验联系的一定是海派的新感觉派。在很长一段时间内，为了突出左翼小说的意识形态性和政治功能性，左翼小说是被排除在都市文学的视野之外的，但上海左翼小说产生的内在逻辑与历史语境都不能脱离租界化的上海，左翼作家为蕴含丰富的上海租界提供了另外一个视角的想象。左翼作家描述租界化的上海都市是不同于现代主义的另外一个视角。"二十年代以来海派存在两种都市文学传统：一种是以新感觉派作家为代表的侧重表现都市繁华与糜烂同体共生性的都市文化传统；另一种就是以左翼都市小说作家为代表的侧重对上海都市文化进行阶级分野和人道主义批判的传统，突出'现代性传统'和'批判性传统'。"❶ 因此，新感觉派小说与左翼都市小说并不是两个文学视域的问题，而是处在同一个文学视域下同一个问题的两个方面。

　　从上海都市文学的生发维度上看，突出批判的左翼都市小说和代表现代主义的海派新感觉派小说是同源的，所谓同源，是指两者都根植于当时上海经济繁荣发展的租界。同样诞生于上海租界的左翼小说也属于海派都市文学的典型类型，与租界化的上海有着密切的关系，左翼都市小说与新感觉派小说只是在对租界化的上海的个体感受上和描述现代性的方式上出现了分野。中国的现代都市文学产生于海派第二代的新感觉派，新感觉派吸收西方及日本的现代手法，以现代主义形式来表达上海都市，这就属于波德莱尔那一支以现代主义形式呈现的都市文学。而另一支则以左翼作家茅盾为代表，运用的是批判现实主义形式的方式呈现城市，这是属于巴尔扎克式批判的都市文学。新感觉派小说和左翼都市小说就当时的具体历史语境来看，两者身上有着共同的性质即追求时代的先锋性。新感觉派小说和左翼都市小说在文本创造、生发机制、语言革新、审美追求等方面都有着交融性，造成这种共生性与相似性最根本的原因就是这两种类型的都市文学的渊源和生发都与上海租界空间和租界文化有着巨大的联系。新感觉派小说和左翼都市小说共享租界化的上海都市空间，因此有着相同的历史时代背景和相似的理论精神资源，受共同的政治态势、商业消费语境的浸染。把这两个类型的都市小说共同置

---

❶　陈思和. 论海派文学的传统 [J]. 杭州师范学院学报，2002 (1)：4.

于上海租界及具体历史文化语境下做整体性研究，是有其客观的依据的，两种类型的都市小说既有关联的共生性也有明显的差异性。

5.1.1　左翼都市小说与新感觉派小说的共生与融合

在上海租界文学场域中，海派文学与左翼文学所追求的认知方式、政治主张和审美倾向不同。但是，历史有时就是这样吊诡，上海租界历史的悖反性使得这两类文学奇妙地具有同源性。在很长一段时间内出于政治意识的考量，左翼文学的出生与上海租界空间有密切联系的这个文学史实始终被有意无意地遮蔽。这两个类型的都市小说共享上海租界的都市空间，二者的诞生基于相同的历史时代背景、政治态势和商业氛围。新感觉派小说与左翼都市小说的共生性是不可回避的。

上海租界为新感觉派和左翼都市小说的生发提供了不可或缺的社会空间样本。上海租界作为一个具有异托邦性质的并且是华界与租界二元对立的空间，呈现出贫与富、中与西、土与洋的极端对峙态势，这种对峙感是以空间的意识形态对峙呈现的。空间的对峙滋生了城市无产者的仇恨，也令有产者变得冷漠，只想沉湎于无限的物质享受之中。

对于新感觉派小说而言，上海租界为他们提供了适合以现代主义方式描摹的变幻莫测的都市空间，刺激了新感觉派对租界空间既战栗而又沉醉的个体经验，为新感觉派小说使用新奇的拼接、摇晃等视觉化的语言手法提供了空间的合理性。租界内具有的现代性公共娱乐场所散发的醉生梦死的世纪末的颓废气息，又为新感觉派在西方都市文化意义上表达落寞、孤独、恐惧的现代都市情绪提供了新的空间场所。新感觉派的精神和美学资源皆来自上海租界文化的"新异"与"变化"，而这"新异"与"变化"恰是新感觉派诞生所需要的元素。新感觉派所倚重的就是租界空间的快速率变化，而快速率的租界空间变化是新感觉派在小说中表现出来的为数不多的母题之一。跟左翼作家比起来，新感觉派作家的出身优渥很多。穆时英的父亲是银行家，刘呐鸥出生于台湾南部的富商家庭且有留日背景。施蛰存家境虽不像穆时英、刘呐鸥那样富裕，但却也是中产阶级出身，其父是工厂经理，施蛰存和刘呐鸥同时在 1926 年进入震旦大学学习法文。由此看来，新感觉派作家从家庭经济状况、教育经历、生活方式上，都与以租界为代表的都市文化更加合拍。中国新感觉派文学理论资源来自邻国日本，中国的新感觉派文学根植于上海租界的都会中，上海租界的城市生活、城市精神在新感觉派笔下成为应有的表达内容。对于新感觉派而言，身处东方和西方并置的空间中，作为第一时间就能最优先接触西方器物和吸收西方文化生活的作家，无可避免地被卷入这巨大的时代漩涡，都市中人的精神状态自然要适应这不断变化的生活。

新感觉派小说所描述的只是整个上海社会的一个断面，而不是上海租界的全景。而左翼都市小说汲取的是上海租界空间另一个断面所提供的精神和美学资源，左翼作家在现代化的租界空间中发现了反噬现代化租界的精神资源。租界里极端的贫富差异为左翼都市小说提供了可见的在左翼文学中所必须具有的资产者和无产者对立的阶级模式。左翼都市小说属于无产阶级文学范畴，而无产阶级在上海租界中的主体就是工人阶级。20 世纪二三十年代的上海租界工业已经十分发达，有各国投资新建的工厂，一方面，在租界的最底层有大量生活赤贫的工人；另一方面，有产者、寡头、买办、大班们又过着声色犬马的生活。在繁荣的租界物质生活的衬托下，无产者和有产者的贫富差距、劳资矛盾的日渐呈现为左翼都市小说提供了所必需的阶级基础。更重要的是，大多数左翼作家对于工人阶级的赤贫是感同身受的。在灯红酒绿的租界，亲身感受着"朱门酒肉臭，路有冻死骨"的生存经验，更能激发左翼小说家创作的热情。

按照无产阶级革命纲领的要求，左翼小说文本的主要描述对象一定是无产阶级的劳动人民。左翼作家置身租界的情况激发了左翼作家对社会财富分配问题更进一步的追问。大多数左翼作家刚来上海不久，尚未在文坛崭露头角。这些青年作家都居住在租界的亭子间，亭子间虽然逼仄，却是租界里租金最为低廉的住宿地。这种不得志的潦倒、怀才不遇的生存状况与上海租界内资产者纸醉金迷的生活产生了强烈的对比性刺激。这些住在亭子间的青年作家遭到个人生活和精神上的双重打压，只有革命才是改变现有生存状态、获得社会自我肯定的有效方式。租界的殖民空间激发了左翼小说家的民族和阶级情感，而自身窘迫的经济生活给左翼作家们提供了阶级表达的经验，这两种经验成为左翼文艺最看重的文学审美资源。

上海的租界空间及文化为新感觉派小说和左翼都市小说提供了在政治和创作上相对自由宽松的环境。20 世纪二三十年代租界化的上海聚集了来自各个小型文学场域的文人。无论是左翼作家还是海派的新感觉派作家，都是上海文学场域中新兴的文学派别，而这两个派别之所以能够快速成为文学场域中具有独立意义的文学派别，与租界文化的多元杂陈与宽容开放的文化特征有着密切的联系。海派新感觉派的形成得益于租界文化资源的丰富与多元。新感觉派小说的理论来源极为庞杂，法国作家保尔·穆航、弗洛伊德的精神分析学派以及日本的新感觉派都是中国新感觉派重要的理论来源，上海租界文化杂糅而宽松的氛围为海派新感觉派一股脑地移植这些异质的观点提供了文化心理和空间形式的准备。在这种宽松而多元的租界文化语境下，早期的新感觉派作家和左翼作家有着千丝万缕的联系，彼此保持着"同路"人的关系。20 世纪 20 年代中后期，新感觉派作家也曾接触过马克思主义学说，施蛰存和戴望舒是共产党人举办的上海大学的同学，他们有过深夜在租界街头散发革命传单的经历。相互制衡从而造成政治上相对真空的上海租界毋庸置疑地为身处政治逆境的左翼作家们提供了相对安全的生存环境和宽松的创作出版环境以及最重要的政治避难所。20 世纪 20 年代末到 30 年代初，左翼不仅选择上海租界作为栖身之地，还借助这一有利条件从事各种飞行集会和在街头散发传单。1930 年，在上海公共租界的咖啡馆，中国左翼作家联盟的成立也是得益于租界相对宽松的环境。租界宽松的环境不仅指政治环境，还指租界能给新感觉派和左翼作家们带来自由开放的写作空间和先进的开放视野。特别是对于左翼作家而言，租界文化的中西交融性给左翼作家提供了与世界同时区的苏联和日本无产阶级文学，使上海的左翼作家具有了李欧梵所说的世界性。而以咖啡馆、公园、舞厅为代表的租界典型的公共空间又为左翼都市作家提供了西化审美资源，左翼作家在文本中表现出来的西化的审美方式与标准的无产阶级文学之间形成了一定程度的缝隙。

租界文化的商业性为左翼小说和新感觉派小说的广泛传播提供了物质和文化制度上的保障。早在晚清时期，租界内的现代出版制度就开始逐渐形成，到 20 世纪 20 年代初，租界内的出版市场已经形成了一套完整而成熟的市场化体系。稿酬和版权制度为初出文坛的青年左翼作家和新感觉派作家提供了最基本的物质生活保障和一条成名的路径。商业化自然是逐利的，租界内的出版商为了迎合市场需求，诸如"激进""革命""新感觉"此类带有噱头的字眼，自然一时成为市场的卖点。亚东图书馆出版发行了蒋光慈的第一本小说《少年飘泊者》，两年内印刷了三次，被其他出版社盗版，甚至还出现了其他作家冠以蒋光慈名字出版小说而成为畅销书的现象。❶ 茅盾的《子夜》出版后，三个月内重版四次，出版 3000 部，此后重版两次各 5000 部。虽然出版社主推左翼都市小说是出于市场利益，但也在客观上为左翼文学的传播开辟了一条路。从客观经济情况上看，在上海的左翼作家大多数没有固定职业和经济来源，生活状况十分窘迫，自身也十分愿意利用租界良好的商业氛围来谋得日常生活的物质保证。因此，作家一方面描写工农的苦难生活，另一方面又可以此作为噱头牟取利益。迎合读者口味的市场化写作姿态导致了中国左翼作家小说与标准左翼文本的缝隙。"不管文学创作取何意识形态，资产阶级的也罢，反资产阶级的也罢，它们是意识形态产物的同时也必然是生产个人谋生的工具。"❷ 对于这一时期的左翼文学而言，左翼的革命小说不仅是政治宣传的有力工具，也是经过市场检验的成功的商业因素，革命题材的流行甚至模式化地衍生出革命都市小说专有的叙事模式——革命＋恋爱，这种专属的叙事模式是左翼作家在租界商业文化裹挟下既无奈又主动的选择。茅盾曾在《"革命"与"恋爱"的公式》中将左翼小说的叙事模式总结为："将恋爱写成主体，而革命成了陪衬——恋爱穿了件革命的外衣。"❸ 在租界商业文化语境的影响下，革命变成了恋爱的调味剂，也是当时左翼作家在革命意识与商业效果之间苦苦挣扎的真实写照。

新感觉派小说与左翼都市小说追求的先锋性精神和上海租界文化的异质性相契合。严家炎就曾提出："新感觉派和左翼文学都是大革命的产物。"❹后期的创造社、太阳社成员与后来成为现代派的部分作家都曾经是激进的革命青年，都曾亲身投入革命斗争。大革命失败之后，无论是左翼作家还是后

---

❶ 刘震 . 蒋光慈作品的畅销与盗版 [J]. 新文学史料，2007（2）：192－193.

❷ 陈晓明 . 现代性与中国当代文学转型 [M]. 昆明：云南人民出版社，2003：57.

❸ 旷新年 . 1928：革命文学 [M]. 济南：山东教育出版社，1998：101－104.

❹ 严家炎 . 中国现代小说流派史 [M]. 北京：人民文学出版社，1995：125.

来的部分现代派作家，都迫切需要一种新的激情来化解和转移革命失败后内心的焦灼。而 20 世纪二三十年代上海繁荣的租界实际上充当了失意革命者重新燃起国家主体建构的民族共同想象的重任。在国际上，"红色的 30 年代"也是全球的潮流，当时无产阶级文学的主张是十分前卫的，站在无产阶级立场上创作文学作品是对"五四"以来既有文学旧秩序的强有力的颠覆。新感觉派与左翼都市小说在追求文学的先锋性上不谋而合，两种类型的都市小说都代表着先锋，左翼都市小说代表的是意识形态上的先锋，而新感觉派代表的是创作艺术上的先锋。无产阶级早期的文学理论家冯乃超、李初梨从日本带着最新鲜的无产阶级文学理论回到中国，由于中国现代文学在发展的过程中与世界文学潮流形成了时间上的错位，因此，这些无产阶级文学理论正好缓解了大革命失败之后急于重新阐释中国社会现状的作家们的焦虑。无产阶级文学理论引发了 1928 年以来左翼文学的蓬勃发展，使左翼文学以全新的言说方式和主题主旨与"五四"时期的小说区别开来。早期的新感觉派之所以一路追随左翼文学的脚步，也恰好说明当时左翼文学在中国确能显示出其时代的先锋性。而新感觉派在后期与左翼文学分手后转而实践现代主义文学也是基于对先锋性的追求，现代主义文学凭借陌生的艺术形式和独特的都市题材显示出对主流文学写作方式的反叛和其先锋异质性。

这种对先锋和前卫艺术形式的推崇，也与租界文化本身所具有的冒险和投机精神相契合。上海租界内有来自各国和中国各地的移民，租界里充斥着一种"在而不属"的移民心态，再加上很多身居租界的欧洲居民原本在本国也是"欧洲各国人的渣滓"❶，由此造成租界里的人们与原先各自的本土文化的断裂，这种断裂削弱了原生民族的文化道德束缚。对于在租界的外国居民而言，"上海是化外之地，不受他们本国文化知识的影响和管辖。与当地的恶习同流合污，在上海道德简直是不相干，这是连一个不速之客也都体会到的气氛"❷。而对于居住在租界的华人来讲，"上海同样是不受限制的。那些选定来此过新生活的人与传统中国及其所行使的维护道德的约束断绝关

---

❶　丁名楠. 帝国主义侵华史 [M]. 北京：人民文学出版社，1977：82.

❷　罗兹·墨菲. 上海——现代中国的钥匙 [M]. 章克生，等译. 上海：上海人民出版社，1986：10.

系"❶。这就造成租界有一种冒险投机的普遍心理。而左翼的文艺思想在当时具有先锋性质，带有一种激进和粗犷的审美风格，再加上租界商业文化的刺激，造成了"只要带点赤色书刊，就大受欢迎，出版物不立此为旗帜，世间便以为落伍"❷。多种租界文化效应的叠加，使左翼都市小说和新感觉派小说与租界内追求激进、放纵、刺激和新鲜的美学精神气质相契合。

5.1.2　自我的建构与彼此的疏离

新感觉派小说生发的早期实现了与左翼小说的共生和融合，最重要的一点就是这两类都市小说的诞生都与租界空间的性质有着千丝万缕的联系，这两类都市文学的文本风格和创作者的意识形态也与依托租界空间产生的租界文化密切相关。但这两类都市小说的"蜜月期"很快就结束了，随着两派作家对都市空间在现代性描述上的分歧，以 1931 年水沫社的解体为标志，以穆时英、刘呐鸥、施蛰存为代表的海派新感觉派与左翼文学作为同路人的时期结束。这两个派别的都市小说从共生融合到彼此疏离，再到最后分道扬镳的原因到底是什么？共生与融合是基于两者对租界空间及文化现代性描述的共同认知，彼此的疏离也是基于对租界空间及文化现代性描述的分歧。新感觉派小说和都市小说疏离的原因有三点：对租界空间的现代性做内向与外向描述的分歧；对租界空间的现代性做个体、审美、微观与集体、启蒙、宏观描述的分歧；对租界空间的现代性做多元化与公式化描述的分歧。

文学理论家派克认为文学可以从三个维度去描述城市——从上面，从街道水平面上，从下面。❸ 派克的观点佐证了文本中的都市空间是何种构型完全取决于作家是以什么样的视角与心态观察城市。左翼都市小说善于站在社会宏观发展史的角度，关注阶级对立的贫富差异与人之外的社会环境，是站在线性历史的某一高度上俯视城市的，是派克所说的"从上面"看。如果说左翼小说是外化的，那么新感觉派小说就专注于站在当下都市人的境遇视角关注都市人的内心，是历史线性现代性进程的"横截面"，是基于对都市人

---

❶　杨剑龙. 都市上海的发展和上海文化的嬗变 [M]. 上海：上海文化出版社，2012：85.

❷　李洪华. 论上海都市文化语境中的左翼文化思潮及其影响 [J]. 江西社会科学，2010 (9)：232.

❸　李书磊. 都市的迁徙 [M]. 长春：时代文艺出版社，1993：116－117.

的心底的探究，是在都市语境下对人心内向的深入挖掘，是派克所说的"从下面"看。而到了 20 世纪 40 年代孤岛后期的张爱玲，既不深挖都市人的内心，也不从宏观角度上找寻历史长河中都市的意义，而是从街道、弄堂与都市日常生活的角度来寻找人生意义和哲学，是派克所说的"从街道水平面上"看。

　　无论对于左翼作家还是新感觉派作家而言，大部分作家本就不是土生土长的上海人，他们初来现代化租界的境遇和由此产生的人生经验是迥然不同的。这两派作家初始对租界化上海有着相似的认知和情感，但是随着每个个体体验的深入，左翼作家与新感觉派作家对租界有了不同的体验和认知方式。现实的政治危机、个人参与政治的要求和应付都市压力，都使中国都市化早期的作家在各种共同性的基础上形成不同形式的社团，以团体的形式参与文学、社会和政治事务，表现出自觉的集体化和组织化倾向。这两个派别的作家在基于对租界化上海的个人感受认知上开始发生分歧。上海租界的特殊性和租界文化是分不开的，左翼作家因其从线性历史观的角度上观察城市，在租界享受现代化都市生活的同时，又切身感受到置身于多元殖民势力的掌控下仅依靠一己之力是不能改变生存现状的。因此，租界化的上海使左翼作家对历史环境作出的反应是寻求以集体力量去对抗以租界为代表的上海都市的现实弊病，谋求通过暴力手段改变现实和现有空间。大部分左翼作家一开始就接受左联的领导，有相对明确的政治目标和纲领，左翼作家摆脱了初到上海租界精神上的孤独、彷徨，经济上窘迫所带来的难堪，进入集体政治中向外寻求解决个人情绪的路径。

　　与左翼作家截然不同，新感觉派作家初到租界化上海与左翼作家面对新的租界空间和文化时有过类似的情感印象，但新感觉派在面对光怪陆离的租界空间时更加强调向内看的个人体验，注重探寻在上海都市空间中对自我身份的困惑与自身价值的迷惘，突出的是都市人自我与租界都市空间的矛盾。施蛰存说过："我创造过一个名词叫 inside reality（内在现实），是人的内部，社会的内部，不是 outside 是 inside。"❶ 新感觉派更加强调人处在租界的都市中内心深层次的直观反应。这种对租界空间最深层次的反应就是 20 世纪

---

❶　赵凌河. 历史变革中的中国现代文学［M］. 北京：文化艺术出版社，2014：172.

30 年代现代派一直强调的所谓"现代情绪"，而这种"现代情绪"又来源于个体对空间体验的内在差异。因此，这种"现代情绪"带有强烈的主观内向性，是对人向纵深的挖掘，是上海租界殖民化的过程中产生的都市病的写照。

20 世纪 30 年代的上海早已是繁华都市的代表，这种与当时中国其他地区相对比形成的畸形繁荣使人们更容易陷入异化的危机，在中华民族生死存亡和社会急剧殖民地化的大危机中，传统的价值观念和审美情绪被颠倒、被亵渎。无法排解的迷惘、痛苦、压抑便是现代都市生活中普遍的人生感觉和心理情绪。可见，租界化的都市空间与中国传统空间的巨大差异是导致左翼作家和新感觉派作家情绪与前不同的根源。在 20 世纪 30 年代的新感觉派小说中，塑造了一大批在租界中心理情绪相似的小知识分子们，这些被夹在社会中间层的人们成为"既不能够享受上层社会的奢侈豪华，又没有跌进都市底层贫民窟中的年轻男女们"❶。他们在都市中的生存危机重重，是"被生活压扁的人"，但他们同左翼作家作品中人物的区别，在于"他们不会作出反抗的行动，不会发泄悲愤的情感，甚至连仇恨的表情也摆不出来"❷。强调内心的苦闷和内心情绪的波动几乎成为新感觉派创作最重要的审美艺术形式。新感觉派与左翼作家不同的是，左翼都市小说更注重叙事本身和文本所传递的政治化的意识形态，而新感觉派则注重人物内心，更加注重人物对都市的情绪反应。穆时英说："每一个人，除非他是毫无感觉的人，在心的深底里都蕴藏着一种寂寞感，一种没法排除的寂寞感。"❸ 都市空间之中人们内心的迷惘和寂寞为新感觉派注重向内挖掘提供了前提。例如，施蛰存的小说《魔道》描写了一个多疑、恐惧、精神紧张的人物，初始主人公精神还很正常，但当主人公出现精神异常时，小说的心理节奏被作者人为地无限拉长，甚至暂停，在这暂停的间隙加入许多想象和重复的情节，主人公的情绪成为小说叙事节奏的唯一核心。又如，在穆时英的《街景》中，人物活动的轨迹无常，叙事的关键因素也没有固定的规则，一会儿是火车站，一会儿是街上，叙事节奏全在情绪的变化，这种情绪化的意识流方式的叙事实际上是对左翼

---

❶ 林雪飞. 世界潮流中的海派文化与海派文学 [M]. 上海：上海文化出版社，2011：245.
❷ 李洪华. 论上海都市文化语境中的左翼文化思潮及其影响 [J]. 江西社会科学，2010（9）：233.
❸ 严家炎. 中国现代小说流派史 [M]. 武汉：长江文艺出版社，2009：143.

小说里常有的理性叙事的一种反拨，左翼小说那种一切为政治意识形态服务的理性叙事已不能表现出变化多端的都市生活。因此，对租界都市生活的不同心理反应机制成为左翼都市小说与新感觉派小说审美分歧的因素之一。

左翼都市小说与新感觉派小说的分歧还体现在对租界空间的现代性是做个体、审美、微观的描述还是集体、启蒙、宏观的描述。以何种姿态描述租界的都市生活受到作家生活经历、视角和生存经验的影响。在左翼作家看来，20 世纪 30 年代的上海都市生活最主要的画面是种种阶级对立和不可调和的贫富差距而导致的工人革命运动。左翼作家就像上文论述过的那样，是从上面俯视城市的，从宏观上剥离出可以承载左翼理论观念的都市生活的横截面。左翼文学的观察是"时代的政治敏感，努力掘取都市生活的动力，有意识地看取工人阶级的人生，使自己的作品具有特殊的色调"❶。左翼作家自觉认为文艺作品可以超越自身属性，可以承担历史的重任，实现文学追求的终极目标。左翼作家特别善于把上海租界都市空间赋予国家意识形态，使唯一拥有现代化城市空间的上海成为具有国家性质的空间载体，把上海都市空间的意义扩大为国家意义。在左翼作家这里，国家经验已经取代了个体的城市经验的描述。因此，在左翼的作品中，描述上海租界都市空间的作品大多采用宏大的历史叙事，并且排斥个人经验对租界化上海空间所作的描述。茅盾的《子夜》就史诗般地展现了诸如城市中的工人与资本家、乡村中的地主与农民的阶级矛盾。蒋光慈的《短裤党》《咆哮了的土地》直接记述了城市和农村中的阶级斗争。丁玲的《梦珂》《一九三〇年春上海》与胡也频的《光明在我们面前》《到莫斯科去》是从自身出发，描写城市中的小知识分子是如何摆脱个人命运的桎梏进而融入宏大的历史洪流当中。左翼作家对租界的描述总是掺杂着阶级的因素，是阶级的民族主义，不是完全基于殖民地立场上的民族主义。

这两派作家对租界化的上海都市的关注点是不同的。从一个侧面可以看出，新感觉派作家穆时英平时的日子就是"夜生活，上午睡觉，下午和晚饭

❶　李洪华. 论上海都市文化语境中的左翼文化思潮及其影响 [J]. 江西社会科学, 2010 (9): 233.

时忙他的文学，接下来就是出入舞厅、电影院、赌场"❶。以穆时英的个人日常生活大概能猜度出新感觉派对租界空间的观察点绝不是左翼的居高临下，而是与都市繁华的日常生活融为一体的。新感觉派作家一开始就借鉴左翼都市小说的创作技巧，穆时英曾计划写作长篇小说《中国：一九三一》，该长篇小说按照作者自己的设想是要讲述"1931 年中国的横截面：军阀混战、农村破产、水灾、匪患；在都市里，经济萧条、灯红酒绿、失业、抢劫……"❷但很快穆时英就发现自己难以完成，原因也许就像施蛰存在《我的创作生活之历程》中所说："并不是我不同情于普罗文学，而实在是我自觉到自己没有这方面发展的可能。"❸ 新感觉派作家自觉自己并没有用宏观历史书写的方式描述无产阶级生活的天赋，只善于用个体对都市空间的生命体验表达都市人的生活。新感觉派也不刻意地探究宏观的历史逻辑，他们着力探究在都市空间中市民内心深处的危机和异化，他们迷恋都市生活物质景观和物质文明，沉溺于出入城市公共娱乐空间所带来的快乐。但是，若论参与个人生活的程度，新感觉派作家远不及 20 世纪 40 年代孤岛后期的张爱玲。新感觉派与租界化的城市仍有某种隔膜和疏离，他们不像张爱玲那样真正地深入日常琐碎生活的家庭内部。从根本上说，新感觉派作家与他们小说文本中的人物一样，在上海租界化的都市空间里也处在迷恋与逃逸的两难的个人选择中。

新感觉派作家和左翼作家对于租界都市空间的刺激的不同反应体现在文本创作技巧上的不同。在文本叙事创作的技巧上，与左翼作家相比，为了和变化快速的租界空间相契合，新感觉派自觉地采用更加多样化的艺术技巧。在以往的左翼作品中，作者大多数采取全知全能的视角讲述故事，以期在作品中宣扬自己的政治理念。而新感觉派作家明显觉察出这种全知全能视角并不适用于描述都市空间下人心的复杂情感体验，转而采取了现代主义的手法，尝试多角度叙事，将叙事者与读者放在同样的视角上。为了更适应这种租界空间变化的速率，新感觉派采用一种自己的语言模式来叙述文本。诸如，灯

❶ 沈建中．"能手"刘呐鸥与"圣手"穆时英 [J]．小说界，2004（3）：108．
❷ 黑婴．我见到的穆时英 [J]．新文学史料，1983（3）：143．
❸ 施蛰存．十年创作集 [M]．上海：华东师范大学出版社，1996：803．

光像"都会的眼珠子"；笑声、酒香、爵士都"从门缝里挤出来"；霓虹灯"在蓝墨水似的夜空里写着大字"；"电梯把它吐在四楼"。新感觉派作品让都市的客观景物变成有生命的主观景物，而主观的人刻意地被客体化，直观反映人物内心的情绪波动。

新感觉派作品的语言与左翼理性概念化的语言有着明显的区别。左翼的语言是高度抽象概念化的，抽离了个人色彩，显示出历史语境中的宏大叙事，为了人为地突出小说的政治意识运用了具有强烈政治色彩的话语，诸如光明、真理、自由、解放、国际歌、民族解放等，而新感觉派作品采用的是非理性的语言。

5.2　租界空间的挪用与转换：文学与革命

20 世纪 20 年代末 30 年代初，上海最引人注目的文学现象就是左翼文学运动的勃兴。从广义上讲，左翼小说在时间上涵盖了从 20 世纪 20 年代无产阶级革命开端直至新中国成立后社会主义十七年文学的建立这一漫长的历史时段。从内容维度上看，是对革命意识形态主导下不同时期革命文学或无产阶级文学的整体描述。通常所说的左翼小说在文学史意义上与上海有密切关系。左翼都市小说是指从 1927 年大革命失败后到 20 世纪 30 年代中期，以上海为中心，一批生活在租界化上海的革命者和倾向革命的知识分子所创作的以都市生活为背景，旨在传播政治意识主张的小说。以 1930 年左联的成立为分界线，前期的左翼小说被称为普罗文学，后期才被称为左联文学。由于政治、经济和日常生活等各方面的因素，大多数创作左翼文学的作家都选择居住在上海租界内。左翼作家的个人体验、叙事风格必然受到租界文化潜移默化的影响，而这种影响的表征也体现在其文本的叙事症候群中。

5.2.1　左翼都市小说的租界叙事症候群

上海租界的多元文化给左翼作家提供了多元而开放的国际视野，苏联、日本左翼文学的资源丰富了中国左翼作家的理论资源，但是中国左翼小说区别于所谓标准意义下的左翼小说的重要因素就是它与上海租界都市的密切联系。租界是一个具有异托邦性质的模拟空间，左翼文学就诞生在这样一个模拟西方环境且带有补偿性的空间中，这必然导致中国左翼小说与标准的无产阶级小说存在一定程度的偏差，比如，中国左翼小说对革命罗曼蒂克偏执般的喜爱以及专注于对都市生活做情欲的叙述。

对于左翼都市小说来说，首要面临的问题是如何处理文学与政治的关系。左翼文学的革命性质决定了文学是宣传和组织的工具。无产阶级文学早期理论家李初梨就认为，"为完成他主体阶级的历史的使命，不是以观照—表现的态度，而是以无产阶级的阶级意识产生出来的一种斗争文学"❶。左翼小说在 20 世纪 30 年代的左联时期坚持中国无产阶级革命文学能从文学的思想领域完成中国工农兵苏维埃革命所要求的任务。也就是说，左翼作家最重要的任务是把文艺当作武器参与政治和阶级斗争。但是，左翼作家的创作又不能完全忽略当时具体的历史场域的影响。因此，左翼都市小说呈现出文本主体分裂的叙事症候，造成左翼作家作品表层文本与潜文本的巨大缝隙。在这里，表层文本是指按照左联的指示，以当时左联的政治要求和左翼的主流文艺思想进行创作，而潜文本是指隐藏在表层文本之下，诉说着藏在表层文本背后的意蕴。表层文本为潜文本提供了掩护作用，成为一种左翼作家言说个体体验合法而有效的途径。导致这种表层文本与潜文本巨大缝隙的最重要的原因之一，就是租界空间和租界文化对居住在此的左翼作家的潜移默化。

左翼小说一方面要兼顾左联的政治意识任务，另一方面作家又身居租界，洋场生活对他们的思维方式、文本风格有无法隔绝的影响。左翼小说文本总是表现出一种写作意图与自身体验情感的断裂，也反映出左翼革命政治任务与身居租界的作家内心真实感受之间的错位。

丁玲的《一九三〇年春上海（二）》是较典型的例子。小说的一开始男女主人公便出现在租界的"黄浦滩驶进宽广的平坦的爱多亚路"❷，吃饭的环境是"从雕饰得很讲究的扶梯上……她现在坐在上海仅有的高贵的娱乐场所，时时送来一些上品的香水的气息"❸。在人物塑造方面，富家小姐玛丽的

---

❶ 转引自王银辉. 鲁迅文艺思想中的阶级意识根源 [J]. 江淮论坛，2013（3）：162.
❷ 丁玲. 丁玲短篇小说选 [M]. 北京：人民文学出版社，1981：203.
❸ 丁玲. 丁玲短篇小说选 [M]. 北京：人民文学出版社，1981：218.

人物形象反倒要比在左翼小说中应该成为主人公的革命青年以及其他革命同志来得更细腻丰富。丁玲花费许多文字描绘女主人公玛丽的生活细节和衣着服饰，而本应该作为重点刻画人物的诸如女卖票员、望微及他的革命同志们的形象都较为模糊，这显然是租界消费文化对女性作家的影响。在消费文化中，"形象"永远是第一要素，通过生活的细节和衣着服饰的好坏塑造人物也是消费文化下重"视觉化"的一个表征。而对玛丽这类所谓革命落伍者过多的笔墨描述削弱了文本传递无产阶级观念的效应，更有理由怀疑，在某种程度上说，生活在物质丰富的租界里而又经济窘迫的女性作家是十分艳羡玛丽的生活的。另一处文本表现出来的缝隙是望微与玛丽分手的原因，两个人的分手表面上看是革命青年与落后青年对革命认识的分歧，但丁玲却并没有具体叙述两人如何在革命观念上产生分歧。如果剥去革命观念的外壳，在叙事学角度下，实际上讲述了穷小子与富家女在消费化的租界里因经济生活不对等、生活方式不同而产生分歧，小说主题本应该是两个阶级的对立，在文本中却被无形地替换为两种生活价值观的对立，政治意识内核中包含着日常生活的叙事。

由此可见，对于生活在租界内而且已经融入租界生活的作家而言，无产阶级的政治观显然是不切身的，是需要人为添加在文本中的。强行将无产阶级的话语和理性的集体叙事插入文本当中使相对年轻的左翼作家难以将文本表达政治意识的表层文本和个人生活经验的潜文本达成一致。最能说明这一症候的是小说的最后，当望微参加飞行集会被捕，在被押上囚车之前，望微看到玛丽和一个俊美的男青年在大百货商店门口，但望微没有表现出当年保尔看见冬尼娅和她丈夫时表现出来的那种无产阶级对资产阶级的嘲讽，反而在感叹她还是"那样耀目，那样娉婷，恍如皇后，她还显得那么快乐"❶。作为主题先行的左翼小说，作者对玛丽这个人物的态度显然与左联的要求有所出入。

租界文化的熏染不但使左翼的文本呈现出文本主体的分裂，导致表层文本与潜文本之间的巨大缝隙，也导致叙事主体的分裂。通过对文本主体分裂

---

❶　丁玲. 丁玲短篇小说选［M］. 北京：人民文学出版社，1981：240.

的症候分析，可以探究出左翼作家在革命身份表象下，还有作为叙事主体对现代市民身份的追求。上海租界及租界文化对现代市民价值观的形成提供了物质和精神基础，而左翼作家利用租界发达的出版业得以谋生。因此，左翼作家们比较倾向认同现代都市市民精神。经济和精神困顿一起挤压在大部分左翼作家的身上，在经济生活上一直处在窘迫境地的左翼作家们具有潜在的对物质认同感的世俗心理。左翼作家一开始对自我身份的认知定位为中产阶级现代化市民。事实上，左翼作家的市民阶级身份和无产阶级代表工农之间还是存在阶级上的差别。而左联要求文学作品"作家必须从无产阶级的观点，从无产阶级的世界观，来观察，来描写"❶ 时，必然导致作家主体的分裂，徘徊在市民身份与革命者身份之间。茅盾就在回忆录中写道："当时阅读革命文学或者普罗文学的读者，仍是革命的小资产阶级知识分子。……而作品中的人物的思想情绪，在工农大众听来，也不是那么一回事。在当时，革命文学的作者即使有决心到工农中去，事实上也行不通。"❷ 茅盾指出了左翼作家作为叙事主体与对象主体充满含混与歧义的关系。左翼小说的叙述者常常表露出与左翼标准叙事格格不入的风格，许多小说文本掺杂着与左翼标准叙事相违背的个人情感与经验，时常表现出作为租界普通市民阶层对物质价值的追求。如有的学者在谈到左翼"革命 + 恋爱"的小说模式时就评述道："对旧的批判既不透彻，对新的嬗变又写得不踏实，处处显出艺术上的夹生，处处类乎解方程式的移项换位。"❸ 而产生"夹生"的最根本的原因就是创作主体的分裂。茅盾笔下的人物经常性地表现出宏大历史叙事与现代市民追求个人欲望的微妙分裂。在小说《虹》《蚀》中有着无法纳入左翼写作序列的个人欲望的展示。《子夜》中，在宏大的历史洪流中，偶尔也会有诸如吴少奶奶与雷参谋的前情旧事、林佩珊的情感纠葛。这种对个人情感的过多展示无法在左翼文学中找到合法位置。左翼批评家钱杏邨说："流露出来的悲观颓唐的情感与表现革命发展趋势的历史叙事之间存在着难以调和的抵牾。"❹

---

❶ 冯雪峰. 中国无产阶级革命文学的新任务 [N]. 文学导报, 1931 – 11 – 08.
❷ 茅盾. 我所走过的道路 [M]. 北京：人民文学出版社, 1984：23 – 24.
❸ 杨义. 中国小说史（第 2 卷）[M]. 北京：人民文学出版社, 1993：56.
❹ 转引自许道明. 中国现代文学批评史新编 [M]. 上海：复旦大学出版社, 2002：114 – 116.

这种"难以调和的抵牾"来源于上海都市现代市民个体欲望与政治意识形态的难以统一。

丁玲的《一九三〇年春上海（二）》一文也流露出作为普通现代市民的阶层主体对日常物质生活的认同。作为女性左翼作家，丁玲不止一次地描述女主人公玛丽的服饰与她所带来的具有女性气质的器物，"打开了一只最精致的皮箱，一些红红绿绿的小玩意儿都显了出来……一条漂亮的领带，两条花绸小手帕"❶。丁玲不厌其烦地描述租界都市空间中的电影院、商场、餐馆带给女主人公的物质享乐，而从物质商品身上得到审美的愉悦是租界里现代市民阶层普遍追求的价值取向。左联对左翼作家的要求是"以无产阶级在黑暗的阶级社会中，像'中世纪'里面所感受到的感情为内容"❷。很显然，无产阶级一定不会过多地注重服饰与美妆，也没有机会逛街购物。因此，在文本中无产阶级政治意识与小资产阶级市民属性形成了隐性的对立。这种创作主体的分裂根源来自左翼作家内在阶级意识与文本中政治意识的分歧与矛盾。在上海都市内的左翼作家主观上觉得自己已经占有了无产阶级经验，而实际上由于身居租界的他们受自身生活方式的限制，仍然难以摆脱其固有的中产阶级市民意识。蒋光慈早期的作品《少年飘泊者》采用第一人称叙述，主人公与叙述者合二为一，而在叙述过程当中，作为叙述者的作者经常游离于主人公无产阶级的政治身份之外，潜意识地在主人公汪中身上呈现出小资产阶级市民的"情调"。比如，主人公喜欢看提倡新文化运动的《皖江新潮》，对于欺压自己的伙伴，"把他们当成一群无知识的猪羊看待"❸。尤其是主人公在与杂货店老板女儿玉梅谈恋爱时，时常与玉梅书信往来，处处显示出与无产阶级政治身份不符的举动与思想，显示出一种小资产阶级的立场。在《丽莎的哀怨》中，蒋光慈采用第一人称叙述，缩短了作家与作品的距离，使读者难以区分到底是文本人物的自身情感流露还是潜藏在人物背后作者的情感倾向。因此，在《丽莎的哀怨》的文本缝隙中，流露出一种与左翼政治立场不协调的人道主义倾向，更婉转地表达出因革命而带来的社会变革所引发的

❶　丁玲. 丁玲短篇小说选 [M]. 北京：人民文学出版社，1981：208.
❷　左联执委. 中国作家左翼联盟文件选编 [J]. 新文学史料，1980（1）：127.
❸　蒋光慈. 蒋光慈选集 [M]. 北京：人民文学出版社，1955：140.

负面作用的思考。当然，在表层文本中，作为叙述者的作者对文本中的主人公身上所表现出来的小知识分子情调也是明显否定的，但潜文本流露出来的不经意的态度却导致叙述主体的分裂。20 世纪 30 年代，上海左翼文学凭借无产阶级革命意识把租界都市中进步的小资产阶级知识分子征召为左翼文学创作的主体，这一过程使得左翼作家自身主体性与政治意识发生了内在的裂变，彼此之间产生了巨大的张力。

在 20 世纪二三十年代，上海租界为海派文学对唯美主义的追求提供了从物质到精神上的基础。左翼都市小说与海派的新感觉派有着同源性，甚至新感觉派早期还与左翼都市小说有着一段"蜜月期"。作为与新感觉派共生的左翼文学不可能不被现代主义的美学风格所渗透。正如陈思和一贯提倡的观点："把左翼文学从海派文学里面划分出来，好像左翼文学都是革命的跟海派没关系，其实是不对的。"❶ 因此，唯美—颓废的美学风格也应作为左翼都市小说的租界症候纳入考察左翼文学内涵的视野。

无论是海派文学还是左翼文学，对唯美—颓废风格的追求都与上海租界及租界文化的浸染有关，但左翼都市小说呈现出的唯美—颓废风格产生的机制与海派文学并不相同。从个体心理机制上看，左翼都市小说作家的唯美—颓废情绪的产生与具体的宏观历史语境有关，来源于大革命失败后作家身处乱世对未来的迷茫和无奈。而海派文人所奉行的"分叉策略"将上海租界现代都市性与殖民性分离，产生一种"具有乌托邦性质的世界主义或是一种被郭沫若称之为超国家主义的东西，掩盖了西方现代主义和帝国主义之间的联系"❷。在海派文人的文本中，唯美—颓废的产生是基于个体对都市性租界空间的感受。精神萎靡、消极处事、追求物质享受等颓废情绪产生的根源是租界作为都市空间畸形的物质繁华与人类的贪得无厌，这种空间情感体验显然是具有世界性的，并不具备民族在地性。

左翼作家追求唯美—颓废叙事情调的来源虽然也是基于同一空间的体验，但是左翼作家对租界空间的情感与体验相比海派作家更具备民族主义的在地

---

❶ 陈思和.《子夜》：浪漫·海派·左翼 [J]. 上海文学，2004（2）：85.
❷ 史书美. 现代的诱惑——书写半殖民地中国的现代主义（1917—1937）[M]. 何恬，译. 南京：江苏人民出版社，2007：17.

性。左翼作家在大革命失败之后躲藏到租界，亲身感受到革命自身的艰难与曲折，内心充满了对未来的悲观与迷茫，同时在贫富差距巨大的租界里感受到经济上的窘迫，又在租界文化性话语泛滥的语境下，遭受着革命失败后无法安放欲望的煎熬，这些都是左翼作家对唯美—颓废叙事风格的追求区别于海派文学的个体原因。左翼文学的生发与壮大虽然根植于上海租界，但是经过革命意识的过滤，左翼小说唯美—颓废的美学风格呈现出与海派小说不同的症候，这成为左翼都市小说租界叙事症候之一。

　　在对两性关系的描述中，左翼都市小说呈现出性放纵和追求官能刺激的唯美—颓废的情色描写。但是与海派小说不同的是，这一特征并不是为了表达租界内世纪末的感伤情调和都市空间的官能症，而是表达在经历大革命失败之后，陷入革命之迷惘中的青年心灵上的疲乏与无奈。用杨义的话说：“在革命失败后某种哀伤幻灭思潮的熏陶下，于艺术情调上泛起了带虚无倾向的偏激和带罗蒂克色彩的憧憬。”❶ 革命受阻后不能释放的激情，转而通过带有唯美—颓废色彩的色情描写得到转化，这种转化主要通过两个方面实现。

　　一是通过具有男性窥探意味的充满性暗示的女性身体来实践唯美—颓废的美学追求。左翼小说笔下的女性身体与海派小说笔下的女性身体虽然都具有肉欲色情色彩，但其本质是不同的。跟海派的无机质女性身体相比，左翼作家的女性身体是充满了热力和激情的女性身体。在左翼作家茅盾和蒋光慈的作品中，就充满了大量带有热力和激情的女性身体形象。茅盾的《幻灭》里，慧女士是“软绸紧裹着她的身体，把全身的圆凸部分都暴露得淋漓尽致”❷；孙舞阳在《动摇》中是“浑圆的柔若无骨的小腿，颇细的伶俐的脚踝”❸；章秋柳在《追求》中则是“薄绸纱衫已经半湿，把一对乳峰高高的衬露出来”❹。被男性视角“凝视”下的这些女性身体透露出充满活力的爱欲气息。在左翼的文本中，女性的身体是革命与激情之间相互鼓励和互相指涉的

---

❶　杨义. 中国现代小说史（二）[M]. 北京：人民文学出版社，1998：70.
❷　茅盾. 茅盾全集（第一卷，小说一集）[M]. 北京：人民文学出版社，1984：20.
❸　茅盾. 茅盾全集（第一卷，小说一集）[M]. 北京：人民文学出版社，1984：168.
❹　茅盾. 茅盾全集（第一卷，小说一集）[M]. 北京：人民文学出版社，1984：317.

过程，欲望和革命在这里构成了异构而同质的关系，是左翼小说呈现的唯美—颓废不同于海派的特质之一。

二是通过女性主人公无秩序的两性关系的描写表现出左翼小说中蕴藏的巨大的反抗现有社会秩序的力量，实践着唯美—颓废的美学风格。左翼作家初到租界化的上海时，身上背负着从经济到精神的多重压力，须借助唯美—颓废的美学风格实践左翼小说在政治和文学上的激进的姿态，实现左翼小说一直追求的积极参与社会历史发展和社会变革的目标。左翼对唯美—颓废的追求与海派最重要的区别之一就是左翼继承了"五四"时期中国作家实践唯美—颓废文艺观的特点，把唯美—颓废当作反抗现有社会秩序的一种手段。左翼作家由于自身小资产阶级的身份立场和身居上海租界受租界文化语境的影响，为了能更准确地表达个体对空间的体验，不自觉地运用起唯美—颓废的艺术观，而左翼文学的政治要求的终极目标又必须是指向革命的，唯美—颓废这一艺术观必须蕴含在革命话语中才能合法表述。简言之，唯美—颓废在海派小说里具有主体性，而在左翼小说里是抽离主体的形式。因此，在左翼的小说中，女性主人公混乱的两性关系背后蕴含着革命的终极指征——破坏，而不是指向颓废的终极指征——堕落。在蒋光慈的《冲出云围的月亮》中，女主人公王曼英将自己的身体作为报复、破坏现有秩序的武器。作者借用女主人公自己的话说："利用着自己的肉体所给予的权威，向敌人发泄自己的仇恨，谈不到什么下贱不下贱，什么无耻不无耻"❶，"与其改造这世界，不如破毁这世界"❷。茅盾《蚀》三部曲之一《追求》中的章秋柳就认为："这如果是一个炸弹，便可以把一切憎恨化为尘埃。"❸ 左翼作家借写女性角色复杂的两性关系，目的是表达当时左翼作家普遍患有的时代病，即在他们脆而不坚的革命意志崩塌后，租界内物质繁荣的享乐生活又为这些左翼的革命者提供了一个精神上可以逃避的空间，而受阻的革命欲望只能通过一系列敢于打破道德传统、反抗旧有社会秩序的女性形象来完成。

20 世纪 30 年代初，上海租界早已形成了成熟的都市空间。陈思和就说：

❶ 蒋光慈. 蒋光慈文集（第二卷）[M]. 上海：上海文艺出版社，1983：65.
❷ 蒋光慈. 蒋光慈文集（第二卷）[M]. 上海：上海文艺出版社，1983：138.
❸ 茅盾. 茅盾全集（第一卷，小说一集）[M]. 北京：人民文学出版社，1984：376.

"人的那种主观性，人文精神受到普遍的压抑，精神被物质享受所异化，这种压抑很快就带来了一种精神危机，标志就是时代的颓废性。"❶ 无论是左翼小说的唯美—颓废还是海派文学对唯美—颓废的追求，都是基于个体对租界空间不同的实在体验在美学实践上的反映。而左翼小说对唯美—颓废美学风格的追求，显然更多的是来源于在自身理想的陷落和经济窘迫的双重压力下对上海租界时代性的个体体验。左翼作家对上海租界的时代性个体体验不像海派小说所表现出来的是在资本主义成熟都市普遍意义上的反叛的唯美—颓废，二者还是有着相当区别的。

5.2.2　无处安放的欲望——"革命＋恋爱"叙事模式的形成

在租界空间和文化的双重影响下，左翼作家的文本出现了难以弥合的文本缝隙和叙事主体的分裂。而这种缝隙和分裂进入微观的身体政治领域，就会显现出隐藏在左翼文本背后的相互独立而又纠缠的具有个人欲望色彩的革命身体。这些充满欲望能量的革命身体在文本的创作中具体呈现出"革命＋恋爱"的固定叙事模式。

革命强调献身社会，而充满个人情感的恋爱必然被定位于革命的对立面，左翼都市小说却把表面看起来本是极端对立的革命与恋爱弥合在一起，造就了左翼都市文学一种奇特的叙事模式。无论是前期的普罗文学还是后期的左翼文学，都是以宣传政治意识形态为宗旨，谋求无产阶级夺权为最终目标。左翼革命显然需要纪律性的服从精神，恋爱是指向自由放纵的个人肉体一端的。租界化上海的左翼都市文学将革命和恋爱这两种极端叙事方式结合在一起而且风靡出版市场的原因与租界的文化语境有着密切的关联。

租界是中国现代出版业最先生发和成熟的地方。20 世纪 20 年代初期，租界内的出版业就实现了商业与文化复杂的共生，形成了市场化的出版体系。以盈利为目的的完全市场化经营在租界呈现稳定与繁荣之态势。租界内大大小小的出版社与书局都被纳入竞争激烈的文学生产的产业链，因此，从出版社和书局的角度来看，盈利永远是最重要的。左翼文学能够占据 20 世纪 30

---

❶　陈思和. 中国现当代文学名著十五讲［M］. 北京：北京大学出版社，2003：324.

年代租界文学场域中的重要位置与租界内文化的商业性趋势有着必然的关系。商业化需要左翼文学的新鲜、异质来保持文学市场上的关注度，而左翼文学借助商业推广的力量，在短时期内提高了影响力和知名度。左翼文学在上海的走红是商业资本和政治观念结合的成功典范。商业要求出版商实现利润的最大化，出版社和书局会判断什么类型的作品在当前最具有市场商业价值，并加以推广营销。"书坊老板会告诉你，顶好的作品是写恋爱加上点革命，小说必然有女人，有恋爱。"❶ 茅盾的长篇小说《幻灭》就是"有时代，有女性，有恋爱"。在租界商业文化的语境下，"革命＋恋爱"的叙事模式显然是为了迎合市场。沈从文当时就针对这一文学现象不无讽刺地评价说："一万块钱或三千块钱，由一个商人手中分给作家们，便可以购得一批恋爱或革命的创作小说，且同时就支配一种文学空气，这是 1928 年来中国的事情。"❷ 当时出现了一大批像蒋光慈、夏衍、田汉、丁玲、阳翰笙等以市场化为导向的左翼作家。早期左翼作家创作的作品与商业文化市场形成良好的互动，也与左翼作家自身的经济状况有着密切的联系。最能验证左翼文学"革命＋恋爱"叙事模式与商业结合的典范为所谓的"蒋光慈现象"。蒋光慈的作品在上海掀起畅销热潮，是以"简单明快的文学模式的创造，对流行意识和社会心理的迎合与抚慰和与现代文化工业的有利结合创造了 1928—1930 年文学流行时尚和文化潮流"❸。蒋光慈的《少年飘泊者》《冲出云围的月亮》这两部作品出版之后，在一月之内就需重印，在一年之内更是重印达数次，由此可见"革命＋恋爱"题材的左翼小说在当时的流行程度。

上海租界的色情文化泛滥由来已久，社会文化语境中性话语泛滥。租界是模拟西方空间的异托邦，中国传统道德在租界中迅速瓦解和消亡。空间的割裂性又使传统的伦理文化和农耕社会的保守束缚彻底失去对人的控制力。租界作为移民社会，冒险精神和漂泊在外的孤独感也在客观上刺激了这些色

---

❶ 钱杏邨. 地泉［M］//中国新文学大系（1927—1937）（第一集）. 上海：上海文艺出版社，1987：875 - 876.

❷ 沈从文. 沈从文批评集［M］. 珠海：珠海出版社，1998：91.

❸ 旷新年. 1928：文学革命［M］. 济南：山东教育出版社，1998：117.

情业的发展。公共租界内的四马路是"花月胜场，妖姬艳服，各埠第一"❶，当时有人形容为"洋场十里，粉黛三千"。海派文学历史上就与"色"和"情"二字有着紧密的关联，清末民初的鸳鸯蝴蝶派小说，像韩邦庆的《海上花列传》和孙家正的《海上繁华梦》，就多描写妓院与勾栏香艳之事。周作人曾偏激地说："上海滩，那里的（姑且说）文化是买办流氓与妓女文化。"周作人的评论正中要害地指出租界文化的两个特点——商业性和色情的发达。性博士张竞生的《性史》在上海租界售卖时，发售该书的书铺挤满了人。林语堂就回忆道，《性史》出版之初，租界巡捕用皮管灌水冲散人群，以维持交通，可见性话题与性文化在当时租界的泛滥程度。在租界内性文化与性话题泛滥的文化语境下，两性关系也远比中国其他地区要开放很多。无论是海派文人还是左翼文人，在创作中都一定程度地呈现出对性描写的热衷。而来到租界的左翼作家大多数都是青年男作家，大多数又受到来自精神上和生理上的双重压抑。左联成员就回忆道："当时左联的同志都很年轻……大都只有二十岁左右到二十六七。因此，绝大多数人都没有成家，孤身住在一个小亭子间……也有的到最便宜的小饭馆去买一元钱六七张的饭票"。❷ 按照弗洛伊德的观点，压抑的欲望要通过合法途径宣泄出来。左翼作家原本消耗焦灼感的方式是通过革命与文学，但是在 1927 年大革命失败之后，革命消耗热情的方式也被堵塞，只能转向用文学的方式宣泄自己被压制的各种欲望。

　　"革命"与"恋爱"是如何在租界文化语境下实现二者有效统一的呢？革命在本质上是对肉身的规训和管理，是"超我"的实现过程；而恋爱显然是以追求"快乐"为原则，是"本我"的实现。在左翼小说中，革命的理性与恋爱的欲望得到了积极的调和，实现了个体欲望和社会进化的和谐。在某种程度上，革命与恋爱之间存在着一种微妙的关系，两者都是人类对于自由、权力和激情的追求，都是为了实现内心的渴望。革命与恋爱都代表了对于自身价值和幸福的追求，都可以成为改变自身和世界的力量。如果说经济的窘

---

❶　王锡麟. 北行日记 [M] //清代日记汇抄. 上海：上海人民出版社，1982：332.

❷　左联回忆录编辑组. 左联回忆录（上）[M]. 北京：中国社会科学出版社，1982：241.

迫是左翼作家奋笔疾书的外在原因，无处安放的欲望与政治失意的因素则构成了内外的双重压力，于是"革命＋恋爱"的叙事模式在租界语境下得到了有机的协调。在左翼都市小说中，革命和恋爱在欲望的意义上是相互指涉的，热情的欲望在潜意识中引发了革命内在能量的迸发。年轻的左翼作家给原始欲望赋予了政治意义，转而把不能被满足的欲望转变成为一种更具活力的革命的原始动力。张爱玲曾谈到恋爱与革命的关系："真的革命与革命的战争，在情调上我想应当和恋爱是近亲，和恋爱一样放恣的渗透于人生的全面，而对于自己是和谐"。❶ 在蒋光慈的《菊芬》中，男主人公一度丧失了对革命的激情，后来在与女革命者菊芬的恋爱中重拾了对革命的欲望。蒋光慈的《冲出云围的月亮》一书也充满了情欲和革命的互相指涉，曼英最初革命失败后来到上海，把身体当作报复社会的武器，混乱的性关系使曼英丧失了自我，直到男主人公李尚志出现，引导曼英重新走上了革命道路。

革命与恋爱在上海租界语境的中介下实现了合法有效的黏合，租界为这两者的协调提供了不可复制的都市语境。恋爱背后隐藏的情欲在租界商业性和性话题泛滥的语境下借革命的言说找到合法的途径。革命也在租界独特的语境下借助商业手段宣传推广革命理论和信仰，革命也功利性地利用恋爱题材在市场上活跃。因此，在租界独特的语境下，适应当时的社会环境和文化氛围，产生了"革命＋恋爱"这一独特的叙事模式。

5.3 租界空间的赋值与置换：被现代遮蔽的殖民

杨义在《中国现代文学流派》中，把以穆时英、刘呐鸥、施蛰存为代表的小说叫作"洋场都市小说"❷。新感觉派小说是海派第二代，是中国现代文学第一支完整的现代派小说，是"与世界新潮文学携手同步发展的"❸。所谓"洋场都市"，是指率先成为现代化都市的上海租界。中国第一支完整现代派

---

❶ 张爱玲. 张爱玲经典作品集 ［M］. 北京：当代世界出版社，2002：99.
❷ 杨义. 中国现代文学流派 ［M］. 北京：人民文学出版社，1998：208.
❸ 钱理群，温儒敏，吴福辉. 中国现代文学三十年 ［M］. 北京：北京大学出版社，1998：250.

小说的产生与租界提供的都市语境有着天然的联系。"都市化"是现代派艺术产生的前提，这意味着新感觉派是与上海租界联系最为紧密的文学。如果没有新型的租界空间类型，所谓新感觉派的"新感觉"也就无从谈起了。

5.3.1　真正的洋场小说——全球资本体系下世界主义的新感觉派小说

普遍主义是世界主义的核心价值，在世界主义的价值体系里，某种文化体系、世界观和价值观等都是均匀的普遍主义，是无差别地对整个人类社会都有用的。然而任何忽略内部差异的一元理论都是不合理的，这种对普遍的价值观的追求背后隐藏着唯西方文化意识形态论。世界主义建立在一个匀质定义的基础上，必须基于研究和利用世界主义的理论者的主体位置具体分析。"对第三世界的知识分子来说，世界主义意味着他们必须主要依靠对世界（西方）的了解来获得广博的知识；而对于都市西方的知识分子来说，他们却不曾被要求去对非西方世界进行认知。"❶ 显然，世界主义对于后发现代性国家是不对等的，实际上是西方占文化支配地位世界观的巧妙伪装，其核心仍然是"西方中心论"。这种世界主义容易被新感觉派接受和上海的租界有着千丝万缕的联系。西方殖民者在中国是以租界的空间形式实现其殖民统治的，"一般中国人和帝国主义者之间并没有什么直接交往：所谓外国渗透的威胁和不平等条约的恶行，只是没有体验的抽象概念"❷。这也造成了一种情绪，租界内的国人对租界这种伪装的殖民形式没有那么敏感。20 世纪 20 年代末 30 年代初，伴随着租界化上海工商、贸易、金融行业的发展，以租界为代表的都市繁华达到了最高峰，现代都市的图景为新感觉派的萌生与发展提供了物质景观与精神资源，都市景观和个人在都市的情感经验成为新感觉派创作的重要题材来源。对上海租界空间的书写与建构是新感觉派区别于中国现代文学史上其他文学流派最重要的依据。新感觉派笔下的都市显然不是以上海华界为模板，而是以上海租界的都市空间为创作模板，是"以舞场、夜

---

❶ 史书美. 现代的诱惑——书写半殖民地中国的现代主义（1917—1937）[M]. 何恬，译. 南京：江苏人民出版社，2007：109.

❷ 白鲁恂. 中国民族主义与现代化 [J]. 二十一世纪，1992（2）：16 – 17.

总会为旋转轴的洋场都市"❶。因此，新感觉派笔下的上海都市充满着无法抽离的"租界性"，而且对这种"租界性"的描述只停留在都市文化的层面，不曾进入政治话语层面，使新感觉派文本呈现出全球资本主义体系下的世界主义特色。85 岁高龄的施蛰存在接受史书美访问时曾谈道："二十世纪三十年代的现代主义不是地区性的或是民族性的，而是国际性的。它是文学中的一股普遍潮流。"❷ 可见施蛰存在年事已高时仍然认为新感觉派是以文学的方式参与了全世界范围的文学实践。到底是哪些因素使当时以新感觉派为首的部分海派作家坚信文学世界主义的实践呢？上海租界的空间性质和特有的租界文化又是如何成为结构性因素参与新感觉派具有世界主义的文本建构中的呢？

新感觉派的作品中大量出现了租界内具有消费主义的娱乐公共空间。例如，《上海的狐步舞》《PIERROT》《某夫人》《骆驼·尼采主义者与女人》《穿墨绿衫的小姐》中男女主人公的情感故事都发生在西式的旅馆，《黑牡丹》《夜总会里的五个人》《夜》《两个时间的不感症者》的故事都发生在舞厅、夜总会等公共娱乐场所。这些娱乐公共空间都是随着上海开埠而建立，是模拟西方现代都市空间建立的带有"拟像"色彩的新型公共消费空间，是作为参与上海租界建构的空间要素之一。这种类型公共空间的开放性用消费身份抹平了阶级、种族、身份及东西方文化的差异。这些公共空间，如夜总会、舞厅、旅馆、赛马场、咖啡厅、电影院、公园等，在新感觉派小说中不只是提供背景，还具有结构性的功能作用，是小说叙事的内驱动力之一。消费主义抹平了左翼笔下那种阶级差异的鸿沟，抹杀了这些公共空间里的殖民色彩，在消费主义的维度上赋予了这些空间与西方都市无差别的世界主义。中国作为后发的现代性国家，当作家们身处这种具有消费主义性质的公共场所时，消费行为悄无声息地抹平了个人身上有关政治、经济、种族、阶级、地位、性别等带来的差异性，使在这些公共娱乐空间活动的人的文化身份具有流动性。上海的舞场里有"从欧洲走到这儿来的人""生长在亚细亚的女

❶ 杨义. 中国现代文学流派［M］. 北京：人民文学出版社，1998：322.
❷ 史书美. 现代的诱惑——书写半殖民地中国的现代主义（1917—1937）［M］. 何恬，译. 南京：江苏人民出版社，2007：261.

人"，在咖啡馆里有英国的女招待、从新加坡来的海员、会讲法语的男人等。新感觉派笔下这些公共消费空间具有中国传统社会空间所不具备的流动性和消费性，为身处其中的个体抹平了包括殖民与被殖民在内的问题的差异性。上海租界所拥有的成熟的娱乐公共空间为新感觉派作家提供了一个错觉，中国社会的都市空间似乎已被纳入全球资本主义体系。换句话说，租界为世界主义的实践提供了一个具体、合法、虚幻的语境。凭借上海租界的空间形式，殖民者形象得到了虚化的处理。新感觉派作家在认知西方都市文化问题上自觉运用了"分叉策略"。因此，新感觉派作家笔下的叙述往往脱离了本地性、地域性和民族性，而暗合了与西方殖民者相似的视角，是抽离了殖民性的具有普遍性世界主义色彩的作品。例如，在刘呐鸥和穆时英小说的描述中，上海本地的下等人和白俄人、菲律宾人乃至黑人，都处在现代性排序中低端的位置，都是属于"他者"的生活，新感觉派小说的世界主义的表现形式与社会经验和个人情感有关，而与种族、民族无关。"现代主义文学创造了不可动摇的主体地位，一个直接的后果就是各个人的内在经验形成了空间上的隔离，个人不再去把握作为总体作为超越性的民族生活的全貌。"❶ 由此可见，新感觉派是站在西方现代都市生活的角度上划分和体察上海租界的，这种超地域、种族、民族的观察角度，必然导致其作品是超越本土性的，是彻头彻尾的带有世界主义价值观的副产品。

在新感觉派的小说中，充满了具有"好莱坞风情"的女性，摩登女郎面貌特点来源于新感觉派所喜欢的像葛丽泰·嘉宝、玛琳·黛德丽、琼·克劳福德等好莱坞影星的外貌。摩登都市女郎的意象可以象征着摩登都市空间，好莱坞风情的摩登女郎的塑造是作家们与他们所奉行的世界主义的中介。都市摩登女郎的形象是如何与表达都市空间形成必然联系的呢？这个叙事机制又是如何被新感觉派所复制的？从都市摩登女郎的谱系学上看，摩登女郎与都市的关联可以追溯到福楼拜以来的法国文学。"萨义德曾经就这类东方女性是如何为福楼拜提供一个展示自己想法的机会的问题作出分析。"❷ 萨义德

❶ 史书美. 现代的诱惑——书写半殖民地中国的现代主义（1917—1937）［M］. 何恬，译. 南京：江苏人民出版社，2007：45.
❷ 史书美. 现代的诱惑——书写半殖民地中国的现代主义（1917—1937）［M］. 何恬，译. 南京：江苏人民出版社，2007：329.

认为，在福楼拜的小说和游记中，东方女性被用作东方主义的表现，是"被动的、沉默的、被注视、被研究和被表达的"❶。这一形象谱系随着新感觉派极为推崇的保尔·穆杭的运用被中国的新感觉派吸收接纳，当具有异国情调的摩登女郎形象出现在新感觉派的文本中时，自然转变成"西方人眼中的东方女性变成了东方人眼中的西方女性"。于是，本是中国都市摩登女郎的外貌形象也具有了世界主义性质。都市女郎的外貌也被抽离了本土性而具有西式的样貌和行为。在刘呐鸥的《游戏》中，摩登女郎有着"圆形的厚嘴唇、高耸的乳房、瘦小而隆直的希腊式的鼻子"，"声音都是低沉而性感的"❷。

这些都市摩登女郎不但外形呈现出好莱坞风情，对待情感的方式和态度也具有西方都会女子的风格，呈现出抽离本土化的特征。中国是传统的农耕社会，两性的结合在传统中国最终是指向繁衍的，而新感觉派笔下的两性颠覆了中国传统的两性关系，建构了以追求性愉悦为宗旨的新型两性关系。在穆时英的《Craven "A"》中，女主人公余慧娴认为接近她的男人只是她的 Gigolo。在刘呐鸥的《风景》中，女主人公燃青在去看望丈夫的快车上邂逅了男主人公，于是两人一同下车，来到野外野合。在《流行性感冒》中，男女主人公在南京路上的一家洋书店店门口偶然相遇，开始了奇特而暧昧的交往。在《被当作消遣品的男子》中，女主人公把整天围着她转的男子看作像啤酒一样的刺激物。在新感觉派的小说中，女性通常在两性关系中处于主动的位置，西化都市摩登女郎在这里隐喻着快速变化的租界空间，中国男性对西化都市女郎的追求背后潜藏着新感觉派紧跟世界潮流以及对西方现代都市文明的不懈追求和想象性占有，是对世界主义做文学性的表述。

新感觉派的小说创作是基于具有世界主义色彩的租界城市空间，新感觉派笔下人物情感的极端异化和都市人的焦虑只是身居上海租界成熟空间的中产以上阶级少数人才能产生的空间情感和体验。现代性城市产生的异化和焦虑是属于西方普遍城市物质过度繁华的疾病症候，对于大多数的中国人来说是陌生的。换句话说，新感觉派所描述的这种都市情感与中国当时的历史语

---

❶ 史书美. 现代的诱惑——书写半殖民地中国的现代主义（1917—1937）[M]. 何恬，译. 南京：江苏人民出版社，2007：329.

❷ 刘呐鸥. 都市风景线 [M]. 上海：上海书店出版社，2015：7.

境是不合拍的，是具有超前性的。都市物质文明繁荣带来的病态是现代人才有的生存经验，新感觉派笔下的都市人的迷茫和颓废与西方文学因物质生产过剩而产生的人的异化的情感十分相似，与西方工业发达时代的城市病是同质同构的。很难想象，当大部分中国还处在半殖民地半封建社会的风雨飘摇的历史动荡时期，新感觉派会超越中国当下去努力寻求与西方现代性同步的个体经验，这显然是不合时宜的。上海租界在这里起到了关键性的结构因素，如果没有租界繁华的物质景观和兼容并包的文化精神，新感觉派的叙事就无法跳脱地域、民族、种族，在其表达中不断强调其推崇的具有西方城市普遍性的情感困惑与精神迷惘。

新感觉派从生活方式到文本价值观再到西方都市物质景观都体现出迫切地想与西方现代化文学同步的渴望。因此，新感觉派对世界主义的追求说到底是对西方现代性的追求，而上海租界内提供的与西方现代化同步的世界风景，更加使新感觉派坚定追求世界主义的信念。但是世界主义抽空了上海作为中国城市的在地性，遮蔽了租界的殖民性。新感觉派所追求的现代主义看似具有文学上的自主性，与西方殖民扩张政治没有直接的关系。但是，就像詹姆逊始终认为的：“帝国主义的结构对现代主义有着内在形式和结构的影响，现代主义背后潜藏着某种政治意识形态。”❶ 也像史书美所阐述的：“在中国现代主义者的写作中，缺乏一种对西方现代主义意识形态语境的自觉反思”，是一种“自愿符合的殖民记录”。❷

5.3.2　隐形的殖民意识——自我东方主义姿态

爱德华·W. 萨义德在他著名的《东方学》一书开篇就论述道：“他们无法表达自己；他们必须被别人表述。”❸ 福柯的话语权力系统被萨义德运用到解释东西二元对立的东方主义中。东方主义的理论精髓认为，东方人并没有

---

❶ 史书美. 现代的诱惑——书写半殖民地中国的现代主义（1917—1937）[M]. 何恬，译. 南京：江苏人民出版社，2007：10.

❷ 史书美. 现代的诱惑——书写半殖民地中国的现代主义（1917—1937）[M]. 何恬，译. 南京：江苏人民出版社，2007：17.

❸ 爱德华·W. 萨义德. 东方学 [M]. 王宇根，译. 北京：生活·读书·新知三联书店，1999：1.

机会去阐释东方，东方只是西方人的一种虚构的文化构想。西方话语依靠着
自身的经济和军事实力强行把对东方的想象施予东方的身上。在西方刻板的
话语体系中，东方一定扮演着落后、野蛮、异国情调和非理性的角色，西方
一定扮演着自由、民主、人道和理性的角色。西方通过在殖民地不同的殖民
形式扩张，把西方话语和关于东方的想象施加给东方。上海租界是帝国主义
殖民侵略的空间表现形式，殖民种族主义体验对于个人来讲一定是有影响的，
但新感觉派对西方的态度却是值得玩味的。就像李欧梵所说："在中国作家
营造他们自己的现代想象过程中，他们对于西方异域的热烈拥抱倒把西方文
化本身置换成了他者。"❶ 这里的"他们"显然不是寓居"亭子间"每日为
生存奔波的左翼作家，也不是四平八稳的自由主义作家，指的是对西方物质
文明和都市文化持有热烈拥抱态度的海派作家。在新感觉派的文本中，作家
成为所谓的"资本主义发达时代的抒情诗人"，抒发了一切与西方文明有关
的赞美，剔除了有关作为背景的上海租界的殖民性和东方性，体现了不折不
扣的"自我东方主义"的情感立场。如果说"东方主义"是西方人强加给东
方人的话语实践方式，那么东方作家不加抵抗地直接套用西方的东方主义话
语系统，就实现了"自我东方主义"。诱发新感觉派"自我东方主义"的原
因很复杂，从宏观历史语境上看，租界文化的内部逻辑就有不可剔除的"自
我东方主义"因素。从具体的历史语境上看，"五四"以来，以西方文化为
理想参照的启蒙，相当程度上消解了文人作家们对西方文化的拒斥，更为重
要的是租界为这种"自我东方主义"的衍生提供了合适的语境。租界的物质
生活和由于权力机构重叠而带来的相对自由的社会话语空间，在一定程度上
冲淡了租界里居民个体的殖民体验。新感觉派的小说文本中表现出来的"自
我东方主义"是租界与租界文化对文本影响的具体表征之一，而新感觉派的
"自我东方主义"从以下几个方面体现出来：文本话语系统中中外语言的杂
糅；对西方品牌、器物的崇拜；主动的西化的女性形象与被动的虚弱的东方
男性形象。

---

❶ 李欧梵. 上海摩登——一种新都市文化在中国 1930—1945 ［M］. 毛尖，译. 北京：北京大学出
版社，2001：323.

文本话语系统中，新感觉派小说中充满中外语言的杂糅。新感觉派作家都有丰富的外语学习经验，尤其是刘呐鸥和穆时英更是善于运用不符合汉语语法的倒装的欧化句式，其间夹杂着英语、法语、日语等外语单词。穆时英的一些小说干脆就用英文做标题，如《CRAVEN "A"》《PIERROT》《G NO. V》。至于文本中西化的句式，间杂外文单词的语句更是俯拾皆是：《黑旋风》里 "lady first，你知道吗？"；《CRAVEN "A"》里 "就是我上次跟你说过的那个 hot baby 呢"，"可是谁是真的爱他呢？那么 cheap 的"；《公墓里》里 "我是中了 spring fever 吧"，"她坐到钢琴前面弹着，kiss me，good night，not，goodbye"；在《被当作消遣品的男子》里 "我是把 Louise Gil more 的即兴小诗念着"。刘呐鸥的小说《都市风景线》中也有 "气体的 cocktail" "sportive 的近代型女性" "街上刚是 rush hour" 等表述。这类语言表达模式暗含了租界早期的中英混杂语式，大量外语单词和外国事物介入文本意义的建构，说明在文本中存在不自觉的 "自我东方主义" 的立场。

新感觉派小说中还充分显示出对西方品牌、器物的崇拜，充斥着 "雀巢牌朱古力糖" "吉士牌的香烟" "Tangee 的唇膏" "白马牌威士忌" "奥斯汀孩车" "爱山克水" "福特别克的轿车" "穿了 Pyiama 玻璃子" "一九三三年 Srudehaker 的轿车" 等表述。新感觉派作家对西方商品不厌其烦地描述除了表明当时租界内商业消费气氛的浓厚，也近乎赤裸地表现出对西方文明的顶礼膜拜。

新感觉派小说中充分描述了主动的西化的女性形象与被动的虚弱的东方男性形象。萨义德在他的《种族与阶级》中对 "东方主义" 有这样的描述，"可以将东方主义视为一种如同都市社会中男性主宰或父权制一样的实践：东方被习以为常地描绘为女性化"❶学界长久以来的观点就认为，在新感觉派的文本中，西化的摩登女郎是表征上海租界都市欲望的符号。但稍经探究就会发现，西化的摩登女郎身上承载着两种相互交织的权力：一方面作为渗透着男性权力色情注视的客体对象，另一方面又表现出中国男人对西化女性艳羡而无法得到的遗憾。在这个意义上，中国男性注视者的主体性并非是一

---

❶ 王宁. 全球化时代的后殖民论批评 [J]. 文艺研究，2003（5）：21.

个具有主体性的主体，而被注视者因其是西化女郎的形象，也瓦解了消极的被注视者的被动，本土的"父权"让位于西方的现代性。西化的摩登女郎在文本中"被物化"是新感觉派小说的重要叙事症候，这些西化的摩登女郎的形象背后似乎隐藏着更深刻的内部逻辑。作为西方文化符号象征的都市摩登女郎在与中国男性的交往中，中国男性总是处在被动地位，西化的摩登女郎总是显示出某种神秘的优越感，控制着整个交往过程，显示出内化了的"自我东方主义"立场。如穆时英的《被当作消遣品的男子》中，女主人公平时视男子为"辛辣的刺激物""排泄出来的朱古力糖渣"。刘呐鸥的《两个时间的不感症者》中，西化的摩登女郎把好几个男人玩弄于股掌之中，随即又很快地抛弃了他们。吊诡的是，在刘呐鸥的《热情之骨》和《礼仪和卫生》两部小说中，一些被"东方化"的女性形象反而消解了"东方主义"的女性形象。在《热情之骨》中，一个叫比也尔的法国人，只希望在东方找到他的"菊子夫人"，当他"俯卧在她娇弱的似乎承受不住他重量的身体上时，她忽然开口问道，能给我 500 元吗？"表面上看来，女主人公打破了西方人对东方女人的刻板想象，解构了西方人一厢情愿的东方主义。从更深层次的逻辑分析，这种反"东方主义"的基点是通过东方女性自愿商品化的前提实现的，东方男性利用东方女性的自愿物质化实现了反东方主义的构想。

新感觉派小说通过对西化的摩登女郎的追求显示其在面对西方文化时所持有的自我东方主义的情感姿态，而这种自我东方主义的视角又掺杂着本土的男权主义。这正说明了，在某种程度上，第三世界的男权制度与东方主义有着某种微妙的同构关系。

第 6 章

自省与忧思：租界文化
对文学的负面辐射

　　租界化的上海绝不是单向度的城市空间，来自不同文学场域的作家，赋予了租界化上海复数的意义。在 20 世纪二三十年代的中国文学史上，租界化的上海以其地理优势和独特的文化优势，以先锋性、多元性、商业性文学为特质的都市文学类型成为当之无愧的地域性文学的典范。1949 年以后，上海租界作为实体空间彻底消失，意识形态的同一性也使以多元、杂糅为特质的租界文化逐渐消亡，与租界和租界文化有着极强共生性的上海地域性文学传统也因此中断。

　　改革开放以来，特别是上海浦东大开发以来，上海又一次进入全球化的经济体系中，激发了作家以上海为主体或载体进行有关地域性都市文学创作的内在情绪。在对上海进行追寻和重构的过程中，有关 20 世纪二三十年代上海租界和租界文化的历史性场域影响，在经过线性历史进程的耗损后，已隐形地抽象为后殖民主义学术概念。但是，这个后殖民主义一旦还原到中国上海的历史语境中，就可以具体而实体地被指认为"租界性"。租界作为空间殖民的标志早已消失，租界心态却以隐形特征的另外一种殖民方式残留下来，在新时期与上海有关的地域性文学创作中继续扮演着重要的功能性建构的角色，以不在场的方式影响着作家们的创作。从 20 世纪 20 年代开始，有关上海的地域性小说就带有殖民色彩的"租界性"症候，并且以稳固的方式隔空辐射给以上海为创作载体的后代作家。

6.1 租界文化对上海 20 世纪二三十年代小说的潜在规约

20 世纪二三十年代的上海，租界文化已经具有相对成熟且稳定的文化范式，成为上海文化重要的建构部分。文学的发展固然有自身的内在规律，但文学是文化的伴生物，必然要受到文化语境的影响与规约。在 20 世纪二三十年代上海的各派别文学中，无论是通俗文学的鸳鸯蝴蝶派小说、海派小说抑或是左翼小说的生发，都与上海的租界及文化有着很深的羁绊。因这些文学派别的小说高度依赖租界化的上海出版市场，在 20 世纪二三十年代的上海小说身上的共同显性特征是"市场性"。而租界文化影响小说的维度不仅体现在文本外部，而且更多地体现在文本内部。租界空间的性质和多元杂糅的文化影响了小说内部肌理的走向，租界空间及文化的影响在各派小说身上显示出不同的叙事症候，这些不同的叙事症候背后体现出租界空间及租界文化对20 世纪二三十年代与上海地域性相关的文学派别的隐形的规约。

6.1.1 上海 20 世纪二三十年代小说的隐形特征——租界性

实际上，从清末民初开始的鸳鸯蝴蝶派通俗文学开始，直到以张爱玲为代表的第三代海派文学，包括 20 世纪 30 年代的左翼都市小说，都深植于以租界为代表的上海都市空间。假如把这些与上海空间地域相关的小说文本作为整体，其共同的稳固特征就是输出以租界为模板的上海都市形象。

20 世纪二三十年代与上海地域性相关联的小说文本中，上海形象呈现出"租界性"的文学症候是不可回避的事实。"酒吧""party""红酒""咖啡厅""百货店""电影院""街头的霓虹灯"等都市物质景观无差别地出现在20 世纪二三十年代各派小说的文本中，使上海与其他国际城市可以随意置换。上海形象呈现出单一性、整体性的特点是 20 世纪二三十年代与上海有关的小说呈现出"租界性"症候的表征之一。以《海上花列传》为标志，鸳鸯蝴蝶派通俗小说是率先展开对上海租界空间描写的一派。鸳鸯蝴蝶派和第一代海派文学家，一方面迷恋上海租界的现代化生活，另一方面又因都市生活与中国传统道德的抵牾有着挥之不去的焦虑、痛恨的情绪。海派的第二代作家新感觉派更是海派第一支把西化都市空间及都市生活作为独立审美客体来描述的作家群，直到 20 世纪 40 年代张爱玲笔下的上海，上海才具有了某种东方文化意蕴，不再是对西方的单纯想象，世纪末般的唯美与颓废变成了租界洋房和石库门里苍凉世故的参差人生。左翼都市小说作家诸如茅盾、蒋光慈、丁玲笔下的上海都市空间也是以能提供出左翼小说所必需的阶级尖锐对立的上海租界为模板。这些作家笔下的上海形象大多呈现出以租界为代表的上海作为现代工业化大都市无差别的国际性的一面，而忽略了上海作为中国城市具有的本土性的一面。在与此相关的各个文学风格派别的作品中形成一条线索鲜明的"洋场叙事"风格。后代作家无意识地延续了这条线索，这条"洋场叙事"线索导致"上海形象"缺乏本土意识。把与租界和租界时代相关的上海繁华的一面当作"上海形象"的代表，这也是 20 世纪二三十年代各派小说中具有的最显著的"租界化"特征。

在上海 20 世纪二三十年代小说中的"上海形象"谱系中，上海在这个时期的大多数小说文本中作为东方城市的地方性和本土性是极度匮乏的。上海被当作以租界为代表的具有世界主义色彩的城市，并被强行地嵌入世界现代性进程的体系。这些文本中塑造的"上海形象"的基础来源于上海租界内的物质景观和物质消费生活，而这些经验显然是中国传统农业社会提供不了的。因此，上海作为东方城市的乡土性、地域性的特色在这些文本中是稀缺的资源，大多数文本中的"上海形象"突出的是在租界文化和空间统摄下的国际性和商业性。大部分 20 世纪二三十年代各派小说的文本中，呈现出的国际化的上海都是以租界为蓝本的，以丧失上海作为中国城市的本土内核精神为前提的。

以对洋物商品的"拜物"和西方奢侈品"恋物癖"的方式来建构上海的城市空间也是 20 世纪二三十年代有关上海都市小说具有"租界性"的症候之一。"恋物癖"是马克思所提出的商品拜物教的表征之一，它在文学作品中表现为利用文字描摹的方式对商品进行类似目光的"抚摸"，用来满足心理上对商品的占有感，"'恋物癖'与物质保持着一种精神调情的关系"。用鲍德里亚的话说："物的使用价值让位于展示价值。"❶ 个体不再看重物的实际使用功能，而是着重追求物背后所代表的抽象价值，追求消费过程中的快感。这个特点在 20 世纪二三十年代的各派小说中几乎是症候群似的存在。鸳鸯蝴蝶派对西方物质的"恋物"与 20 世纪 40 年代的张爱玲走的是一个路数，他们把对西方物质的依赖悄无声息地融入日常生活，这个时期鸳鸯蝴蝶派小说的文本中俯拾皆是西方商品对日常生活的影响，比如，请客吃饭要吃西餐、结婚的时候要穿婚纱、唇膏要用 Tangee 的。对于海派小说来说，这派小说的诞生本身就是高度依存成熟的商业化的租界都市氛围，海派作家的作品中大量出现对西方商品尤其是奢侈品的描写，毫不掩饰地表达消费所带来的快感是有着空间依据的。但从作家文化身份的角度挖掘，海派作家的文学实践与社会现实脱节而导致的虚妄性也是其选用具有"唯美—颓废"色彩的"恋物癖"方式来建构城市空间的重要原因之一。叶灵凤就在小说《禁地》里花费了大量笔墨描写主人公梳妆台上的商品，诸如五个香水瓶具体的作用，象牙色的涂脸化妆品和时下流行的涂发的 stacomb。应该说，上海租界的殖民性和海派文人历史旁观者的身份造就了独特的商品"恋物癖"的审美方式。这个症候在左翼都市小说文本中虽然没有海派小说表现得那么明显，却也可以在左翼都市小说文本的缝隙中探究出端倪。茅盾的《子夜》中，一开篇就在描写"light、heat、power"的繁华都市场景，文中更是充满租界内公共娱乐空间的描写。在丁玲的《一九三〇年春上海》的系列文本中，也多次出现对女主人公化妆品、配饰、服饰的细致描摹，诸如"那镶有贵重的皮领的丝绒大衣和整洁的手套，玲珑的放光的缎鞋"❷，与左翼文本所追求的粗砺、强劲的美学风格出现了些许的不协调。

在 20 世纪二三十年代反映上海都市空间的作品中，作家们善于用对商品的堆砌及生活细节的描摹使文本中弥漫着消费文化语境下的都市叙事气息。这一点在海派作家身上体现得最为强烈。在海派的一系列文本中，大量具有

❶ 让·鲍德里亚. 消费社会［M］. 刘成富，全志钢，译. 南京：南京大学出版社，2014：120.
❷ 丁玲. 丁玲短篇小说选［M］. 北京：人民文学出版社，1981：205.

国际化的消费文化符号的商品占据着较为重要的位置，这些商品消费的经验是脱离于当时大部分中国人的日常生活经验的，是需要放在全球化的消费市场中检校的。在海派作家眼中，上海租界已然成为物质主义抽象符号在全球资本体系中的表征，只不过彼时的租界化上海只是处在全球资本体系的边缘地位。

对女性人物的"物化"也是 20 世纪二三十年代各派小说具有"租界性"的表征之一。海派尤其是新感觉派，对人物的塑造特别强调无机质、物化的特点，表现出资本对人精神上的宰制和人格的机械化。在新感觉派作家穆时英和刘呐鸥的小说中，主人公通常都是都市欲望和物质物化的象征体。在穆时英的《白金的女性塑像》中，将都市女郎描述成"没有人的性质和气味的"❶，把人物机械、平面化叙事推向顶点。刘呐鸥在《两个时间的不感症者》中，将女性人物视为"六汽缸的，意国制的一九二八年式的野游汽车"等。新感觉派小说也大量出现拜物教般的商品描写和物化的女性形象，其最终的指向是社会现代性与审美现代性之间不可调和的张力，指向资本对人的异化。左翼的都市小说与新感觉派"物化"女性的方式有所不同。左翼的物化是一种通过性别的物化使女性不但成为含有性意味的被审视者，还使女性身体成为激发革命或实现革命的象征途径。茅盾和蒋光慈的小说里经常会出现以男性视角出发带有性意味的观察与审视。在左翼小说中出现和文本主观意愿相背离的描写与租界文化中性话语泛滥的语境也有着关系。女性的性别特征被故意夸大，这个叙事症候尤其在男性作家的左翼小说中表现得最明显。蒋光慈在《冲出云围的月亮》中描写王曼英"雪嫩的双乳、细软的腰肢……"❷ 而鸳鸯蝴蝶派小说里的女性形象还谈不到"物化"这个层面，更像是作者在新的空间下表达一种不适与不满的"中介物"。无论是狭邪小说还是社会言情小说，通常都会专门塑造出女性形象在都市中的道德堕落，借此表达对租界空间所代表的新的文化形态的道德批判。

可以说，海派新感觉派在塑造人物时真切地写出资本化的租界都市空间对人的"异化"，人在租界的都市空间是被动"变形"的。而包括上海"怀旧"小说在内的具有海派文化背景的后世小说是主动沉浸在物质对人的"异化"的过程中，是人主动"变形"的过程，在这里"租界性"背后所代表的殖民性是以资本的形式出现的。

6.1.2　上海租界与女性关系在文本中的历史演进

开埠以来，上海租界空间与女性之间相互映射的书写传统由来已久。从谱系学的角度考量，韩邦庆早在 1892 年就在《海上花列传》里塑造了上海租界内长三堂子里婀娜的女性形象，奠定了上海租界与女性之间相互隐喻的想象基础。而通俗小说鸳鸯蝴蝶派的遗老遗少们，在上海刚刚现代化之际，便开始用缠绵、悱恻、婉约的女性情爱故事来缅怀旧时风月。20 世纪 30 年代的左翼作家茅盾用如章秋柳、孙舞阳这样的热情火辣的时代新女性形象来象征革命的活力。新感觉派作家更是描摹了租界都市空间中妖娆、冷漠、性感的女性尤物意象来诠释上海租界的摩登魅力。

以上有关上海与女性相互隐喻的书写，都是出自男性作家的笔下，而从女性作家自己的视角书写上海与女性之间的相互隐喻在 20 世纪 40 年代达到了高潮。只有女性作家自己才能写出上海与女性之间最精妙的关联，用王安忆的话说这是女性与城市的"共谋"。在孤岛时期结束后很短的一段时间内，上海涌现出了以张爱玲为代表的一批女性作家。1949 年以后，在主流革命话语的遮蔽下，上海与女性之间的关联书写被中断，直到 20 世纪 80 年代初，随着文学史的重写和经济改革的进一步深入，出现了以程乃珊、陈丹燕、王安忆为代表的上海怀旧小说，承接了上海与女性相互关联隐喻的写作传统。而到了 20 世纪 90 年代末，卫慧、棉棉等新人类小说家也继承了女性与上海都市空间相互关联这一传统。随着上海逐渐进入世界市场体系的中心，这些女性作家不只写上海女性，也以女性视角写上海，这一独特的叙事模式形成了一条清晰可见的脉络。

20 世纪二三十年代的上海早已成为远东最大的城市，为文人的创作提供了一个成熟的城市空间。不同政治倾向群体的作家对以租界为代表的成熟都市空间的感受也有所不同，新感觉派是租界都市的代言人，他们勾勒出充满物质诱惑与魅力同时又被物质异化的城市空间。而左翼革命作家眼中的洋场是存在严重阶级对立的空间，是与逼仄的亭子间、工棚区、工人、罢工相联系的。无论是左翼作家还是海派作家，都是从不同的男性视角的现代性角度来构建文本的，而女性作家则把加载在上海都市身上的这些"形而上"的观念剥离掉，把都市的"烟火气"添加在文本中，极力建立一个"非政治"化的生活空间，特别是在抗日战争全面爆发以来，战乱促使许多男性作家转而站在时代的最前列，而隐形于战争之外的居住于原租界内的女性作家，在民族存亡之际，在反映民族大义的主流面前，在生逢乱世随时随地可能"迎来更大毁灭"的切身的历史语境中，难免要产生未来难以把握、人生需及时行乐以及对未来的虚无恐惧之感。由于女性在战争中被排除在线性历史之外，不能像男性作家一样参与政治革命社会变迁过程中，女性作家转而在世俗生活空间中拓展出自己的空间。

　　唐文标评价张爱玲的小说"是上海百年租界文明的最后表现，是'美丽而苍凉'的'罂粟花'"●。若论女性作家自己建构女性与租界化上海的关联，张爱玲则在某种程度上是这种关联的开创者。张爱玲在上海沦陷区走红，稍经考证就会发现，张爱玲的一生与中国各地的租界有着密切的渊源，张爱玲幼年在天津和上海的租界有过很长的一段生活经历。1920 年 9 月 30 日，在上海公共租界西区的麦根路上，张爱玲出生在一座西式洋房里，2 岁时随父亲到天津法租界，直到 1928 年又回到上海。欧战爆发之后，原本要去英国读书的张爱玲只能滞留香港，香港不是租界，但和租界的空间性质一样，当时更是受英国的殖民统治。1942 年，张爱玲由港返沪之后，一直在原上海租界内居住。上海租界文化华洋错综、中西杂糅的风格自始至终影响着张爱玲小说的审美倾向。从张爱玲的早期作品中还能窥探出租界的日常生活和租界文化对张爱玲作品的直接影响。她的一些早期作品尤其是散文中充满了对西洋画、卡通片、电影、服饰等西方现代艺术的兴趣。1942 年，上海租界被日军占领成为沦陷区，但租界的文化和租界的生活方式潜移默化地影响了在上海租界生活了 13 年的张爱玲。张爱玲的文化心态仍然是典

● 唐文标 . 张爱玲研究［M］. 台北：联经事业出版公司，1976：5.

型的上海租界中的中产阶级现代市民心态，用她自己的话说是"自食其力的小市民"。

20 世纪的中国是一个风起云涌的时代，中国现代文学一开始便与民族、国家、救亡、解放、英雄等宏大叙事有着直接的联系。历史在时间的洗礼中不断推进，历史的每一次运动都是直线运动，这是"五四"以来绝大多数男性作家推崇的时间观。相形之下，张爱玲的文学实践是对"五四"以来线性历史观的极大反叛。不难发现，久居租界空间对作家时间观形成产生了较为明显的影响。无论是邵洵美、叶灵凤、穆时英、刘呐鸥等 20 世纪二三十年代的海派作家，还是 20 世纪 40 年代的张爱玲，都对宏观历史观提出过质疑。只是邵洵美等人是通过西方唯美主义在地化的实践方式来提出质疑的，而张爱玲是通过女性特有的渐进的稳妥的日常生活来表达的，但他们的终极目标是一致的，即注重当下性。租界本来就是借来的时空，这个时空显然具有虚幻性和不稳定性，租界的空间性质不但能丰富作家们的情感，而且也强化了作家们对当下倍加珍惜而不断去丰富及时的生命体验。尤其是淞沪会战开始以后，租界空间给正在英租界圣玛利亚教会学校读书的张爱玲极深刻的影响。上海租界的存在在客观上为张爱玲感受世俗生活提供了情感孤岛，租界外面早已炮火连天，而在这弹丸之地的现世却宁静安稳，但眼前的租界生活也不知何时结束，这种对空间和时间的无力感正是她所感叹的，"个人即使等得及，时代是仓促的，已经在破坏中，还有更大的破坏要来"❶。

从最表层的影响看，租界的物质景观和街道景观已经不自知地成为张爱玲小说的背景。20 世纪二三十年代上海租界在物质设施上与西方大都市几无差别。张爱玲的作品中出现了大量的洋房、电灯、电车、电话等意象，租界成熟的都市生活习惯早已约定俗成地成为张爱玲作品的一部分。张爱玲的小说常常把故事发生的环境设置在租界，尤其是租界的洋房里，有钱的人家基本上都住着"洋房"和"公馆"，因此，"洋房"和"公馆"无数次地出现在张爱玲笔下。例如，在《金锁记》里，姜家逃难出来住的是早期最新式的洋房，《留情》里描写主人公坐人力车行驶在马路上，两旁的洋房、百叶窗、

---

❶ 张爱玲. 张爱玲文集（第 4 卷）[M]. 合肥：安徽文艺出版社，1992：138.

草地都给人一种"极显著的外国感觉"❶。《琉璃瓦》的故事是发生在法租界内。西式的生活习惯也在张爱玲的作品文本中占有重要的地位，《公寓生活记趣》直接以上海公共租界公寓为书写蓝本，充分说明了租界公寓内华洋错杂的现象。至于电车、电梯及电梯工人、罢工的热水汀、浴室热水管等都是经由租界从西方引进而来的。张爱玲本人特别喜欢租界里的"市声"，这些看似日常生活化的一些不经意的意象透露出租界的物质文明已经悄无声息地进入张爱玲的文本。

战争时期的租界对张爱玲时间观和历史观的影响是十分巨大的。张爱玲笔下的时间观往往是非线性的，将线性时间观撕裂而专注于当下的日常生活，表现出一种对线性时间的对抗，消解了租界在 20 世纪 30 年代以来经历过的暴风骤雨般的政治意识的冲击。租界的公共空间已经被诸多男性作家以完成时的形式赋予了意识形态性，而租界里的公寓、弄堂、菜场的日常生活领域是历史意识形态控制下的遗留场所。因此，张爱玲抓住这些还没被线性时间控制的日常生活领域，将这一点充分延展，暂时搁置历史的进程，专注强调当下、眼前的重要性。张爱玲的小说《封锁》最能体现出上海租界空间对张爱玲在时间和空间观上的独特影响。在《封锁》中，时间被有效肢解，张爱玲巧妙地放大了封锁这一时间点，把这一时间点无限地拖长，写出两个素不相识的男女由于封锁，在一个自给自足的空间时间里戏剧般地相爱了，而当封锁结束后，这个自主的空间像幻影一样，一接触到现实便消失了。张爱玲用封锁这一特殊时空表达自己的空间观和时间观，战争期间上海租界的存在就像这不近情理的梦，随时随地都可能是梦醒时分。租界的空间显然是不稳固的，而时光的流逝更是无法抵抗，只有把握当下的人生，把握人生的偶然与一刹那，才能缓解人生的虚无以及不确定。

租界在人类最大规模的那次战争时的孤岛状态留给张爱玲的空间体验深深地影响着张爱玲小说美学风格特点之一——人生是虚无的，不可靠的。夏志清就曾经指出，早年在上海租界的生活经历为张爱玲的创作提供了灵感，

---

❶　张爱玲. 张爱玲典藏全集（第 9 卷 中篇小说：1945 年以后作品）［M］. 哈尔滨：哈尔滨出版社，
2003：6.

如此看来，作品写作以及由此带来的文学名声都与其深处的"时"与"势"密切相关。张爱玲的创作与租界化的上海密切相关，不仅体现在环境影响作家这个二元的影响关系上，从小生活在租界的经历及由此带来的西方文化和本土文化二者之间的张力对张爱玲也有着关联性的影响，这种影响已经浸润到文本的各个层面。

租界日常消费文化价值观对张爱玲文本的影响。租界文化中特有的商业性影响着人们的价值取向，"商业化不仅改变和重塑了上海社会的秩序，而且左右和支配着上海市民的行为与心理。传统的义利观逐渐被近代功利价值观所取代"❶。上海租界空间是西方实行空间殖民化塑造的规训化的空间，租界空间的建构与衍生是完全按照西方市场经济下的消费文化逻辑而展开的，使消费者可以切身感受到消费所带来的完美日常生活氛围。租界文化是空间政治意识的表征，像一双看不见的手潜移默化地影响甚至是规训着人们，这也是租界文化实现文化辐辏的要义。20 世纪二三十年代的上海市民阶层受到商业消费文化的熏陶，这种熏陶对租界内的市民阶层尤其是中产阶级对待世俗日常生活的态度、价值观和人生理想产生了重大影响。张爱玲作为中产阶级文学的写作标杆表现出在政治上的后卫性与在消费上的权威性。长期生活在租界是张爱玲日常生活消费主义观形成的温床，当然张爱玲的一些个人成长经历的因素也使张爱玲在对女性的界定和对与女性生活相关的城市空间的认知带有不可剔除的物质消费文化的印迹。有学者也从女性主义的角度质疑张爱玲的物质消费观念影响了她的小说在女性主义立场上的表达，假如说新感觉派的穆时英是通过物化女性被女性主义者诟病，张爱玲小说中的女性通常是通过选择自我物化而达到自我独立，虽然角度吊诡，但是在商业化的社会却是合理的，实用主义的女性观是一种游离在传统与现代之间的女性观，是与商业社会相适应的。陈思和评价过张爱玲的物质价值观："以这种心态进行创作，她从来不表现知识分子对金钱的清高态度，相反，在她的小说中一再出现的是人物对金钱迷恋的不可自拔。"❷

---

❶ 周武，吴贵龙．上海通史：晚清社会（第五卷）［M］．上海：上海人民出版社，1999：571.

❷ 转引自子通，亦清．张爱玲评说六十年［M］．北京：中国华侨出版社，2001：496.

　　在小说《色戒》的文本中，张爱玲把日常生活的消费性与线性宏大历史二者之间的张力表现得淋漓尽致。《色戒》表达出在战争期间租界内的女性不同于男性的生存经验。《色戒》的表层叙事是讲述革命学生王佳芝是如何色诱暗杀特务头子易先生的，而深层叙事却可发现另外一种叙事动力，即租界内具有消费主义特质的日常生活是如何一步步瓦解一个年轻女学生的革命意志，进而彻底颠覆其革命信仰的。张爱玲借助小说的深层叙事，表明了战争期间女性的独特感受。从小说的一开始，就写麻将桌上的官太太们都戴着沉重的金链条，"牌桌上的确是钻戒展览会"❶。张爱玲还细致地描述了易先生家那价格不菲的窗帘，"周佛海家里有，所以他们也有……在战时上海，因为舶来品窗帘料子缺货，这样整大匹用上去，又还要对花，确是豪举"❷。这番从服饰和物质上的描写，体现了特权阶层在上海租界这种地方是以占有物质的多寡来区别特权大小和社会地位的，也暗示了在商业消费主义环境潜移默化的影响下，王佳芝蜕变的可能。原本王佳芝要执行刺杀易先生的计划，然而张爱玲却没有描写刺杀之前女主人公的兴奋、紧张、激动的情绪，反而大量描写了王佳芝对钻石的渴望和因没有钻石带来的委屈，像王佳芝这种年轻的女性，在日常生活消费文化的消磨下，其革命意志逐渐被物质化生活慢慢吞噬。因此，当王佳芝和易先生两人来到一间无名的珠宝店时，印度店员从保险柜里拿出豌豆大六克拉粉红钻石时，无论是表层叙事还是深层叙事，到这里汇合形成了无限的张力。王佳芝开始挣扎在两个世界中，一个世界是由"革命学生""特务头子""暗杀"构成的宏大革命历史舞台，另一个世界是由"钻戒""福开森公寓""体贴的情人"所构成的坚实的消费主义掌控下的安定的日常生活，很显然这两个世界在相互斗争，日常生活与宏大历史在进行撕扯。张爱玲笔下的女主人公最终还是选择了个人日常生活。这不但是主人公王佳芝的选择，也是张爱玲自己在宏大历史面前的选择。上海租界从国家历史上说固然是西方殖民的罪恶，但是，对张爱玲来说，更意味着活生生的舒适生活环境和充溢着乐趣的生活。对于女主人公王佳芝而言，社

---

❶　张爱玲. 张爱玲全集（第一卷）［M］. 合肥：安徽文艺出版社，1992：260.
❷　张爱玲. 张爱玲全集（第一卷）［M］. 合肥：安徽文艺出版社，1992：262.

会"革命"只是人生的"戏剧"，而"生活"才是真正的自己。一颗六克拉的粉红钻石使"戏剧人生"与"真实人生"瞬间逆转，也婉转地道出物质消费主义盛行对张爱玲文本难以剔除的影响。王佳芝并不是张爱玲笔下第一个屈服于物质生活的女性形象，张爱玲塑造了一系列日常生活中的物质主义者，如《金锁记》里的七巧、《沉香屑第一炉香》里的梁太太和薇龙、《留情》里的淳于敦凤、《倾城之恋》里的白流苏、《连环套》里的霓喜。

物质主义的女性形象在中国现代文学史上是非常特别的存在，张爱玲塑造的女性既不是那种寻求独立的新女性，也不是革命女性，她们介于传统女性和新女性之间，在男权社会中积极寻找着最可靠的物质保障。显然，在具体的文化历史语境下，这种独特的女性生存方式是最切实的、最有效的、最世俗的，是与上海都市化不断发展的过程相匹配的生存方式。

6.2 毁灭与再生：全球化名义下的殖民经验再生产

1949 年以来，一直处在线性历史进步和宏大的革命叙事掌控下的文学创作，在改革开放中期的上海发生了奇怪的时光倒流的文学现象，有关 20 世纪二三十年代上海的文学文化现象和器物开始流行，形成了上海怀旧的风潮。怀旧成为上海这座城市通过穿越时空隧道重塑自己的一种方式，这种重塑的方式使上海在众多 1949 年以后变得无差别的中国城市中再次脱颖而出，在全新的历史空间和文化空间的架构下，在历史中重新寻找建构新型上海的文化资源。在 20 世纪 90 年代中期，中国的改革开放加速了上海融入全球市场体系的进程，上海在百年之后又一次成为开放的窗口。在全球化的背景下，一条通往 20 世纪二三十年代上海作为远东第一大商业城市的最繁华时期的时空隧道被开启。

在以"怀旧"热潮为代表的对上海进行追寻和重构的过程中，20 世纪二三十年代上海租界和租界文化的历史性场域影响经过线性历史进程的耗损，已隐性地抽象为后殖民主义学术概念。这种"租界性"是 20 世纪租界空间和租界文化惯性的隔空影响，当外界的政治文化语境不适宜时，它以静默的状态潜伏着，而一旦外界文化语境条件适宜时，它的影响力就会从潜意识中进入意识领域，成为一种"租界心态"。即便是在进入 20 世纪 90 年代以后，有关上海的小说仍然受到这种"租界心态"的影响。说到底，"租界心态"的实质就是殖民性在改革开放之后，在叙述与上海有关的文学文本中呈现的一种表现形式。无论作者是不是有主观意愿，这种受"租界心态"影响的小说可称为新时期的"洋场小说"。

6.2.1　20 世纪 90 年代上海怀旧小说的真实面孔

一个时代的结束和另一个时代开始的时刻就是一个集体无意识重新编制的时刻。上海作为一个历史性的商业现代消费空间的文化符号在 20 世纪 90 年代以来得到了空前的关注，而上海在中国改革开放的先锋地位则让这种身份谱系的追寻成为必要。于是，上海怀旧小说成为这一时期的主题，但在上海怀旧小说五光十色的表象下，究竟是一副怎样的真实面孔？在文本中又呈现出怎样的特征？

单面性的怀旧——殖民租界性的再现。20 世纪二三十年代的上海是租界化的，是一个像穆时英所说的"造在地狱上的天堂"，是一个贫富悬殊的社会，是贫困与富足、破败与优雅、精致与粗俗并存的空间。而 20 世纪 90 年代的怀旧小说与海派的新感觉派有着十分相似的一点，就是一味地勾勒出上海繁华的一面，实际上就是重新呈现出租界时代的上海，人为地遮蔽了上海困顿的、革命的、动荡的一面。这种狭隘的历史怀旧观遮蔽了上海现代化的多元性。而探究上海怀旧小说呈现的所谓繁华的一面，不难发现，繁华就是指上海在开埠之后的百年历史中被称为远东第一大都市的岁月。上海租界的殖民史不仅把固体的遗迹诸如街道、建筑留在上海，在看不见的人们的思想意识中，潜藏着的租界心态已经融入了老上海人的思维，这种租界形态成为城市文化精神的一部分。在生活中体现出被众多文人所诟病的"上海气"就是指原生的上海人在租界文化商业性的熏陶下表现出来的自私的利己主义。法租界具有浪漫的法兰西文化气息，在多数情况下这种拉丁文化气息使上海人难免有附庸风雅之嫌，使老上海人更讲究日常生活的品质和情调。无论是新教传统还是拉丁文化，都是借助租界这种空间殖民形式渗透与流传于人们的生活的。上海租界及租界文化让上海成为中国传统文化中的"异数"，并让上海人固守着这种带有深深租界殖民烙印的文化定位，坚定不移地实践西化的生活方式，以致土生土长的上海人至今仍喜欢以当初的租界命名指称某个地带，"法租界"在上海人口中指的就是全上海最好的地段。

上海记载着中国现代化的发生，而文学中的怀旧上海显然是经过人为裁剪的，与民族和革命相关的宏大叙事从记忆中被剔除干净，租界的繁华掩盖了左翼民族主义战士的鲜血和呐喊，掩盖了"芦柴棒"们在"猪笼"里的呻吟，上海怀旧小说成为一种在新时期树立新的阶级身份识别标志的巧妙的叙事策略。这种带有惯性的租界性殖民叙事模式从海派文学开始到张爱玲，再到新世纪的"怀旧"小说和上海的"各种宝贝们"，甚至到 21 世纪初的通俗文学《小时代》中对上海的描述，形成了一条不可忽视的受"租界性"影响的叙事线索。用洪子诚的话来说，是"笼罩着一股对三四十年代上海奢靡文化的怀旧气息"❶。应该说，"老上海怀旧本身就是历史片面性的生动体现，因为这是一种意识形态的产物，是一部没有社会冲突的历史，是一个浮华四溢的富人的历史"❷，是一切指向租界时代的，是上海有产阶级拥有的一部绝对消费性的历史。这个怀旧里没有穷人、没有困苦和疾病、没有民族耻辱和阶级对立的位置。

上海怀旧小说中只有剔除宏大历史的日常生活，是中产阶级的叙事策略。不难发现，上海怀旧小说热衷的大多数作家往往选择对 20 世纪二三十年代的日常生活进行着重的叙述。那么，怀旧为何要在日常生活领域中率先展开呢？1949 年以后，上海租界时代的消费城市被改造成为以生产为主的劳动城市，日常生活也成为社会主义改造的重要领域，个人的私生活要与整个社会的政治理想连接在一起，日常生活由此与宏大的历史目标连接，并被赋予崇高的政治意义，日常生活中有关物质享受的话语也因此被贬抑。20 世纪 90 年代中期上海怀旧小说热恰恰是商品经济进一步在中国复苏的时刻，与物质相关的日常生活和个人生活开始逐渐苏醒。日常生活的书写是 1949 年以来有关上海书写中所缺乏的东西。上海怀旧小说中对日常生活的大量描写的最初动

---

❶ 洪子诚. 问题与方法 [M]. 北京：生活·读书·新知三联书店，2002：42.

❷ 包亚明. 上海酒吧：空间、消费与想象 [M]. 南京：江苏人民出版社，2001：70.

机来自个体找寻日常生活经验的叙事方式。以描写租界时代老上海有产阶级的精致生活与精神遗存为基础的叙事风潮，改变了 1949 年之后关于上海的小说中以国家政治话语代替日常生活形态的文学生态，在叙事模式的精神上与张爱玲创造的有关上海小说的传统接壤，在叙事策略上，又与租界时代的海派文学对于日常生活的唯美主义实践有着亲缘的关系。从历史的维度上看，新时期上海的中产阶层与 20 世纪二三十年代租界内形成的市民阶层有着历史肌理上的联系。

怀旧在很大程度上使新时期的上海与 20 世纪二三十年代租界时期的上海发生了文化心理上的勾连，租界时代的上海借着怀旧的热潮获得了独立表述自己的合法机会。事实上，上海女性作家的集体怀旧是隐藏在个体经验与记忆后的中产阶级意识试图重新建立一种身份识别的方式，而这种身份认同最早可以追溯到 20 世纪 30 年代生活在租界里的现代市民阶层，新时期的中产阶层迫切追求自我身份的渊源来自 20 世纪 30 年代的租界内已经成为市民主体的中产阶层。在租界时代，上海中产阶层就已经形成稳定的思维方式、人格倾向、精神气质，构成了上海城市人的精神特质。在上海租界内，趋同性的城市人格与精神气质的形成，最大限度地减少了阶级的对立，使租界时代的城市市民阶层形成高度均质化。新时期文学中的上海怀旧小说是传统中产阶级叙事的延续，但是也因作家的不同而呈现出一种个体特征。上海独有的中产阶级叙事逻辑是以租界化上海作为城市经验，并以隐藏的状态用民间形式表现出来，是新时期上海中产阶级内化的历史观念的外在呈现。中产阶层的精神隐匿在日常状态之中，怀旧热的书写很大程度上是有关作家力图纠正关于上海在国家主义与现代化意义上的想象惯性思维。

上海怀旧小说是继新感觉派小说后全球资本体系下世界主义的重现。罗兰·罗伯森指出："20 世纪的全球化，尤其是当代阶段，以各种方式加剧了怀旧的倾向。"❶ 在改革开放持续深入和浦东大开发的具体社会历史语境下，上海再一次被卷入了世界主义的"世界化"中，而租界时代上海文人对上海

---

❶ 罗兰·罗伯森. 全球化：社会理论与全球文化 [M]. 梁光严，译. 上海：上海人民出版社，2000：232.

现代主义的想象再次被顺势翻出。新上海和租界时代的上海"在一个特殊的历史瞬间构成了一种奇妙的互文性关系"❶。在世界主义的统摄下，开埠给租界时代的上海带来的耻辱和不平等，在不断转喻的过程中再次加载在上海身上，上海以主动的姿态再次被卷入全球资本的浪潮中。租界时代的上海在全球现代化进程的坐标内洗掉了身上的民族主义标签，重新获取了合法的身份和意义，原本要在线性历史之外寻找个体表达机会却再次被裹挟在国家想象的共同体中。"只有那些可以和我们今天对现代化的美好想象连接在一起，可以被当作今天的上海的精神前史的部分才是可以被接受甚至被放大的，而其余的则仍然要被推入历史的黑洞中。"❷ 上海小说的怀旧，与其说是对过去的追忆，不如说是把 20 世纪二三十年代租界化时代的上海作为坐标，上海又一次寻找发展原动力的过程。

由此看来，20 世纪 90 年代以来的上海怀旧小说再次呈现出 20 世纪二三十年代海派文学特别是新感觉派小说中具有世界主义色彩的上海形象。新上海的形象在怀旧小说中的定位仍然是建立在带有世界主义色彩的财富权力逻辑上。上海被人为地去本土化而加到国际城市序列当中，再一次成为能够与巴黎、伦敦、纽约、法兰克福等国际城市比肩的城市。如果说 20 世纪二三十年代以茅盾为代表的左翼文学是在国家意义中找寻上海而丧失了上海的地域性，那么 20 世纪 90 年代的上海小说怀旧热潮就直接继承了海派新感觉派的特点，二者的共同之处在于作者都是基于上海全球化描述上海。无论是海派文学笔下的上海租界空间，还是怀旧小说笔下的淮海路、南京路，都是不同期而同构的问题，两者是可以构成互文关系的。这种新世界主义脱离了中国历史之于上海及上海文化的血缘联系，就像詹明信的表述："怀旧的模式成为现在的殖民工具……它赋予过去特性以新的内涵、新的虚构历史的深度，在这种崭新的美感构成之下，美感风格的历史也就轻易地取代了真正的历史的地位了。"❸

---

❶ 旷新年.另一种"上海摩登"［J］.中国现代文学研究丛刊，2004（1）：289.

❷ 王晓明.从"淮海路"到"梅家桥"［J］.文学评论，2002（3）：132.

❸ 弗里德里克·詹明信.晚期资本主义的文化逻辑［M］.陈清侨，等译.北京：生活·读书·新知三联书店，1997：459.

无论是 20 世纪二三十年代的新感觉派还是 20 世纪 90 年代的上海怀旧小说，在文本中充分展开的全球化想象从不曾从根本上体现上海的全部特征，不过是表现了各个历史阶段作家对全球化现代性的一种焦虑。从海派文学对上海租界空间的沉溺，到上海怀旧小说中对旧租界时代物象的留恋，再到上海宝贝们对西方男人肉体的渴望，甚至到郭敬明《小时代》中对国际奢侈品牌的敬仰，其表现的表征不同，但在本质上是相同的，内核无非都是表达上海公共的"世界性"神话。与 20 世纪二三十年代的左翼文学相比较，殖民性被抹掉，世界性又一次成为新上海的一元的、唯一的、公共的意义。

6.2.2　殖民话语的惯性——租界性的衍生

诱发与上海地域性相关的小说文本中"自我东方主义"的原因很复杂，在各个文学派别中呈现出来的表征和程度也千差万别。从宏观的历史语境来讲，"五四"以来，中国知识分子就把西方文化当作理想参照的启蒙文化也在一定程度上消解了中国文人对西方文化的拒斥，甚至即便是身居租界的左翼作家也难免受其影响。以左翼作家丁玲早期的作品《莎菲女士的日记》为例，女主人公莎菲不喜欢缺乏男子气质的中国男青年苇弟而被南洋青年凌吉士的骄傲态度所吸引，凌吉士对莎菲的吸引不仅来自精神，还来自肉体，莎菲甚至希望被凌吉士占有。当然，这个自我东方主义的视角还叠加了一层女性主义的视角，但是从女性主义视角出发的自我东方主义更具有说服力，其逻辑是这样的：女性＝东方＝被西方征服。这个逻辑像弗莱的原型般叙事一直绵延到 20 世纪 90 年代的上海女性写作中。而郭沫若的小说叙事中，更有着吊诡的双重"自我东方主义"的角度，所谓双重"自我东方主义"，是指在上海租界里，在面对西方文化感到自卑时，解决的途径是求助于东洋文化。比如在《圣者》里，郭沫若先感叹了自家小孩因中国人的身份不能在租界里的公园玩耍，下文又说无比感叹孩子们在日本时玩耍的快乐，"在东洋的时候，性子也活泼得多"。因此，郭沫若得出的结论就是，孩子们还是到东洋去吧，体现了日本"既是西方东方主义的对象，又是针对中国的东方主义版本实行的主体；既是话语压迫循环怪圈的受害者，同时也是打劫者"❶。

海派文学是与上海地域相关的文学现象中呈现"自我东方主义"色彩最严重的一派。海派长期身居租界，常常以"洋场时髦"青年的形象自居，而租界文化内部的生成逻辑本身就有不可剔除的"自我东方主义"因素。更加重要的是，上海租界为这种"自我东方主义"的衍生提供了可操作的现实语境。这种"自我东方主义"可以说是海派文学的隐性传统，这种隐性传统与海派文学生发机制和历史环境有着很大的关系。海派文学产生在上海开埠后"华洋杂居"杂糅性的洋泾浜文化之中，而这种杂糅的租界文化对文学的影响可以说是深入肌理的，它可以影响小说的样式、小说的叙事方式和节奏，重要的是经由影响上海人的日常生活方式和社会心理结构，反过来影响海派文学的表现领域和创作特征。海派文学的文本中经常带有的"自我东方主义"色彩具体表现为在文本中充满对西方器物、语言、审美方式、生活习惯甚至是对西方人的推崇。除了施蛰存的作品中偶尔还能找出一点对农业时代"家"的眷恋和张爱玲的某些作品一定程度消解了"东方主义"之外，海派大部分作品和20世纪90年代以后至今的具有海派文学背景的都市小说中则充斥着对西方文化和西方物质生活的迷恋，彻头彻尾建立起具有浓厚"自我东方主义"色彩的文本。那么，在有关的作品中是如何完成"自我东方主义"的衍生的？

海派作家笔下尤其是新感觉派笔下的人物活动和交往空间都选在20世纪二三十年代的公共租界和法租界的中心地区。21世纪以来与上海都市有关的小说中的人物仍然如此，这些年轻男女在上海的活动轨迹也都集中在当时租界的中心地带。工作的地点都是外滩的写字楼；平时逛街一定要去淮海路上的华府天地、恒隆广场、久光百货；举行葬礼的地点也要选在原法租界徐家汇的教堂。郭敬明在《小时代》文本中做视觉呈现的时候，大部分人物出没的地点也选在了法租界的地标建筑马思南路的思南公馆。由此看来，虽然中国在1949年就建立起独立的民族国家，但是一些看不见的意识形态的东西却

---

❶ 史书美. 现代的诱惑——书写半殖民地中国的现代主义（1917—1937）[M]. 何恬，译. 南京：江苏人民出版社，2007：31.

在潜意识中被保留了下来。这种不自知的"自我东方主义"的思维惯性潜藏在民族意识的深处，只要在外部思想环境适宜的情况下，就会再次生根发芽。

"自我东方主义"意识在众多文本中把自我衍生发挥到极致。按照德里克的观点，"自我东方主义"意识已经通过第三国家和全球资本化形式成功地进入了东方人的意识形态中，而且把"自我东方主义"意识形态桎梏在东方本身身上，"自我东方主义"已经成为镇压东方民族内部差异性的工具。这种"自我东方主义"的衍生在文本中具体表现出一种盲目且无知的"上海中心主义论"，而且这个"上海中心主义论"在潜意识中有着浓厚的被殖民意识，作者们所指的"上海中心"显然是被筛选过的，在文本中特指 20 世纪二三十年代的公共租界和法租界核心地区，用上海方言叫"上只角"的地方，即现在的黄浦区（公共租界中区）、老卢湾区、徐家汇北部（法租界）、静安区南部（公共租界西）。而对于上海其他地区，上海人称之为"下只角"，这"上"与"下"背后的优劣差异已经深植于原生上海人的心中。程乃珊的《女儿经》中，沈家的姆妈本是极为节俭的人，但是在给女儿置办嫁妆时，是只认淮海路和南京路的。《蓝屋》一开篇就介绍了顾家老宅位于昂贵的法租界地段。法租界的标志性建筑锦江饭店也常常出现在《蓝屋》《风流人物》《丁香别墅》等小说中。锦江饭店的俱乐部在《蓝屋》主人公顾传辉眼里是个高贵的地方，当堂兄约他在俱乐部见面时他居然产生了既期盼又怯懦的矛盾心情。身为四川人的郭敬明借《小时代》中女主人公顾里的评论说出了自己的观点：只有浦西才是真正的上海，而对于浦东则是"无论什么时候闻起来，都不像住人的地方"❶。郭敬明始终认为，上海才是中国的本体，对于上海以外的其他地区，恐怕仅有北京有资格与上海相提并论。郭敬明拿皇城根的"土"来衬托洋场的"洋"，书中的人物上海人顾里对北京首都机场 T3 航站楼的评价是，"难以理解，为什么好好的一个飞机场非要把自己搞得像个灯笼"❷。

妖魔化上海非中心区和上海以外的中国其他地区，背后潜藏着一个可怕

❶　郭敬明. 小时代 3.0 刺金时代［M］. 武汉：长江文艺出版社，2011：138 - 139.
❷　郭敬明. 小时代 3.0 刺金时代［M］. 武汉：长江文艺出版社，2011：5 - 7.

的逻辑，时至今日，判断中心与本体的标准仍然是以西方为中心，更重要的是"自我东方主义"的思维模式和认知策略已经实现了在地化。这种"自我东方主义"的衍生在 21 世纪初女性作家的上海都市小说中具体表现为对白种男性和外貌的无限迷恋和推崇。在《上海宝贝》中，卫慧是这样描绘德国情人马克的——"高个子""日耳曼人的蓝眼睛""阳光色的裸体"，以至于白种人的狐臭也被女主人公称赞。作为非上海本地人的郭敬明已是"80 后"作家，距离上海 20 世纪二三十年代租界殖民时期差不多已有百年，但是仍然能在其文本中找出海派文学身上稳定的遗传症候——赤裸裸的"自我东方主义"的表述，而且把"自我东方主义"内化为评价东方内部的标准。"自我东方主义"在文本中不仅被理解为东方与西方的二元对立，而且是我们"东方人"与他们"西方人"之间的权力再现关系。具体到中国的语境，可以探究到"上海中心论"就是变形地扮演以往西方霸权主义角色，尽管这个"上海中心"角色的扮演可能是不自知的。"上海中心论"在面对西方世界时往往自觉地实现着"自我东方化"，成为"特殊性"或"差异性"，在文本中表现为对西方品牌的追逐、对西方白种人甚至是混血儿外貌的过分赞扬。但在面对自己可能支配的"他者"时，却又要充当普遍性的角色去抹平甚至是镇压周边和内部的差异性，在文本中表现出对上海以外地区的嘲讽和对外乡人负面形象的塑造。

从早期海派作家邵洵美、章克标、叶灵凤在租界的唯美主义生活实践到新感觉派把租界物质景观空间当作时代抒情的中介，再到 20 世纪 90 年代中期上海女性作家集体"大怀旧"，这些海派作家的作品里多少都有着"自我东方主义"的色彩。即使到了 21 世纪初，争论倍出的卫慧的《上海宝贝》也还没有像郭敬明那样把"自我东方主义"发挥到极端与狭隘的程度。《上海宝贝》中也充斥着对国际品牌商品的追捧，充满着虚荣与炫耀的"自我东方主义"色彩的表演，很显然，卫慧的《上海宝贝》中对西方品牌做"自我东方主义"描述的目的不仅是西方物质本身，而且是西方物质所象征的西式的有活力性的力比多。海派男性作家用沉溺于都市上海的物质生活拥抱西方所代表的现代文明，以卫慧为代表的具有更广义海派文化背景的女性作家用东方女性对白人男性肉体的性迷恋表达对现代性力量的渴望。有关作家对西方器物、西方观念与西方人做"自我东方主义"的描述还能看出他们追求的是西方背后的现代性。

到了 2010 年以后的郭敬明《小时代》的文本里，具有"自我东方主义"色彩的商品炫富实质是自恋地指向作者本体的。在《小时代》中，国际资本与"自我东方主义"互相编织形成严密的逻辑线索，所谓中国的上流社会贵族 = 西方式的生活 = 西方品牌的堆砌，郭敬明的"自我东方主义"式炫富实际意图是在西方的消费文化符号系统中来建构自己的身份，只有西方的一线品牌才能建构起区别于其他中国人的高级认同机制。而这种"自我东方主义"通过"自我东方主义"式炫富模式把中国社会贫富对立的问题外化为中西对立的问题。在郭敬明的表述系统里，贫富二元对立的问题被遮蔽在"自我东方主义"的后殖民色彩的表述中，这样的叙事方式倒是坐实了其作品"是一种和历史脱钩的不及物的生活"❶ 的指控。

让·鲍德里亚早就意味深长地说："我们的周围，存在着一种由不断增长的物、服务和物质财富所构成的惊人的消费和丰盛现象，它构成了人类自然环境中的一种根本变化。"❷ "这种根本变化"具体而微地体现在当代中国的各个方面，在许多人看来，中国现阶段正处在一个巨大而又剧烈的历史变革期，这个历史变革期不再像过去把人类历史上恢宏的革命和动荡作为表征，而是被追求冗长而平面的日常生活所取代。对于中国现代的年轻人而言，"犬儒主义"使他们把追求舒适的生活、欲望的满足当作生活的唯一动力，而这种"现世安稳"的生活方式又恰是资本市场发展到垄断阶段所必需的。现在的中国市场早已经成为全球市场体系中不可或缺的环节之一，在这样的历史语境下，出现具有浓厚的"自我东方主义"色彩的作品也是不足为奇的。

---

❶ 黄平 . "大时代"与"小时代"——韩寒、郭敬明与"80 后"作家 [J]. 南方文坛，2011（3）：6.
❷ 让·鲍德里亚 . 消费社会 [M]. 刘成富，全志钢，译 . 南京：南京大学出版社，2014：1.

结　语

　　长久以来，租界这个概念在中国学界总是被嵌入社会政治、经济的理论体系中被阐释。在中国现代文学的理论体系中，尤其是在阐述与上海租界有密切关联的地域性文学现象海派文学时，租界很少被学者纳入研究视野。中国现代文学史的书写尤其是在进入 1949 年之后，往往注重以线性的现代性进程来评价、框定作家、作品，这个时间线性现代性进程的标准，一直以来都在中国现代文学史中起到统摄性的作用，而与这种时间线性统摄性无关的文学作品、作家显然是被忽略与遮蔽的。因而把租界以及相关概念引入中国现代文学史中有关的地域性文学现象论述中，无疑可以拓展中国现代文学史的阐释路径。从文学史空间存在这个角度上形成对文学史多路径的阐释，由此衍生出兼顾历时与共时的文学史观察角度，才有可能厘清在 20世纪二三十年代中的多种社会因素与各种社会心理相纠缠造成的对文学风貌的影响。

　　上海租界及依靠租界空间所衍生出的独特文化，在有关上海地域性文学中具有结构性功能作用，是影响与上海地域性相关的文学现象的不可忽视的因素。这种结构性功能作用来自上海租界本身所具有的空间历史悖反性，上海租界的空间历史悖反性也是支撑本书研究的最根本的支点。而由此衍生出来的租界文化自然也具有与当时中国传统文化相对的异质性。租界文化的异质性对中国现代文学诸多方面的影响一直以来都被低估。

从晚清开始，租界文化就开始介入上海从前现代性社会到现代社会建构的过程中。租界文化对文学的影响不仅体现在外在的文学风貌、文学思潮、创作技法，而且更深刻地影响到作家的思维方式、认知方式、心理机制，是从根源上的颠覆性的影响。上海租界文化以润物细无声的制约力影响着文人作家的创作走向、创作风格甚至是文本的肌理架构。

在中国现代文学史的空间中，比起文本与读者，作家始终是最活跃的因素。究其根本，租界文化对文学的影响由作家这个中介实施、操作、完成。关注文人作家在上海租界的生存状态、日常生活方式、政治立场填充了中国现代文学史研究中一直被忽略的人文性因素的空白。上海租界快速的经济发展、繁华的市政设施、开放与成熟的出版市场为文人作家提供了一个典型而完整的文学场域。上海租界空间具有"机能区域"的性质，这一独特的空间性质吸引了不同政治倾向和文化背景以及来自中国不同地域的文人作家。各种文字流派的文人作家在同一文学场域中的紧张关系也能展示出不同文化空间、不同文化格调的文人作家之间的张力关系，由此而折射出上海租界有关政治的、文化的、审美的多重意义。

在上海租界文学场域中，虽然海派文学与左翼文学所追求的认知方式、政治主张和审美倾向不同。但是，历史有时就是这样吊诡，上海租界历史的悖反性使得这两类文学奇妙地具有同源性。很长一段时间内出于政治意识的考量，左翼文学生发于上海租界的这个文学史实始终被有意无意地遮蔽，其实海派小说尤其是新感觉派小说与左翼小说共享上海租界的都市空间，二者的诞生基于相同的历史时代背景、政治态势和商业氛围。二者在对"异"和"新"这两个精神内核的追求上是出奇地一致，二者有着客观存在的羁绊，在并行中互相参照，相互拓展与融合，成为上海文坛的双姝。这种吊诡的文学现象也是租界及租界文化的历史悖反性的一个有效表征。

上海租界是上海被西方列强殖民侵占的空间表征，因此上海租界及租界文化身上必定充满着意识形态性，这种意识形态性包含的内涵十分复杂和多层次。即便租界这个历史实体已然消亡，租界与租界文化以及附着在其上的相关意识与观念却难以消散，至今仍然影响着某些文人作家的认知方式和文化身份定位。随着冷战的结束和全球政治格局的变化，学者专家赋予这种原殖民地居民仍然受殖民地宗主国文化影响控制的现象叫后殖民主义。时代一直在变迁，随着中国国际地位的变化，中国现当代文学史的评述与阐释也应该置于一个更开放的场域内。租界及相关文化与中国文学关系的问题也并不是封闭的，而应该是流动的，是一个应不断纳入时代新内容的过程。

租界早在孤岛时期之后就在历史中湮灭，但上海租界背后隐藏的巨大历史悖反性却在某种程度上潜移默化地成为影响中国现代文学中与上海地域性相关的文学现象的因素。从上海租界及文化的维度出发，重新考量已有的文学现象也是对中国现代文学史上一直以来强调线性的、理性的、启蒙的而忽视空间的、感性的、审美的结构性缺陷的一次反思。

参考文献

文学作品类

［1］程乃珊．程乃珊小说系列［M］．上海：上海文艺出版社，2019．

［2］丁玲．丁玲全集［M］．石家庄：河北人民出版社，2001．

［3］蒋光慈．蒋光慈文集［M］．上海：上海文艺出版社，1982．

［4］刘呐鸥，陈子善．都市风景线［M］．杭州：浙江文艺出版社，2004．

［5］刘呐鸥．刘呐鸥小说全编［M］．上海：学林出版社，1997．

［6］茅盾．茅盾全集［M］．北京：人民文学出版社，1984．

［7］穆时英．穆时英全集［M］．北京：北京十月文艺出版社，2008．

［8］邵洵美．邵洵美作品系列［M］．上海：上海书店出版社，2012．

［9］沈从文．沈从文全集［M］．南京：江苏人民出版社，2014．

［10］施蛰存．北山散文集［M］．上海：华东师范大学出版社，2001．

[11] 施蛰存. 施蛰存全集 [M]. 上海：华东师范大学出版社，2009.

[12] 王安忆. 王安忆长篇小说（10 册）[M]. 北京：人民文学出版社，2019.

[13] 王安忆. 王安忆中篇小说集：岗上的世纪 [M]. 上海：上海文艺出版社，2013.

[14] 叶灵凤. 叶灵凤小说全集 [M]. 上海：学林出版社，1998.

[15] 张爱玲. 张爱玲全集 [M]. 北京：北京十月文艺出版社，2019.

[16] 张若谷. 张若谷集：异国情调 [M]. 上海：汉语大词典出版社，1996.

理论著作类

[1] 哈贝马斯. 公共领域的结构转型 [M]. 王晓珏，等译. 上海：学林出版社，1999.

[2] 瓦尔特·本雅明. 发达资本主义时代的抒情诗人 [M]. 张旭东，等译. 北京：生活·读书·新知三联书店，1989.

[3] 福柯. 惩罚与规训 [M]. 刘北成，杨远婴，译. 北京：生活·读书·新知三联书店，2013.

[4] 福柯. 疯癫与文明 [M]. 刘北成，杨远婴，译. 北京：生活·读书·新知三联书店，2019.

[5] 亨利·列斐伏尔. 空间与政治 [M]. 李春，译. 上海：上海人民出版社，2008.

[6] 让·鲍德里亚. 消费社会 [M]. 刘成富，全志钢，译. 南京：南京大学出版社，2014.

[7] 布尔迪厄，J.–C. 帕斯隆. 再生产 [M]. 邢克超，译. 北京：商务印书馆，2002.

[8] 皮埃尔·布迪厄，华康德. 实践与反思——反思社会学导引 [M]. 李猛，李康，译. 北京：中央编译出版社，2004.

[9] 本尼迪克特·安德森. 想象的共同体 [M]. 吴叡人，译. 上海：上海

人民出版社，2003.

[10] 丹尼尔·贝尔. 资本主义文化矛盾 [M]. 赵一凡，等译. 北京：生活·读书·新知三联书店，1989.

[11] 费正清. 剑桥中华民国史 [M]. 杨品泉，等译. 北京：中国社会科学出版社，1994.

[12] 傅葆石. 灰色上海，1937～1945 [M]. 张霖，译. 北京：生活·读书·新知三联书店，2012.

[13] 刘易斯·芒福德. 城市发展史——起源、演变和前景 [M]. 宋俊岭，等译. 北京：中国建筑工业出版社，2005.

[14] 刘易斯·芒福德. 城市文化 [M]. 宋俊岭，等译. 北京：中国建筑工业出版社，2009.

[15] 罗兹·墨菲. 上海——现代中国的钥匙 [M]. 章克生，等译. 上海：上海人民出版社，1999.

[16] 马泰·卡林内斯库. 现代性的五幅面孔 [M]. 顾爱彬，等译. 北京：商务印书馆，2004.

[17] 爱德华·W. 萨义德. 东方学 [M]. 王宇根，译. 北京：生活·读书·新知三联书店，1999.

[18] 爱德华·W. 萨义德. 文化与帝国主义 [M]. 李琨，译. 北京：生活·读书·新知三联书店，2003.

[19] 爱德华·W. 萨义德. 知识分子论 [M]. 单德兴，译. 北京：生活·读书·新知三联书店，1999.

[20] 弗里德里克·詹明信. 晚期资本主义的文化逻辑 [M]. 陈清侨，等译. 北京：生活·读书·新知三联书店，1997.

[21] 李欧梵. 上海摩登——一种新都市文化在中国（1930—1945）[M]. 毛尖，译. 北京：北京大学出版社，2001.

[22] 史书美. 现代的诱惑——书写半殖民地中国的现代主义（1917—1937）[M]. 何恬，译. 南京：江苏人民出版社，2007.

[23] 安东尼·吉登斯. 现代性的后果 [M]. 田禾，译. 南京：译林出版社，2000.

［24］安东尼·吉登斯．现代性与自我认同［M］．夏璐，译．北京：中国人民大学出版社，2016．

［25］迈克·费瑟斯通．消费文化与后现代主义［M］．刘精明，译．南京：译林出版社，2000．

［26］迈克·费瑟斯通．消解文化——全球化、后现代主义与认同［M］．杨渝东，译．北京：北京大学出版社，2009．

［27］迈克·克朗．文化地理学［M］．杨淑华，宋慧敏，译．南京：南京大学出版社，2003．

［28］包亚明．上海酒吧：空间、消费与想象［M］．南京：江苏人民出版社，2001．

［29］包亚明．后现代性与地理学的政治［M］．上海：上海教育出版社，2001．

［30］包亚明．现代性与都市文化理论［M］．上海：上海社会科学院出版社，2008．

［31］包亚明．后大都市与文化研究［M］．上海：上海教育出版社，2005．

［32］包亚明．现代性与空间的生产［M］．上海：上海教育出版社，2003．

［33］陈立旭．都市文化与都市精神——中外城市文化比较［M］．南京：东南大学出版社，2002．

［34］周小仪．唯美主义与消费文化［M］．北京：北京大学出版社，2002．

［35］陈思和．中国现当代文学名著十五讲［M］．北京：北京大学出版社，2003．

［36］程光炜．都市文化与中国现当代文学［M］．北京：人民文学出版社，2005．

［37］戴锦华．隐形书写［M］．南京：江苏人民出版社，1999．

［38］费成康．中国租界史［M］．上海：上海社会科学院出版社，1991．

［39］费冬梅．沙龙——一种新都市文化与文学生产（1917—1937）［M］．北京：北京大学出版社，2016．

［40］费孝通．乡土中国［M］．上海：上海人民出版社，2013．

［41］洪子诚．问题与方法［M］．北京：生活·读书·新知三联书店，2002．

［42］旷新年 . 1928：革命文学［M］. 济南：山东教育出版社, 1998.

［43］李今 . 海派小说与现代都市文化［M］. 合肥：安徽教育出版社, 2000.

［44］李雷 . 审美现代性与都市唯美风——海派唯美主义思想研究［M］. 北京：文化艺术出版社, 2013.

［45］李永东 . 租界文化语境下的中国近现代文学［M］. 北京：人民出版社, 2013.

［46］罗岗 . 想象城市的方式［M］. 南京：江苏人民出版社, 2006.

［47］钱理群, 温儒敏, 吴福辉 . 中国现代文学三十年［M］. 北京：北京大学出版社, 1998.

［48］孙绍谊 . 想象的城市：文学、电影和视觉上海（1927—1937）［M］. 上海：复旦大学出版社, 2009.

［49］孙逊 . 城市史与城市社会学［M］. 上海：上海三联书店, 2013.

［50］孙逊 . 都市、帝国与先知［M］. 上海：上海三联书店, 2006.

［51］汪民安, 陈永国, 马海良 . 城市文化读本［M］. 北京：北京大学出版社, 2008.

［52］汪民安 . 身体、空间与后现代性［M］. 南京：江苏人民出版社, 2006.

［53］王晓渔 . 知识分子的"内战"：现代上海的文化场域（1927—1930）［M］. 上海：上海人民出版社, 2007.

［54］吴福辉 . 都市漩流中的海派小说［M］. 上海：复旦大学出版社, 2008.

［55］熊月之, 周武 . 海纳百川：上海城市精神研究［M］. 上海：上海人民出版社, 2003.

［56］许道明 . 海派文学论［M］. 上海：复旦大学出版社, 1999.

［57］严家炎 . 中国现代小说流派史［M］. 北京：人民文学出版社, 1995.

［58］杨剑龙 . 都市上海的发展和上海文化的嬗变［M］. 上海：上海文化出版社, 2012.

［59］杨剑龙 . 上海文化与上海文学［M］. 上海：上海人民出版社, 2007.

［60］杨义 . 中国现代文学流派［M］. 北京：人民文学出版社, 1998.

［61］叶中强．上海社会与文人生活（1843—1945）［M］．上海：上海辞书出版社，2010.

［62］张英进．空间、时间与性别构形——中国现代文学与电影中的城市［M］．南京：江苏人民出版社，2007.

［63］张仲礼．近代上海城市研究［M］．上海：上海人民出版社，1990.

［64］赵凌河．历史变革中的中国现代文学［M］．北京：文化艺术出版社，2014.

［65］赵鹏，杨剑龙．海上唯美风——上海唯美主义思潮研究［M］．上海：上海文化出版社，2013.

［66］赵园．北京：城与人［M］．北京：北京大学出版社，2002.

学位及期刊论文

［1］福柯．另类空间［J］．王喆，译．世界哲学，2006（6）.

［2］陈明远．中国租界史的再认识（之三）：租界与教会的希腊希伯来精神［J］．社会科学论坛，2013（8）.

［3］陈思和．子夜：浪漫·海派·左翼［J］．上海文学，2004（1）.

［4］陈斯拉．论文学中"上海怀旧"的本质与特性［J］．文艺争鸣，2015（7）.

［5］陈晓兰．文学中的巴黎与上海［D］．复旦大学，2003.

［6］高兴．中国现代文人与上海文化场域［D］．上海师范大学，2011.

［7］葛亮．"老上海"的前世今生——时尚文化与精英叙事的"怀旧"形态［J］．学术月刊，2011（9）.

［8］黄平．个体化与共同体危机——以 80 后作家上海想象为中心［J］．南方文坛，2013（6）.

［9］黄子平．革命·性·长篇小说——以茅盾的创作为例［J］．文学理论研究，1996（3）.

［10］旷新年．"上海怀旧"与 1930 年代的左翼文学［J］．艺术评论，2010（5）.

［11］李永东．租界文化与三十年代文学［D］．山东大学，2005．

［12］林虹．个性的发展与失落——再论现代派与左翼文学的疏离与融合［J］．中州学刊，2005（7）．

［13］刘象愚．法农与后殖民主义［J］．外国文学，1999（1）．

［14］龙迪勇．空间叙事学［D］．上海师范大学，2008．

［15］罗岗．再生与毁灭之地——上海的殖民经验与空间生产［J］．中外文化与文论，2016（3）．

［16］南帆．文学、革命与性［J］．文艺争鸣，2000（5）．

［17］冉彬．30年代上海文学与上海出版业［D］．上海师范大学，2007．

［18］王素．异质空间与文化想象——福柯"异托邦"视域下的天津都市空间阐释［J］．南阳师范学院学报，2013（2）．

［19］熊月之．历史上的上海形象散论［J］．史林，1996（3）．

［20］熊月之．上海租界的双重影响［J］．史林，1987（3）．

［21］熊月之．上海租界与晚清革命［J］．上海社会科学院学术季刊，1985（3）．

［22］许纪霖．都市空间视野中的知识分子研究［J］．天津社会科学，2004（3）．

［23］袁洪权．左翼、新感觉派都市小说创作及差异论［D］．重庆师范大学，2004．

［24］张法，张颐武，王一川．从"现代性"到"中华性"——新知识型的探寻［J］．文艺争鸣，1994（2）．

［25］张鸿声，郝瑞芳．海派文学的法国文化渊源［J］．西南民族大学学报，2011（9）．

［26］张鸿声．文学中的上海想象［D］．浙江大学，2006．

［27］张惠苑．1990年代以来消费视阈中的上海书写［J］．中国现代文学研究丛刊，2015（6）．

［28］赵欣．上海都市文化与上海女作家写作［D］．上海师范大学，2010．

［29］赵元蔚．海派文学与消费文化［D］．吉林大学，2008．